後見人と被後見人

ヘンリー・ジェイムズ
翻訳・解説　齊藤　園子

もくじ

注（1）

「後見人と被後見人」の初出は一八七一年の『アトランティック・マンスリー』誌においてである。この度、細部にわたって改訂され、数多くの語句が変更された。

一八七八年　四月

第一章

ロジャー・ローレンスは、ある行為をするという、さし迫った目的のために市街に来ていたが、行動を起こす時が近づくにつれて情熱が急速に失せていくのを感じた。実は最初から、その情熱は希望から生まれたものではなかった。あまりにも希望がないので、疾走する列車に身を任せている時、無駄足を踏もうとしている自分に気づいて驚いた。しかし希望が持てないまま、言うなれば絶望ゆえに踏みとどまっていた。うまくいかないだろうということは分かっていたが、落ち着く前にもう一度、失敗するしかなかった。その間、十分に落着きなく過ごした。夕方、滞在先のホテルにあって、暗い十二月の寒気の中、街路をあてどなく二、三時間さまよった末に、自室に戻って身なりを整え、情熱的な求婚者に見えるように装うことにはあまり成功しなかったなと、悲痛な思いを抱いた。彼は二十九歳で、健康でたくましく、心根は優しく、一種の天才、いわば常識の天才とでも言えるような人物だった。顔にははっきりと、若さ、優しさ、健全さが現れていたが、その他の美しさには欠けていた。あまりに血色がよいので、彼くらいの年齢の人物には滑稽なほどだった——この印象は、早々に毛髪が薄くなったことで一層強められていた。極度の近視で、頭を前に突き出していた。しかしこの弱点は、画趣を研究した人からは特別な雰囲気を添えるものとみなされるので、彼もその恩恵にあずかることができたかもしれない。体つきは引き締まって頑強、概して彼の一番の長所であった。しかし、性格が救いがたく内気なので、動作がかなりぎこちなかった。潔癖なまでに身綺麗で、生活習慣も極めて几帳面で整然としていた。これらは独身男の特徴とされるものだろう。気おくれを克服したいと願うばかりに、物腰がある種の形式主義に陥っていて、それが多くの人を大変面白がらせた。しみ一つない服、磨き上げられた靴、艶やかな帽子、こうしたものにかけては、彼は卓越していた。どんな天候でも格別に上品な傘を持ち歩いた。たばこは一切吸わず、飲酒も適度だった。声は、胸郭が広いので力強いバリトンを予期させるが、実際には柔和で恭しい印象のテノールだった。好んで早く就寝し、健康について「小うるさい」人物だと思われていた。けちだと非難する者はいなかったが、大体において、器用な倹約家として通っていた。取るに足らない事、例えば、靴屋や歯科医を選ぶというような問題については、彼の言葉は重んじられた。しかし、政治や文学について彼に意見を求めようなどと考える者は一人もいなかった。にもかかわらず、そこかしこで、大抵の人よりも皮相さがない観察者がいれば、あなたに耳打ちしたことだろう、ロジャーは過小評価されているが、長い目で見れば、最高とさえ言える部類の人物であることが分かるだろう、と。「彼の顔をじっくり見たことはあるかね？」そのような観察者は言うだろう。表面には、夏空に浮かぶ雲のように、赤みが通り過ぎるように見えることがあるだけだが、その凡庸な落着きの下には、えも言われぬ人間味にあふれた表情が眠っている。目が素晴らしい。小さいかもしれないし、多少鈍い感じもするが、何か人の心に訴える深みがある。犬のまなざしが持つ優しい沈黙に似ているのだ。休息中のローレンスは愚鈍に見えるかもしれない。しかし話すうちに、彼の顔は次第に微妙な度合でゆっくりと輝いてくる。そして一時間が経つ頃には、人はその輝きが、彼の誠実さはもちろん、ある程度は彼の知性の現れではないかと信じるほどになるのだ。今回ロジャーは、並々ならぬ注意を払い、華美にならないよう心がけて身支度をした。三分間ほど二本のクラバット[2]のうちどちらにするかを考えあぐねた結果、自分の子どもじみた虚栄心に顔を赤らめながら鏡をのぞいて、市街に来る時に身に付けていた黒い無地の方を再び身に付けた。身支度を終えたものの、用務先に赴くにはまだ早すぎた。ホテルの読書室に入っていったが、すぐに喫煙家が二人ほど入ってきた。煙香が移らないよう、部屋を横切って誰もいない大きな休憩室に入り、腰かけて、ラベンダー色の手袋をはめてみたりしながら、落ち着かない気持ちを紛らわせた。

そのように過ごしていると部屋に人が入ってきた。行動が奇妙だったので興味をそそられた。その男は、中年の少し手前で、顔立ちがよく、青ざめていて、仰々しく先をとがらせた口ひげをたくわえ、様々な安物の華美な装飾品を身に付けていた。顔はやつれ、全体の印象から、厳しく絶望的な窮状にあることが見て取れた。部屋の中央に置かれたテーブルへとまっすぐに歩み寄り、グラスになみなみと冷水を注いで一気に三杯飲み干した。熱をもった内臓を冷やそうと格闘しているかのようだった。それから窓のほうに向かい、冷たい窓ガラスに額をもたせかけると、長く硬い指の爪で神経質にコツコツとたたいた。最後に暖炉まで大股に歩いて行って椅子の一つに荒々しく身を投げ出すと、前のめりに頭を両手で抱え込み、聞き取れるほどのうめき声を上げた。ローレンスはラベンダー色の手袋を滑り下げながら、彼を見つめてつくづく考えた。「まさに、繁栄からの転落、没落と絶望の象徴！　ぼく自身も困った状況にあると思ってきた。失望し、疑い深く、心配ばかりしているのだから。ぼくには希望がない。しかしこれに比べればぼくの感傷的な嘆きなど何だろう？」その不幸な紳士は椅子から立ち上がると暖炉に背を向けて立ち、腕組みをして、ローレンスをじっと見つめた。向かい側に腰を下ろしていたのだ。若者は見つめ返したが、かなり不愉快に思った。男の顔は灰のように白く、両目は石炭のようにぎらぎらと輝いていた。きざでゆるやかな口ひげをあざ笑うかのように、鼻から口の両脇にかけて長く荒々しい筋が現れていた。ロジャーはこれほどに悲壮なものを見たことがなかった。ローレンスは相手が自分に話しかけようとしていると察して手袋を外し始めた。するとその初対面の男は突然彼の方に向かってきてしばらく足を止め、もう一度、横柄なほど激しく彼を見つめると、ソファーに座り、彼の横に陣取った。男が真っ先にとった行動は、若者の腕をつかむことだった。「正気ではない！」ローレンスは思った。ロジャーは今や、痛ましいほどに乱れた男の外見をよくよく観察することができた。ベストの前が開いていたので、しみがついてしわだらけの胸当てシャツがのぞいていた。そのボタン穴には、最近もぎ取られてしまったのか、ボタンがかかっていなかった。普通にはつらつとしていれば、幸運続きのばくち打ちに見えたに違いない。彼は早口に、興奮した調子で、硬ばった、怒ったような声で話しかけてきた。

「私のことを正気ではないと思うだろうね。まあ、すぐにそうなるだろう。百ドル貸してくれないか？」

「どなたですか？　何にお困りですか？」ロジャーは尋ねた。

「名前を言っても役に立たない。私はここではよそ者だ。何に困っているか——話せば長くなる！　しかし悲惨だ。それは請け合う。ここに座って君と話している間も、勢いを増して私に襲いかかっている。百ドルあればしのぐことができるだろう——少なくとも数日は。断らないでくれ！」最後の言葉は、半ば哀願、半ば脅迫のように発せられた。「持っていないとは言わないでくれ——そんなにきれいな手袋を身に付けている君が！　いいかね。君はよい人のようだ。私を見てくれ！　私もよい人間だ。自分が窮地にあると宣誓する必要はない」

ローレンスは心を動かされ、嫌悪を感じ、いらだった。この男の苦悩は十分に真に迫るものだったが、その態度には何かひどくいかがわしいものがあった。ロジャーは、もっとよく彼のことを知ることなしに要求に応じることはできないと断った。この男が、セントルイス出身だと明かしただけで、自分は窮地に、忌々しい窮地に陥っていると繰り返すほかは頑固にも何もしようとしなかったので、ローレンスは男が犯罪に関わっていると信じるようになっていた。状況をもっと明らかにするように要求すればするほど、相手の懇願はますます激しく頑なになった。ローレンスは元来、慎重で洞察力のある人間だった。いざこざに巻き込まれる可能性が最も低い人間だったのだ。はっきりと理由も知らずに事に当たるようなことは彼の性分ではあり得なかった。なるほど彼には想像力がなかった。知ってのとおり、想像力は常に右手の慈愛の側にある。しかし彼は、左手側にある健全な分別を大いに持ち合わせていた。(3) 彼の分別は、相手の男が自堕落な悪党で、あるいは悲痛な誘惑に負けてのことだったかもしれないが、罪を犯したことは間違いない、と判断したのだ。男の窮状は明らかだったが、ロジャーには、自分が男の窮状を繕えば、男の悪行をある程度黙認することになるように思われた。とにかく、百ドルをその場で相手の男に渡すことは彼にはできなかった。彼は妥協した。「あなたが求める額を差し上げることは考えられません」彼は言った。「それに今、あなたの境遇を詳しく伺う時間もありません。明日の朝、ここでぼくに会うおつもりがあれば、その時に、あなたが言おうと決意されたことがあれば伺います。とりあえず、十ドルをお渡しします」

男は差し出された紙幣を見たが、受け取ろうとはしなかった。そして目を挙げてロジャーの顔を見ると――両目からは行き場のない怒りと失望とで涙が流れ落ちていた――「ああ、そんな！」と叫んだ。「十ドルで何ができると言うのか？　ちくしょう、どう頼んだらいいのか分からない。いいかね！　求める額を君がくれなかったら、私は喉をかき切るしかない！　それを考えてくれ。君がその責任を負うことになるぞ！」

ローレンスは紙幣をポケットにしまって立ち上がった。「いいえ、絶対にできません」彼は言った。「確かにあなたは頼み方を知らないのです！」その後すぐに、彼はホテルを出て、足早に、忘れもしない住居へと向かっていた。彼は今しがた、要求と悪徳とに容赦なく激突したことで動揺し、取り乱していた。しかし歩いているうちに、冷たい夜気が、より甘美なものを思い起こさせてくれた。興奮した嘆願者の残像は、たちまちのうちにイザベル・モートンの物静かな姿に取って代わられたのである。

彼がイザベル・モートンを知るようになったのは、三年前、彼女が田舎の彼の隣人を訪れた時のことだった。冒険とは無縁の趣味と、折り目正しい習慣にもかかわらず、ローレンスは人生に関して、フランス人が言うところの「大いなる好奇心」を欠いてはいなかった。むしろ、若い頃から彼の好奇心は、専ら結婚生活の奥深さを突き止めたいという、おずおずとではあるが激しい願望の形をとっていた。他の男たちが「家庭とは無縁の身分」である独身生活に憧れるところを、彼は結婚という優しい束縛を夢見ていたのだ。生まれながらに結婚志向の男で、子どもを持ちたいと意識的に願っていた。この点で世間は彼を正当に評価していなかったのだ。彼は自分のささやかで快適な暮らしに没頭していると思われていた。しかし実際には、夫や父という立場にある人たちを献身的に見習おうとしていたのである。二十六歳にして彼は、自分にも女性に捧げる何がしかの価値があると感じて、自分がモートン嬢に関心を持つことをよしとした。震え、赤面する男が、この件では随分と大胆であったことはかなり奇妙なことだった。というのも、モートン嬢は極めて好みが難しいことで知られていて、先住民が敵の頭皮を身に付けるのと同じく、かなりの数の失恋ハートを腰にぶら下げていると考えられていた。

概して人は正反対の者と恋に落ちると言われる。確かに、ローレンスの恋の相手も彼に似せて創られてはいなかった。彼は最も控えめに自然体の人間だった。対して彼女はずば抜けて人工的だったのだ。美しかったが、実はそう思われているほどには美しくはなかった。才気はあるが聡明ではなく、愛想はよいが思いやりはなかった。完全に社交界の作法を身に付けていて、正しい者の上にも正しくない者の上にも、分け隔てのない慈愛でもってそれを惜しみなく与えた。(4) 多少お粗末ながらも、これでとても効果的に、彼女の人柄の外形がおおよそ仕上がったことになる。実に、モートン嬢は強烈に野心的だった。要求がもっと簡単な女性であれば、我らが主人公を受け入れることも十分にあり得ただろう。彼は性急で頑固な熱意でもって求婚していた。彼女は、自分が知るどの男性よりも彼を高く評価していた――そのように彼女は彼に告げた。しかし、自分が結婚する男性は彼女の心を満たさなければならないとも付け加えた。彼女が補足することはなかったが、彼女の心は四輪馬車やダイヤモンドに向けられていた。

野心という観点からは、ロジャー・ローレンスとの結婚に検討する価値はなかった。そのため彼は、丁重だが容赦のない断固さで片付けられてしまった。この瞬間から、この若者の感情は情熱へと硬化した。六か月後、彼はモートン嬢が渡欧の準備をしていると耳にした。出発前のモートン嬢を探し出し、もう一度求婚し、再び敗れ去った。しかし、この情熱にはあまりにも多くが費やされていたので、棒に振るわけにはいかなかった。彼女が欧州に滞在している間、彼は手紙を三通書いた。そのうち一通に対してのみ、彼女は短い返信を送った。つまるところ次のような内容だった。「ローレンス様、どうか私を放っておいて！」二年後に彼女は帰国し、目下、既婚の兄の家に滞在中なのだった。ローレンスは彼女の到着を知ったばかりだったが、すでに述べたように、最後の懇願をするために市街にやって来たのである。

彼女の兄とその妻は、夜の外出のために不在だった。ロジャーが訪れた時、彼女は客間の明かりの下で姪にかぎ針編みを教えているところだった。十歳の少女は、彼女のそばに寄りかかるようにして立っていた。彼女は彼には以前よりも美しく思われた。実際には少し老けて太った様子だったのだが。しかし、彼女の美しさは大部分が媚態によるものだった。そのため当然ながら、若さが失われるにつれてその空白を媚態が埋めることになった。色白でふくよかだったし、突然頭の向きを変えて魅力的な白い喉元と耳を見せるという、実に美しい芸当を身に付けていた。衣服に収まった豊満な体つきと相まって、これらは大変好ましい効果を生み出した。いつも淡い色の服を着ていたが品を欠くことはなかった。彼女は魅力的だったかもしれないが、それにもかかわらず、彼女には著しく自然な感じが欠如していたので、ロジャーのように恋をしていなければ、格別に彼女を賞賛することはできなかっただろう。彼女が大げさに親しみを込めて迎え入れ、しかも表面上は自分の目的に少しも気づいていない様子だったので、彼は元気づけられ、希望を持ちそうになった。求婚を恐れていないのなら、もしかすると彼女は求婚を望んでいるのかもしれない。最初の半時間、ロジャーは踏み出せずにぐずぐずしていた。イザベルは渡欧する前よりも上手に話をしたので、差し当たって彼は慎み深く黙って座っていた。モートン嬢の幼い姪は非常に美しい子どもだった。髪はすかれて、金色の雲のように、なだらかな両肩を覆っていた。おばの傍らから動かずに、おばの片手を握りしめて、少女によくある愛らしい好奇心でローレンスをじっと見つめていた。この時ぼんやりと、若者の脳裏に未来の家庭の光景が浮かんだ——冬の夜、明かりの灯った居間に、口元に家庭的な微笑みを浮かべた、妻であり母でもある物静かな女性、金色の髪の子ども、そしてその中央には、これらを得て感謝の念に酔いしれ、それを意識している自分自身がいた。時計が九時を告げたので少女は就寝することになった。おばにキスされた後、おばの求婚者によってもう一度キスされた——あるいは「キスを無効にされた」と言うべきだろうか？　少女が姿を消すと、ロジャーが用件に取りかかった。モートン嬢に何度も求婚していたため、実際、練習が功を奏し始めていた。自身の真意を伝えるのに時間はかからなかった。モートン嬢は姪が作った編み物の方に目を向けていたが、求婚者が男らしく雄弁に語り続けるうちに、女性らしい抜け目のなさで、編み物から目を離して彼の方を見上げた。彼は、自分が愛し続けていること、待ち続けていること、熱烈な希望を抱いていることを語った。彼女が自分を受け入れてくれなければ自分は幸せになれない。他の女性を愛することは決してないだろう。彼女が今、自分を拒絶したら、すべてが終わってしまう。自分は引き続き存在し、働き、動き、食べて、眠るだろうが、「生きる」ことはやめてしまうことになるだろう。

「どうか」彼は言った。「以前と同じ答えはくださいませんように」

彼女は両手を組み合わせて真剣な微笑みを浮かべ、「全く同じ答えにはなりません」と言った。「以前お断りした時、私はただ、あなたを愛することができないと申し上げました。私はあなたを愛することができないのです、ローレンスさん！　それは今夜もまた繰り返さなければなりません。でも、以前よりも納得のいく理由をお示しします。私は別の男性を愛しているのです。婚約しているのです」

ロジャーは突然立ち上がった。強烈な一打を受けて、身を守るために前に飛び出したかのようだった。しかし彼は防御できなかったし、攻撃者に反撃することもできなかった。彼は座り直し、うなだれた。モートン嬢は彼の方にやって来て片手を取ると、諦めるよう、権利として彼に要求した。「ある点を越えると」彼女は言った。「ご自分の失望を私に押し付ける権利はあなたにはありません。断ることで私があなたに与える痛みは、愛もなくあなたを受け入れることであなたに与えることになる痛みよりも軽いのです」

彼は目に涙を浮かべて彼女を見た。「それなら！　ぼくは決して結婚しません」彼は言った。「あなたがぼくに禁じることができないことがあります。あなたを手に入れることは決してないでしょうが、少なくとも、ぼくはあなたの思い出と結ばれ、あなたの面影と親しく融合して生きるでしょう。あなたの面影だけを見つめて生きていきます」彼女はこの繊細な宣言を聞いて微笑んだ。最も注目を集めた頃には何度も耳にした言葉だ！　彼は最悪の事態に備えていたつもりだったが、ホテルへと歩いて引き返しているうちに、耐えられないほど辛く思われてきた。しかしその辛さが怒りをかき立て、激しい反動を引き起こした。彼は断言した。今後自分は専ら理性とともに生きる。愛と忠誠に献身しようとしたが、愛と忠誠は彼から何も受け取ろうとはしなかった。一人の女性を女神として崇拝したが、その女性は彼を愚者にした。今後は女にも男にも関心は持たない。ただ安らぎと、それから万が一、必要ならば快楽だけを欲することにしよう。この積もり積もった冷笑の噴出の下に、目前の静かな街路同様、細く冷たい未来が横たわっていた。彼は愚かにも、次の角を曲がりさえすれば気の利いた局面が潜んでいるということに気づいていなかったのだ。

彼は明け方近くになってようやく眠りにつくことができた。しかし、その眠りは一時間と続かなかった。隣室からの大きな音によって妨げられたのだ。彼はベッドの上で飛び起き、静寂に耳を澄ませた。すぐに同じ音が繰り返された。銃声だった。この二回目の銃声の後には大きな金切り声が続いた。ロジャーはベッドから飛び出してズボンをすばやく履き、自室を出ると隣室のドアへと走った。ドアは難なく開き、衝撃的な光景が現れた。部屋の中央に男が横たわっていた。ズボンとシャツを身に付け、頭は血に浸され、片手には拳銃が握りしめられていた。たった今、この男の頭を貫通した弾丸を放った拳銃である。男の横には寝間着姿の幼い少女が立っていた。長い髪が両肩にかかった状態で、金切り声を上げ、両手を固く握りしめていた。伏した体にかがみこんだ時、ロジャーは気づいた。顔は血にまみれていたが、その人物はホテルの休憩室で話しかけてきた男だった。彼は脅しの精神を貫いたのだ。言葉どおりではなかったにしても。「ああ、お父さん、お父さん、お父さん！」少女が泣きじゃくった。ロジャーは恐怖と憐憫の情に駆られて、彼女の方に身をかがめて両腕を広げた。彼女は、誰かが救いの手を差し伸べてくれているということ以外は何も分からないまま、その腕に飛び込んで顔をうずめた。

ホテル内の他の人々もすぐに目覚め、泊り客や従業員がその部屋に大勢押し寄せてきた。まもなく数名の警官が到着し、最後にホテルの所有者がやって来た。自殺であることは明白だったので、ロジャーがそこにいた理由は容易に釈明された。子どもはむせび泣くばかりだった。さんざんしゃべり、押し合い圧し合いし、じっくり眺めた後、医者がその客はこと切れていると断定し、女性たちがその子どもを手から手へと引き渡しながら途方に暮れるほどの抱擁や質問を浴びせかけた後、群衆は四散し、少女はホテル所有者の妻によって勝ち誇ったように連れ去られ、さらなる究明は翌日に行われることになった。ロジャーにとってはどうやら感情の高ぶる一夜になったようだ。夜がふけるにつれて、隣人の悲劇に関して自分が思いがけず果たした役回りに思い至って苦しんだ。自分が哀れな男に手を貸すことを拒んだために、この惨事が起きてしまった。この考えがしばらく頭から離れなかった。しかしついには、やっとのことでその考えを追い払った。自分の次に懇願された男がいたとしても、やはり自分と同じことをしただろう、と自分を納得させた。いやひょっとしたら、自分以上に何もしなかったかもしれない。しかし彼は、少女の悲しみに抗いがたい連帯感のようなものを感じた。彼は翌朝早々に、ホテル所有者の妻のもとを訪ねた。彼女はそれなりに情け深い女性だったが、根っから宿屋の女主人だったので、情けを酒場のカウンターの上で分配するかのようだった。彼女は、自分の保護下にある少女に対して、冷静で実務的な慈愛を示したのだ。ロジャーにはそれが、この哀れな子どもがたどる運命を鮮明に予示しているように思われた。彼女はロジャーに、自分が知り得たとおりに、哀れな子どもから聞き出した話を聞かせた。子どもの父親は、夕方早く、困り果て、興奮した様子で帰ってくると、彼女に寝るように言った。彼女にキスをし、彼女のことを思って嘆き、当然ながら彼女を泣かせることになった。夜遅く、彼女はまた彼が自分のベッドのそばにいるのを感じて目を覚ました。彼女にキスをし、撫でまわし、彼女のことを褒めちぎっていたのである。彼はおやすみを告げて隣の部屋に入っていったが、そこで荒々しく歩き回っているのが聞こえてきた。彼女は大変におびえた。彼が正気を失っているように思えたのだ。彼女は状況が最近急速に悪化していることを知っていた。ついに最悪の状況が訪れたのだった。突然、彼が彼女を呼んだ。何の用か尋ねると、ベッドから出て自分のところに来るように命じられ、彼女は身震いしたが従った。部屋の入口に着くと、明かりが暗くされていて、シャツ姿の父が部屋の向こう側のドアに寄りかかって立っているのが見えた。彼はそこから動くなと命じた。突然、爆音が響き、頬の横に銃弾の風を感じた。彼が拳銃で彼女を狙ったのだ。彼女は恐ろしくなって自分のベッドのそばに引き返し、寝具に頭をうずめた。しかし、これで二発目の銃声を聞かずに済むことにはならなかった。銃声の後には低いうめき声が続いた。思い切って先ほどの場所に戻ると、父が床に倒れ、頭から血を流していたのだった。「もちろん彼女を殺すつもりだったのですよ」女主人は言った。「彼女がこの世にたった一人で残されることがないようにね。残酷さと愛情とが見事に入り混じっていますわ！」

ロジャーには全くもって痛ましい話に思われた。彼は、亡くなった男と話をしたことや、男が自殺をすると脅したことを話した。「こうしたことを考えると」彼は言った。「この流血の惨事に関与している気がして嫌になります。しかし、ぼくにどうすることができたでしょうか？　同じことなら、ぼくの十ドルを受け取ってくれたらよかったのにと思います」

亡くなった男の素性はほとんど分からなかった。子どもはローレンスに気づいて、再び震えながら激しく泣き出していた。少しずつ、すすり泣きの合間から、二人はわずかながら情報を拾い集めた。父は先月、彼女をセントルイスから連れ出した。二人はしばらくニューヨークに滞在した。父は何か月もの間、困窮状態にあった。以前は十分にお金があったが、彼女にはそのお金がどうなったのかは分からなかった。母は何か月も前に亡くなっていて、彼女には他に親類も友人もなかった。父には友人があったかもしれないが、彼女は誰にも会ったことがなかった。彼女には援助や同情を当てにできるところを何ら挙げることができなかった。ロジャーは彼女の話から得たわずかな断片をつなぎ合わせた。そのうち最も顕著な事実は、彼女には全く何もないということであった。

「さて」女主人は言った。「ご存命のお客様のほうが亡くなられたお客様よりも大事ですわね。仕事に戻らなければなりません。もしかすると、あなたはもっと聞き出すことができるかもしれませんよ」少女は、青白い顔で目をはらしてソファーに座っていたが、呆然とした無力なまなざしで、女主人が出て行くのを見守った。彼女は決して美しい子どもではなかった。明るい褐色の髪はあちこちが破れた髪ネットにぞんざいに押し込まれ、手足は色あせた粗末な喪服に包まれていた。外見からは子どもらしいあどけなさや悲しみが見て取れるにもかかわらず、紛れもなく低俗な何かがあった。「サーカス団の一員のようだ」ロジャーは独り言を言った。しかし彼女の顔は、美しくはなくとも興味を惹かないわけではなかった。額は均整がとれていて口元も表情豊かだった。目の色は薄かったが決して生気がないわけではなかった。人を惹き付ける純化されたような輝き、柔らかに内面に向かうような光が、彼女の目に驚くべき深みを与えていた。「裏切られ、寄る辺のない、哀れな小さき者よ！」若者は思った。

「お名前は？」彼は尋ねた。

「ノラ・ランバート」子どもは言った。

「何歳？」

「十二歳」

「それで、セントルイスに住んでいるんだね？」

「私たち、以前はそこに住んでいたの。私はそこで生まれたの」

「お父さんはどうして東部に来たの？」

「お金を儲けるため」

「お父さんはどこに住むつもりだったの？」

「仕事があるところならどこでも」

「どんな仕事をしていたの？」

「仕事はなかったの。仕事を見つけたかったの」

「君には友だちも親類もいないの？」

子どもは黙ってしばらくじっと見つめた。「父は昨夜、私を起こしてキスをした時、私にはこの世に頼れる人や気遣ってくれる人は一人もいないと言いました」

この言葉の強烈な悲しみを前に、ローレンスは黙り込んだ。椅子の背にもたれかかり、子どもを眺めた――哀れで身寄りのない、早熟で、いずれは大人になる女性。彼自身も喪失を経験したばかりだったので、その感覚が心の中で力強くわき起こり、彼女の喪失感に反応したように思われた。「ノラ」彼は言った。「ここにおいで」

彼女は一瞬、身じろぎもせずにじっと見つめたが、やがてソファーを離れて、ゆっくりと彼の方にやって来た。年齢の割に背が高かった。彼が座っている椅子の肘掛けに彼女が片手を乗せたので、その手を取った。「前にぼくに会ったね」彼は言った。彼女はうなずいた。「昨夜、ぼくが両手で抱きしめたのを覚えているかい？」彼には、彼女が答えようとしてかすかに顔を赤らめたように思われた。片手を彼女の頭に乗せて、厚みのある乱れた髪を撫でた。彼女は彼の癒すような手に、物悲しげな様子で従順に身をゆだねた。彼は彼女の腰に腕を回した。子どもらしい愛らしさと、将来に約束されている女性らしい優しさとの抗いがたい感覚が彼の心に静かに忍び入った。数々の思いやりに満ちた問いが彼の口からあふれ出た。学校に行ったことはあるか？　読み書きはできるか？　音楽は好きか？　彼女は彼を信頼し始めて小声で答えた。学校に行ったことはないが、母が少しばかり読み書きや楽器の弾き方を教えてくれた。彼女は笑みさえ浮かべそうな表情で、自分はとても内気なのだと言った。ローレンスは、涙が自分の目に浮かんでくるのを感じた。新たな感情で心が入り乱れていたのだ。これが謎めいた父性本能というものであろうか？　葬り去られたはずの希望の幽霊がざわついたのだろうか？　彼は前夜、自分のためだけに生き、心に鍵をかけてしまうのだと、怒りに任せて誓ったことを思い出した。「まさに、幼子や乳飲み子の口から……」(5)――彼は静かに物思いにふけった。一日も経たないうちに、子どもの指が鍵を握って探っていた。彼は自分の誓いの矛盾をつかれていることを気持ちよく受け入れた。自分は結局のところ、貧弱な利己主義者にすぎなかったのだ。それでは彼は、愛なくしては生きられない、愛を見出したらそれをつかみ取らなければならない、と信じるようになったのだろうか？　モートン嬢との約束はいまだに心の中に反響しているように思われた。しかし、愛があるのなら愛せばよい！　自分は保護者に、父に、兄になることができるだろう。目の前の子どもは、孤独という苦しみの悲劇的化身であり、彼の空しい未来からの警告でなくて何であろう？「とんでもない！」彼は叫んだ。そしてそう言いながら、少女を引き寄せてキスをした。

ちょうどこの時、ホテルの主人が紙片を持って現れた。亡くなった男の部屋で見つけたものだった。その紙片が、男の境遇を知る唯一の手がかりだった。男は亡くなる直前に、大量の紙を燃やしたらしかった。というのも、炉が新しい灰でいっぱいだったからである。ロジャーはそのメモ書きを読んだ。急いだ様子で力任せに、次のように書きなぐられていた。

「これを書くのは、私が絶対に――絶対に――絶対に実行しなければならないと述べるためだ！　餓え死に寸前で、頼れる友の一人としておらず、評判も地に落ちた――私に何ができるというのか？　生きることはできない。私の身になってくれ。娘については――何もかもが残酷だ。しかしこれが一番の近道なのだ」

「彼女は結局、一番長い道のりを歩まなければならなくなった」主人は「ささやくように(6)」言って、ロジャーに優しくウィンクをした。まもなく女主人が前夜に居合わせた女性の一人を連れて再び現れた――

小柄で押しが強く、恩着せがましい感じの女性で、奇妙にも、実用的な慈善活動の方法をいろいろと知っているようだった。「手はずを整えるために来ましたの」彼女は言った。「あの子のために寄付を募るのです。私自身は寄付ができないのですが、新聞を持って他の女性たちの間を回るつもりです。『ユニバース』誌の記者に会ってきたところなのです。彼がこの事件についてのご自分の記事に、『嘆願文』のようなものを掲載してくれる予定です。こちらの男性に私たちの文章を練っていただけないかしら？ それから私がこの子を連れ歩くことにしたら申し分ないと思います」

ローレンスはうんざりした。結構なことに、世俗の親切が始まったわけだ。ノラはこの精力的な慈善家を凝視した後、無言のままロジャーに目で訴えた。彼女のまなざしは、どういうわけか彼を魂まで揺さぶった。哀れにも父親を失った小さな娘――哀れにも生きる場所を奪われた女性の萌芽！ 彼女の純真な目は、懇願以上のものに思われた――ほとんど、諭し、命令しているようだった。声を上げて彼女を救うべきだろうか？ 人道的慈善の名のもと、全額を寄付するべきだろうか？ リスクを伴う賭けだった。彼女は未知数だった。彼女の性質、素性、将来性、これらは未解決の問題だった。父親は山師だった。母親はどんな人物だったのだろうか？ 憶測は無益だ。彼女は暗い背景の中に浮かぶ、ぼんやりとした光の点だった。そもそも彼女が普通の子どもかどうかも、彼には判断できなかった。

「この子を一緒に連れて回りたいのなら」女主人は連れの女性に言った。「この子の顔を少しばかりふいてあげた方がいいわね」

「それは絶対にやめて！」もう一方が叫んだ。「このままの方がずっといいの。血が付いた寝間着があればもっといいのに！ 銃弾があなたの服に当たらなかったというのは確かなのね？ 一人五ドルで五十人分はきっと簡単に集めることができますわ。それで二百五十ドル。こちらの男性が三百ドルにしてくださらないかしら。さあ、お願いしますわ！」

このように厳命されて、ロジャーは子どもに向き直った。「ノラ」彼は言った。「君が一人ぼっちだということは分かるね。お家がないんだよ」彼女の唇は震えていたが、目はじっと動かず、魅惑されているかのようだった。「ぼくのことを好きになれると思う？」彼女は、くしゃくしゃの髪の、柔らかな生え際まで赤くなった。「一緒に来て試してみるかい？」確かに彼女の表現力は限られていた。彼女は再び泣き出すことでしか答えることができなかった。

第二章

「小さな女の子を引き取ったんだよ」ロジャーはこの後、幾人もの友人に言った。しかし、彼はむしろ、彼女の方が自分を引き取ったかのように感じていた。現実に父親の役割をするという感覚と折り合いをつけることは少々難しかった。実際には、時が経つにつれて、自分の取引を後悔する危険はほとんどないと感じるようになり、大きな満足を得た。彼はだんだん、自分が神託に従ったのだと思うようになっていた。とはいえ実際、めかした若い独身男が、看護師や家庭教師へと身を転じることには何かしら滑稽なところがあるということも同様に自覚していた。しかし、これらすべてを斟酌した上で、自分が世間に正々堂々と向き合うことができると感じたのである。初めは、自分の思い切った敬虔な行為について話をする時には努力が必要で、赤面し、申し訳なさそうな笑顔を浮かべずにはいられなかった。しかしすぐに、気兼ねなく口に出すことに確かな満足を覚え始めた。たった一人だけ、その冗談半分の審判のことを思うと少々いらだちを感じる人物がいた――すなわち、いとこのヒューバート・ローレンスである。恐ろしく機知に富み辛辣で、終生、彼の奥ゆかしさに対して手厳しい批評を加える人物だったが、結局は、彼の善良な性格によっていつも許されていた。しかし彼は、たとえヒューバートは笑い飛ばしたとしても、自分自身は真剣であろうと決意していた。そして、それを自分自身と友人たちとに等しく証明するために、大きく動くことに決めた。仕事から完全に身を引き、郊外の自宅に住む準備をした。郊外の家は早速、ノラの家となるように変えられた――幸せな人生の出発点となるに驚くほどふさわしい生活の場へと一変したのである。ロジャーの住まいは父方から譲り受けた土地の中央に建っていた――「邸宅」と呼ぶには少し小さいが、田舎家と呼ぶには少し大きい住まいだった。田園の奥まったところにありながら、市街からは二時間で移動することができた。近年、この家はほこりをかぶって雑然とした状態にあったので、主人が長らく不在でめったに訪れることがなく、訪れたとしても慌ただしい滞在であったことを物語っていた。住居には半分程度しか人が住んでいない状態だったのだ。しかし、このほこり状の堆積物の下には、過去の代からの厳格な一族の神々が台座に乗って頑なに立っていた。ノラは成長するにつれて、この新しい家を、ほとんど熱烈なまでの愛情をもって愛おしむようになった。そして、代々受け継がれてきた記憶を、自分自身の消し去られた過去を埋め合わせるもののように感じて慈しんだ。この家にはローレンスと長年同居してきた年配の女性がいた。模範的な美徳の持ち主で、名前はルシンダ・ブラウンといった。彼の母親に付き添って来たのだが、彼女が亡くなった後もとどまり、この家の孤独な管理人として仕えてきたのだった。ロジャーはこの女性に対して昔変わらぬ敬意を抱いていたし、彼女の家政婦らしい世間話が、小さなノラに、彼の母が持っていた穏やかで家庭的な知性の光を伝えてくれるかもしれないように思われた。ルシンダの方は、ロジャーが結婚する可能性について、期待と不安の相反する気持ちの間で揺れていたが――総じて、統治権が縮小するのではないかという不安が、地階で話し相手を持つことができるかもしれないという期待を上回ってきた(7)――ノラの登場を実に安らかな妥協として受け入れた。その子どもはとても幼いので彼女の権限を脅かすことがない上、家計が徐々に拡大していくことを十分に保証してくれる重要な存在だった。ルシンダは、絨毯やカーテンを新調し、台所を一新し、新しい帽子をいくつか買って、自分の姪を針仕事役に呼び寄せることを思い描いた。ノラは大きな結果をもたらし得る小さな糸口だったのだ。この糸口は成長とともに広がるだろう。ルシンダはそれゆえに慈悲深かったのである。

ロジャーには、人生が新たに始まり、世界が新しい顔を持ったかのように思われた。今や、水平な地平線のはるか上、虚空を背景にくっきりと、この小さな堂々とした姿が昇ったのである。その姿は、このような位置にある物体がそうであるように、実際以上に大きく見えた。彼女はとても多くのことを考えさせた。男がその父親となって育てる子どもは、気づかないほどわずかずつ、その男の人生という織物に存在を織り込んでいくので、男はほんのわずかずつ、父親の役割を身に付けていくものである。しかし、ロジャーは経験を飛ばして、一躍で父親という意識の中に飛び込まなければならなかった。実のところ、跳躍に失敗して、二度と挑戦しようとしなかった。時間がゆっくりと彼を適切な栄誉に導いてくれるはずである。それがどのようなものであろうとも。彼はその子どもに、父親の名に付随する平凡な所有権を主張することは絶対に避けたかった。ひたむきに新たな義務と保護責任とを引き受けたが、繊細で慎ましい気性だったので、自分の権利を厳密に定めることはすべて躊躇した。この究極の方向転換を決意するには若すぎたし、自分が若いということに敏感でありすぎた。彼の心はむしろ、変化に身を任せて生きるという考えに浮き立っていて、変化は常によい方向に向かうように思われた。しかし、常に心を砕いて、ノラの以前の生活に関わる陰うつな恐れやみじめな記憶を追い払おうとした。現在の喜びや慰めが描かれた大きな幕によって、子どもらしい彼女の感覚から過去を隠そうと骨折った。彼女の人生が、自分が家に連れ帰った瞬間から始まるのであればよいのにと思ったのだ。彼女を連れ帰ったことがよい結果を生むか、悪い結果を生むかは分からなかった。しかし、現在の保障された安全という光の中から、あらゆる悪質な可能性を消し去りたいと願った。この点に関する彼の方針は、他のあらゆる物事と同様に極めて単純だった——彼女を幸せにして、善良に育てるということである。彼女の幸せのために巧みに工夫を凝らす一方で、自分自身の幸せもしっかりと確立されたようだった。自分が以前の倍も男らしくなったように感じられたし、世界も倍になったように思われた。取るに足らない陳腐な取柄はすべて、利他的に使われたことで香しいものになったのである。

市街を離れる前に最初に行ったことの一つが、ノラに、みすぼらしい喪服を脱がせて、新たに子どもらしい色の服を着せることだった。ホテルの主人の妻が教えてくれたのだが、彼の行為は、ノラの将来に関心を寄せる幾人かの女性によって（とりわけ新聞への寄稿文を計画していた女性には）、甚だ不敬な行為とみなされた。しかし彼はそれでも決意を曲げなかった。新しい服を着せると、写真家のところに連れて行って何枚もの肖像写真を撮らせた。写真は実物以上にはならなかった。大人びて、陰気で、元気のない印象に仕上がったのである。彼はその写真を、知り合いの年配女性二人に見せた。彼女たちの意見を買っていたのだ。誰が写っているのかは告げなかった。女性たちは、「奇妙な子」と宣言した。この直後、ロジャーは大急ぎで、平和で無批判な田舎へと彼女を連れ去った。ここでの彼女の様子は、長い間、奇妙に素直で生気のないものだった。ふさぎ込んでいるというわけではなかったが、朗らかでもなかった。微笑みはしたが、まるで、微笑まないことで周りに不快な思いをさせることを恐れて微笑むかのようだった。彼女には、ずっと孤独だったために楽しむという生得の権利を軽んじることをすっかり学んでしまった子どものような雰囲気があった。時々、絶望して挑戦的なまでに無気力に見えた。「どうかお助けを！」ロジャーは思った。彼女をこっそりと見守っていた時のことである。「彼女はただ愚鈍な人間になってしまうのでしょうか？」しかしやがて、彼女の物憂げな静かさは、たくさんの物事を観察しているからであって、成長とはとても静かな過程なのかもしれないと理解した。彼女の過去を知らないことが彼を悩ませ、いらだたせた。彼女が今日まで生きてきたということを、自分は受け入れまいと用心していたほどだった。彼は彼女の昔の記憶の領域を爪先立ちで歩いた。休眠中の何らかの権利要求を、いわば醜い幽霊を、呼び覚ますことを恐れたからある。それでも彼には、彼女の最初の十二年間をこれほどまでに知らないということは、重要な因子を欠いたままに自分自身の問題を測定しなければならないかのように感じられた。まるで、この二回目の洗礼のためにあらゆる妖精を召喚したにもかかわらず、最高位の代母は、意地悪く、離れたところに潜んでいるかのようだった。ノラは本能的に自分自身のことを話さない方がよいと気づいていたようで、この件については早熟な才覚を発揮した。わずかばかりの持ち物の中で唯一、過去を生々しく示す物は、母親の小さな彩色写真だった。物憂い様子で、えりぐりの深いドレスに身を包み、幾分粗野な美しさを大いに持つ女性だった。一度ロジャーに必死な様子で唐突に告げたことがあったのだが、ノラはどうやら、母が歌手だったことを控えめながらうれしく思っていたようだ。合わせて、自分の異種混交的な素質とボヘミアの風景に何らかの親密な関係があることが証明されていると考えていたようである。物事の通常の関係性が、短い人生経験の中ですっかり逆転しているようだった。未熟と早熟とが無節操に連帯して、幼い心を分かち合っていたのだ。明々白々な真理には無知であったが、奇妙奇天烈な偽りはすぐ真に受けた。極めて一般的な知識体系には暗いが、極めて奇異なものには明るかった。地球が丸いことはかろうじて知っている程度だったが、レオノーラが『イル・トロヴァトーレ』[8]のヒロインであることは知っていた。文字を書いたり語を綴ったりはできなかったが、カードゲームで最も驚くべき類の芸当をやってのけることができた。濃い緑茶が大好きであること、新聞の日曜版に掲載されているロマンスものに関心を持っていることを打ち明けた。どうやら彼女は、恐ろしく低俗な土壌に芽生えたらしかった。彼女は火中から救い出された燃えさしだったのだ。数々の無作法な言葉を、極めて純真な口調とまなざしで口にしたが、同時に今までのところは、文法体系や教義問答に疑いを抱くこともなかった。しかしある時、ロジャーが彼女の言葉遣いを正した際には、注意深くその言葉遣いを維持しようとした。また、彼が彼女の語彙を次々と退治してしまった時には、生き残った言葉を使ってうまく切り抜けた。神学の基礎的原理に対しても適切な敬意を示した。間に合わせの教育しか受けていないことを考えると、彼女が随分と淑女然としていることに彼は驚いた。父親に対する彼の印象は散々なもので、ぬぐい去ることはできなかった。故ランバート氏は悪党だった。しかしロジャーは、それがすべてでもないだろうと想像した。自由に想像を働かせて、この哀れな男の妻が、生まれもよく、優しい気性の女性であったと仮定した。そしてこれをもとに、独創的でささやかなロマンスを作り上げさえして大いに慰みを得た。ランバート夫人は、夫の厚かましいほどの口のうまさに惑わされていたのだが、常に変化するご都合主義と貧困との闘いの中で正気に戻った。この間に彼女は、より幸せだった少女時代の友人が賞賛してくれた声を喜んで頼みにすることにした。彼女は疲れ切り、失意のうちに亡くなった。自分の子どもに人の哀れみが施されることを切に願いながら。ロジャーはこんな風に哀れな女性の霊魂と感傷的な親密さを確立して、少女の頭越しに、この漠然とした母親の幻と何度となく挨拶を交わしたのだった。しかし彼は決して、このような空疎に紡がれた楽しみに身を任せていたわけではなかった。もっと大きな喜びに浴していたのだ。自らの手で最初の釘を打ち込み、ノラの素地に滑らかな礎石を敷き、読み書きや算術を教え、物事についての彼女の原初の感覚を育成することに大いに自分が関わろうと決意していた。かくして、寛大な教育者へと身を転じた彼を見よ。ささやかな抱擁で彼女を励まし、微笑みでもって彼女の誤りを正している。ほこりを浮き上がらせる朝の日の光が(9)、小さな書斎に差し込み、ノラの黄褐色の髪にとどまっている様子は、部屋を活気のある教室のように見せた。ロジャーはまた、教師の地位にあるためにいずれ必要となるものについて事前に手を打ち始めた。役立つ書物を一通り読み始め、教育、衛生、倫理、歴史について、膨大な量をむさぼり読んだ。子どもの健康のための規則や習慣を示した一覧表を作成した。食べさせる物の重さや量を測り、ルシンダ、牧師の妻、それから医者と、食事摂取の方法や衣服について何時間も話し合った。ポニーを買ってやり、乗馬で隣接する田園を一緒に訪れ、森や野原を一緒に巡り、田舎の小さな乙女の中からふさわしい者を彼女に引き合わせるために選び出した。孫を溺愛する老婆でも、これらすべてにおいて、これ以上に繊細な能力を細部にわたって発揮することはできなかっただろう。実に、彼は熱を入れすぎてほとんど心休まることがなかったので、ルシンダはしばしば、努めてその熱を冷まそうとして、気を揉みすぎて幸せをすり減らしていいます、と諭した。一週間に何度も、甘やかしてどうしようもない子どもに育ててしまう恐れから、手に負えなくなって下品で粗野な子どもに育ててしまう恐れへと巡りながら過ごした。時には、何日も続けて日課を免除してやり、冬の日差しの中、自分のそばで遊ばせておいた。またある時には丸一週間ほど屋内にとどめておいて、本を読み聞かせたり、説教したり、版画を見せたり、物語を聞かせたりして過ごした。彼女は優れた音楽の耳と、将来性を感じさせる魅力的な声を持っていた。ロジャーは、彼女にその声を使わせてやるべきか、使わずにとっておかせるべきか、その筋の人々に相談した。一度市街の劇場の一つで興行中の昼公演に連れて行ったのだが、彼はその後一週間、苦悩する羽目になった。遺伝的に受け継いでいる素質が消散するのを自分が早めたのではないかと心配になったのだ。夜、横になってまんじりともせず、懸命に心の中で、冷淡さと淡い愛情との間に、適切な妥協点を定めようとした。心は優しさで満ちていたが、優しさを示す行動は計り分けたのである。長い間、彼女に自分のことを何と呼ばせようか決めかねていた。まず直感的に、「お父さん」は却下することにした。問題は「ローレンスさん」にするか、自分の洗礼名にするかであった。一週間、どちらが適当かを比べて検討した後、子ども自身に選ばせることにした。彼女はこの時まで彼に名前で呼びかけることを避けていたが、ついにどの名前がよいかを彼が尋ねたのだった。その時はぽかんとした様子で見つめていたが、数日後、彼女が大声で叫んでいるのが聞こえてきた。「ロジャー!」その声は彼の部屋の窓外にある庭から聞こえてきた。彼女は、一か八か、小さな浅い池に足を踏み入れてみたのだった。彼の土地にある池で、今は薄い氷で覆われていた。氷は足を踏み入れると大きな音を立ててひび割れ、彼女を乗せて静かに揺れていたのだが、池の縁からは数ヤード離れてしまっていた。突然の恐怖の中で彼女の心が選んだのであって、その心の選択は、その後決して覆ることはなかった。環境は彼女にゆっくりと影響を及ぼしたようだ。というのも長い間、彼女には変化の兆しがほとんど見られなかったのだ。ロジャーは冬の夜に、室内履きを履き、炉辺で彼女を心配そうに見つめながら、炉すみで一時間も猫の背中を撫でながら一言も口をきかずに、質問をするのでもお願いをするのでもなく座っていられるなんて、愚鈍な子どもだけではないだろうかと、あれこれ考えた。その後で聡明なまなざしと目が合い、彼女は彼が思っているよりも賢いのだ、からかうか試すかしていていて、小妖精のような鋭敏さで、彼の崇高な労苦の裏をかいているのだと空想したものだ。どうがんばっても彼には彼女が美しいとは言えなかった。容姿が平凡な女性は利口になりがちだが、彼女は利口になりすぎたりしないだろうか？（それほど恐ろしいことはない！）夜、ノラを寝かしつけた後、ルシンダは小さな図書室に入ってきて、ロジャーと厳かに額をつき合わせて話し合った。女性として彼女の方が適していると考えた事柄については、彼は進んでルシンダの意見を求めた。彼女は全くの独身女性だったが、母性的な知識を大いに披露し、幾度もうなずいたり目配せしたりして、自分の判断力には神秘的な奥深さがあると匂わせるのだった。子どもの恩知らずで薄情な様子についてはすっかり彼を安心させた。彼女は泣き寝入りませんか？　声を抑えて、小さな枕の上でね？　毎晩お祈りの時にはあなたのことを口にしませんか――あなたのことを、あなたのことだけをね？　彼女の家族が、「家族」として不十分なところがいかに多かったとしても――ルシンダは、ノラの家族の不十分さは全くもってひどいものだと考えていた――ノラは間違いなく生来の淑女です。平凡な容姿についてはもうしばらく待てば変わりますよ。子どもの時の平凡さは、大抵、大人の女性になると美点になります。それに、彼女が美しくなる運命になかったとしても、その場合は高慢になることは決してないということです。

ロジャーは若い連れに、彼に対してどのような借りがあるのかを思い起こさせたいとは考えていなかった。というのも、彼の計画の要は、二人の関係が完全に自然の成り行きに従って成熟していくべきだということだったからである。それにしても彼は根気強く見守った。植物学者がその年最初のすみれを求めて森林を歩き回るように、自発的な愛情という引っ込み思案な野の花が咲くのを見守ったのである。彼が目指したのはまさしく、その子に情熱を注ぎ込むことだった。彼女のまなざしや声に情熱的な優しさの兆しを見出すまでは自分の実験は失敗なのだ。実験が成功するのは、彼女が泣いて涙を流し、しがみついて、愛していると自分に告げる日であろう。そのように彼は自説を持った。しかし実際には、彼の期待は、この世の不完全な論理に従う以上のものだったかもしれない。そのような美しい役割を果たすには、彼女は子どもとしてはあまりにも無頓着だった。少女としては内気すぎた。しかし、私は秘密を話すつもりはない。ロジャーは生来感情を表に出さない人物だったので、忍耐強く真意を抱き続けた。ノラはその間、表面上は明確な愛情と同様に不信感も示すことはなかった。彼女は惜しみない平穏の中ですくすく成長していった。彼女がまず、穏やかに、いやむしろ荒々しく膨らみ始めたのは体格においてであった。十分に栄養をとって丈夫な外形を獲得しつつ、一方では確かに少女時代のおぼつかない内気な段階に入っていこうとしていたのである。ルシンダは彼女の中に、将来美しくなる可能性を探し出そうとしたが、それも空しく、娘の豊かな黄褐色の髪に精力を注ぎ込むことに逃げ道を見出した。猛烈なまでに力を尽くして彼女の髪に櫛を入れ、髪を編んだ。その冬は過ぎ去り、かなり春めいてきた。ロジャーは手元に引き取った子どもを見ながら気が滅入ってくるのを感じていた。いとこのヒューバートの来訪について考えていたのだ。現状では、ノラは彼の趣味のよさよりも、博愛精神の方をより鮮明に証明していた。

ヒューバートに手紙を書くべきか、またどのように書くべきか、しばらく考えあぐねた。ヒューバート・ローレンスは四歳ばかり年下だった。しかしロジャーは、精神に関わる事柄については、常に彼の方にはるかに優位な立場を認めていた。ヒューバートは牧師になったばかりだった。今こそ恩寵が必ずや天性に惜しみなく手を貸して、彼の偉業の輪を完成させるだろうと思われた。彼は極めて顔立ちがよく、才気にあふれていたが、その才気は、ただただ当人の魅力を増すようにしか思えない類の才気だった。彼とロジャーは幼い時期をほとんど一緒に過ごしたので、二人の間には調和と不調和が奇妙に入り混じった親密な関係が築かれていた。気質や性格が全く異なるので、二人はいかなる点においても、同じように考えたり、感じたり、行動したりすることはなかった。ロジャーはいつも寡黙で考え深そうに、またヒューバートは率直で皮肉に、異なる意見を表した。しかしそれにもかかわらず、一方は他方の中に、腹立たしいほど似た自分の片割れを見出すようだった。二人の間にはある種の少年じみた気まぐれのようなものがあったので、二人が微妙な問題にいつまでもこだわっているようなことはなかった。しかし時々、気質的にお互いが相容れない陣営に属しているということ、そして、それぞれが自分の人生を進めば進むほど、自分たちの人生はますます別の方向へと離れていくだろうと感じるのだった。ロジャーは気立てが優しい人物だったので何度となくため息をつくことになった。いとこの心の何かガラスのような冷淡さが、いつも彼の愛情の刃先を鈍らせたからである。それでも、彼はヒューバートに対して深い敬意を抱いていた。彼の才能を賞賛し、彼との交際を楽しみ、彼を善意で包んだ。一度ならず、ヒューバートが思う以上に、また道理で考えられる以上に、自分が彼のことを大事に思っていると告げた。いとこの方では自分のことを同じようには受け止めていないということが分かっている時でさえ、いとこのことを進んで真剣に受け止めようとした。ヒューバートの方は、自分の信念を天の奥義のためにとっておいたので、地上の奥義はほとんど信じていなかった。彼は、彼の理解では二人は全く等しい情熱でもって、この世の何をおいてもお互いを、まさしくお互いだけを愛していると断言したことだろう。ロジャーは、考え得るヒューバートの姿として、ある種の形而上的な「概念」を心に抱いていたが、実際のヒューバートはそれをひっくり返すことに理不尽な満足を感じていた。ロジャーが空想の中で描いた、清らかで広々とした輪郭の中に、この若い牧師は、ねじけて不釣り合いな影を投げかけた。ロジャーはいとこのことを、この若者自身よりも真剣に受け止めていた。実際、ヒューバートはどうも遊ぶためにこの世に生まれ出たようであった。総じて彼は遊び半分に生きていた。遊び半分に学び、遊び半分に神学に取り組み、遊び半分に友情を育んだ。そのため、特定の休暇には、かなり熱心に恋愛をして遊んでいるだろうという憶測を呼んだ。ヒューバートはしばらくの間ニューヨークに身を落ち着けていたので、最近二人はほとんど手紙を交わしていなかった。ヒューバートが夏休みの一時期をいとこのところで過ごすために訪れるという計画は、これまでも話に上っていた。そこで、世帯と家庭の長となった今、ロジャーはいとこにこの暗黙の申し合わせを思い出させた。結局は自分のささやかなロマンスのことを彼に伝えていたのだが、いとこの審判には無関心であるかのように虚勢を張っていた。しかし内心は、ヒロインについてのヒューバートの判断を聞きたくて仕方がなかった。ヒューバートは返信で、その件についてはすっかり知っている、そして、夕食時に彼が子どもの胸当てをピンで留めてやるのを見たり、部屋着を破ったことについて子どもにお説教するのを聞いたりするのはとても麗しい見ものに違いない、と書き送ってきた。

「それにしても、その若い女性とぼくはどんな関係になるのだろうか?」彼は付け加えた。「その養育関係はどこまで進んで、どこで終わるのだろうか？　君の正式な娘であればぼくのいとこということになるだろう。しかし他の人間のために養子にするわけにはいかないだろう。彼女を見るまで待つことにしよう。それで好ましい娘だったら、ぼくのいとことして認めることにしよう」

ヒューバートは七月に二週間ほど滞在しにやって来て、すぐにノラに紹介された。彼女は恥ずかしそうにおそるおそる部屋に入ってきた。ハイウェストの部屋着にはほころびがあり、手には『子どもの本』[10]を持っていて、指を「思慮深いプリンセス」[11]の物語のところに挟んでいた。ヒューバートは彼女に慇懃にキスをして、お近づきになれて光栄です、と告げた。彼女はロジャーの膝のそばの定位置へと退き、立ったまま若者をじっと見つめていた。「巨大な足をしている」とヒューバートはフランス語で言った。[12]

ロジャーはいらだった。ある程度は自分に対してである。というのも、自分が彼女に大きな靴を履かせたからだ。「彼のことをどう思う？」子どもの髪を撫でながら尋ねた。半ば意地悪く、子どもならではの率直な洞察力を発揮して、その若者について「大当たり」となるような気の利いた言葉を発してくれることを期待した。しかし、ヒューバートの欠点を正しく理解するためには、彼の欠点によって致命的な経験をしていなければならなかった。この時彼は二十五歳で、並外れてハンサムな若者だった。身長はいとことほぼ同じだったが、体つきがしなやかで細身だったのでもっと背が高く見えた。目は青く涼しげで、髪は豊かで金色だった。顔立ちは驚くほど清廉に仕上げられていた。歯は白く、微笑みはとび切り素晴らしかった。「私は」ノラは言った。「白馬の王子様[13]みたいだと思う」

ヒューバートが立ち去る前に、ロジャーは子どもについて慎重な意見を述べてくれるように頼んだ。美しいか、醜いか？　興味深いか？　しかしながら、彼女のことを真剣に考える気にさせることは難しかった。ヒューバートの観察力は、一般的な真理よりも特定の利益のために行使されるものだった。そうであれば、ノラのおぼつかない子ども時代がヒューバートにとって何の利益になるだろうか？「ぼくには女の子だと思えない」彼は言った。「男の子のように思える。木には登る、塀はよじ登る、うさぎは飼う、君の年老いた雌馬には乗る。今朝は池の中を歩いて渡っているところを見たよ。おてんばな娘に育っている。君はもっと洗練された影響を与えるべきだ。彼女がこの辺りで享受しているものよりもね。家庭教師を雇うか、学校に行かせるかするといい。今は十分だろう。しかしね、彼女が二十歳になったら君はどうするつもりだい？」

ヒューバートの素描から想像されるように、ノラは幸せに暮らしていた。友人はほとんどいなかったが、長い夏の日々には、森や野原や果樹園で、ロジャーは彼女に田園にまつわる数々の不思議な話を授けた。そうした話は子ども時代にはとても大切なものであるし、後年には深い愛情をもって記憶にとどめられるものである。彼女はますます丈夫で元気に、好奇心旺盛で活発に育っていった。ぼろぼろの衣服、日焼けした頬と腕、疲れた日々の終わりにくる長い夜の喜びを深々と味わった。しかしロジャーは、いとこの言葉をよくよく考えた末に、彼女をもっと長くこの家に引き留めておくことは「永遠に女性的なるもの」(14)に対する正当な義務を怠ることになるだろうと考えるようになった。彼女の成長の流れは、まもなく男の知力が及ばないほど深いところへ流れ込み始めるだろう。そのため彼は、彼女を学校に入れようと決意し、その目的をもって様々な寄宿学校の良し悪しを調査し始めた。熟慮に熟慮を重ね、学校経営者と膨大なやり取りを行った後、ついに、かなり有望だと思われる一校を選び出した。ノラは学校の授業を一度として経験したことがなかったが、この新たな道に大喜びで進み入った。しかし彼女は彼女の友人に、私が以前にお話しした、あの甘美な、長い間据え置かれてきたあの感情を示すことになった。別れる時、彼女は愛情が発作的にわき起こったかのように彼の首に抱きついた。彼は彼女の頭を両手で挟んで彼女を見つめた。彼女の目からは涙が流れていた。その後一か月、彼は彼女からたくさんの手紙を受け取った。残念ながら綴り間違いもあるが、神々しいほどに涙を誘う手紙だった。

この段階のノラの様子を詳細に述べる必要はない。この時期は二年続いた。ロジャーは彼女の不在をひどく寂しく思った。専心すべき仕事がなくなったのだ。それでも彼女の不在こそが彼の心を占有した。助言をしたためた長い手紙を書き、自分に起きたことをすべて伝え、本や実用的な衣服、ビスケットやオレンジを送った。一年が過ぎる頃には彼女を手元に取り戻したいとひどく願うようになっていた。しかし彼の良識がそれを許さなかったので、翌年は旅行で気を紛らわすことに決めた。出発前、学校がある小さな田舎町を訪れて、ノラに別れを告げることにした。彼女が彼のところを離れて以来、顔を合わせていなかった。というのも、彼が決めたことだったが――哀れにも大変勇敢なことに――長期休暇はある学友と、この特別な時期の親友と、過ごさせてやったのだ。彼女は驚くほど変わっていた。実際よりも三歳年長に見えた。時々刻々と成長していたのだ。美しさや調和はまだ彼女には授けられていなかった。しかしロジャーは、彼女の若々しい未完成さの中に、彼女の自然との取引はまだ終わっていないという芳しい確信を抱いた。その上、彼女には捉えどころのない気品があった。子ども時代の未熟さが、性別を意識するようになったことによってかすかに和らぎ始める、あの魅惑的な少女時代に達していたのだ。彼女は急速に、女性特有の冗舌さも継承しつつあった。彼を午前中ずっとおしゃべりでもてなした。内緒事も打ち明けた。学校でのあらゆる些細な出来事についてあれやこれやと休みなくしゃべり続けた――好きなこと、嫌いなこと、期待や不安、友人や先生、勉強や物語の本などについてである。ロジャーはうっとりと魔法にかかったように、笑みを浮かべて座っていた。まさに彼女が少女時代の真髄を体現しているように思われたのだ。この時初めて、彼女の個性を意識するようになった。彼女には計り知れないほど多くがあって、あふれんばかりであった。別れる時、自分の望みを、長い、長いキスに込めて彼女に託した。彼女も彼にキスをしたが、この時は微笑みながらであって涙ながらにではなかった。彼女には、この面会の間に友人の心に花開いた考えを推し測ることも理解することもできなかった。彼女と別れると、彼は見知らぬ田舎道を長い間散歩した。その日の夜、自分の気持ちを短い手紙にしたためてキース夫人に送った。キース夫人とは、かつてモートン嬢だった女性の現在の称号である。彼女は結婚して海外に渡った。その地ローマでは古の金言どおり、現地の習いに従い、その地のアメリカ人がするように、ローマ・カトリック教会に入信した。彼の手紙は次のような内容だった。

親愛なるキース夫人

かつてあなたに、自分はとても不幸になりますとお約束しましたが、あなたは私を信じてはいらっしゃらなかったのではないかと思います。信じてくださったようには見受けられませんでした。いずれにしても、その反対を願ってくださったに違いありません。ローマ・カトリック教徒になられたと伺いました。もしかすると、サン・ピエトロ大聖堂[15]で私のために祈ってくださったかもしれません。このお手紙を差し上げて、甚だ簡単ながら、私がもっと価値のある境地に転向したことをご説明させていただきます。ご存知のとおり、二年前、私は身寄りのない幼い少女を引き取りました。近いうちに彼女は魅力的な女性になるでしょう。そうなるよう、できる限りのことをするつもりです。もしかすると、これから六年後、大いに感謝して、あなたのように私を拒絶することはないかもしれません。これまで以上に私のために祈ってください。そもそも私が始めたことです。完璧な妻を得ることができない場合は、私自身の責任です。

第三章

ロジャーの旅は長く、様々な地域に及んだ。西インド諸島と南アメリカに行き、そこから東部の港の一つで船に乗り込み、ホーン岬[16]を回ってメキシコを訪れた。そこからカリフォルニアへ旅をした後、パナマ地峡[17]を横切って帰郷したが、北向きの旅路の途中には様々な南部の都市に暫時立ち寄った。この旅はある程度センチメンタル・ジャーニー[18]だった。ロジャーは現実的な男だった。旅を続けながら様々な情報を集め、風俗や習慣を書き留めた。しかし彼の観察に霊感を与えたのは故郷の少女だったのだ。彼自身の成熟期に、成熟過程にある仲間だった。彼が印象を集め、宝物を蓄えたのは彼女のためだった。彼は、彼女を魅力的な女性、そして完璧な妻にすると決意していた。しかし、自分が空想で描くような女性にふさわしくあるためには彼自身が多くを学ばなければならなかった。よき夫になるためには、まず賢い男にならなければならない。彼女を教育するためには、まず自分自身を教育するべきなのだ。日々、自分と接触することが人格教育となり、自分と一緒にいるだけで恩恵を受けることになるようにするのだ。この目的のためには、自分は知恵の泉、経験の目録であるべきだ。彼は厳粛な目的意識に基づいて注意深く旅をした。さながら、愛する者の幸福のために巡礼の旅をする前時代の厳格な帰依者のようだった。彼は多大な労力をつぎ込んで膨大な日記をつけた。来る年月の冬の夜に朗読するつもりだった。彼の日記は直接ノラに向けて書かれていた。彼女が全体を通じて、読者あるいは聞き手として想定されていた。時々、イザベル・モートンに対する誓いについて考え、あの時の情熱はどうなったのかと自問した。あの情熱は、我々の尽き果てた情熱があまねく向かう忘却の淵へと追いやられたのだ。彼女が元気で幸せであると知って彼は喜んだ。帰郷したら再び彼女に手紙を書いて、彼自身、彼女が望むのと同じくらいお会いしたいと思っていると書くつもりだった。時折、ノラに向ける自分の愛情がどのような性格のものであるのかを熟考し、この世でその愛情にふさわしい呼び名があるとすればそれは何だろうかとあれこれ考えた。間違いなく、彼女に恋をしているのではなかった。子どもに恋をする者はいないだろう。しかし、恋人としての愛は持っていなかったとしても、少なくとも恋人としての警戒心は持ち合わせていた。自分の計画が失敗に終わるかもしれないと考えると彼はみじめな気持ちになった。失敗するかもしれないが、それは彼女のせいではないと、たわい無く自分を納得させた。彼女の未来には自信があった。この間の学校での面会で、彼女の混沌とした少女時代という謎の答えに見当がついたのだ。彼女の不変性と同じくらい自分の不変性も確信できさえすればいいのに！　この点に関しては、哀れなロジャーは自分の良心を信頼してよかっただろう。しかし自分の決意を試すため、彼は意図的に誘惑を求め、多くの場面で、目の前にある愛らしさと、不在の約束とを競い合わせて比較した。大いに赤面を浪費することもためらわずに、勇敢にも南部の様々な魅力的な人々の甘い言葉に身をさらした。みんな、一人を除いてことごとく失敗し、彼の胸を高鳴らせることはできなかった。彼はそうした感じのよい人たちを注意深く観察し、資質や美点を書き留めた。女性の魅力の幅が分かるかもしれないからだ。女性のあり方や行動の最上のものについて、個人的な経験を得たいと思った。しかし例外は私が言及した一例だけで、他の妖婦は一人として輝くことはなかった。闇に包まれた未来の中で、明るさを補完する宵の月のように常にかすかな光を放っている、不鮮明だが丸みを帯びたあの姿ほどに現実的な輝きを放つことはなかったのである。彼の哀れで小さく潜在性に富んだノラの輝きが一時的に陰ったのは、リマ[19]においてであった。彼はここでスペイン語を話す若い女性と知り合ったが、その女性のふくよかで成熟した純真さが、彼には神々しいほど愛らしく思われた。無知が美点であるなら、賢明であることは何と嘆かわしいまでに愚かなことだろうか！　彼はハバナ[20]からリオデジャネイロ[21]に渡る時、彼女の兄と同船だった。気のいい若者で、リマに着いたら自分の家に来て滞在するように彼に約束させていた。ロジャーはこの約束を守って三週間を彼の家で過ごし、愛らしいテレシタと知り合った。彼女は彼に思案させることになった。それもとても熱心に、である。媚を売ることなど一切なく、彼の関心を得ようと何ら試みることがなかったため、彼女は彼を一層感動させた。彼女の魅力は完全な純真さによる魅力であり、ある種の従順で未熟な愛らしさであった——俗世を思い出させることのない天使が持つ愛らしさだった。澄んだ榛色の目と、波打つ漆黒の巻き毛は言うまでもなかった。かろうじて自分の名前を書くことができる程度だったが、彼女の心という夏の薄明かりから、その中は恋をしている鳥の声で満ちているように思われたのだが、ノラの将来の地位に不穏な影を投げかけた。ロジャーには、対照的に、ノラが上等の人形のように思われた。ねじ巻き仕掛けの代物で、耳をすませば、その美徳がチクタクと音を立てているのが聞こえてくる。妻を求めてあちこち遠くを旅して回る必要があろうか、ここに自分の心にかなった出来合いの女性がいるというのに？　天使と同じくらい読み書きができず、中世のバラッド[22]の小さな一葉のように誠実——そしてその素朴で小さい額の下には、二つの永遠なる愛の光が輝いている。

日一日と、美しいペルー女性の近くで、ロジャーは現在に満足していった。何と幸せで、のんびりしていて、心安らかなのだろう！　彼は未来に抗議した。遠くに置いてきたぎこちない小さな人影が、あの大きく淡い色の目で自分をじっと見つめることに耐えられなくなっていった。その目は、考えれば考えるほど、ますます大きくなっていくようだった。要するに、彼はテレサに恋をしていたのである。彼女の方では愛されることを喜ばしく思っていた。優しい小麦色の顔で彼を受け止め、常に同意の微笑みを返してくれた。ある日の夕方近く、二人は一緒に家の最上階にあるテラス[23]に登った。太陽がちょうど姿を消したところで、南方の景観が夜の涼気を飲み込みつつあった。二人はしばらく黙って立っていた。やがてロジャーは、自分の愛情を語らなければならないと感じた。テラスの向こう端に歩いて行きながら適切な言葉を探した。見つけるのは難しかった。相手は英語を少ししか話さないし、自分も少ししかスペイン語を話さない。するとそこで突然、彼女の子どもじみた稀有な機転に対する困惑の念に襲われた。彼女に賛辞を送ったことは一度もなかったし、本当の意味で彼女と話をしたことは一度もなかったのだ。それは彼が語るものではなく、彼女が察知するものだった！　彼女はくるりと向きを変えてテラスの手すりに背を向けて寄りかかり、彼を見て微笑んでいた。彼女はいつも微笑んでいた。彼女は古く色あせたピンク色の家庭着を身に付けていた。喉元が大きく開いていて首にはリボンが巻かれており、そのリボンには小さなトルコ石の十字架がぶら下がっていた。編んだ髪の房の一つが落ちてきたので、彼女はそれを前に引き寄せて、その端をふくよかな白い指で編んでいるところだった。彼女の爪は念入りには手入れされていなかった。彼は彼女の方に向かっていった。次に二人の相対的な位置関係を完全に意識するようになった時、自分が一度ならず彼女に優しくキスをしていて、彼女が身を任せていることに気がついた。立ったまま彼女の両手を握り、顔を赤らめていた。彼女の方は顔色に変化はなく、微笑みがわずかに深まったくらいだった。髪の房がもう一つ垂れてきた。彼は愛らしさを感じて喜びで満たされていたが、その喜びは、あまりにも簡単に彼女を得たことによる漠然とした疼きによって抑制された。哀れなテレシタにはキスするしかない！　不意に、愛していると、まだ一度もはっきりと告げていないことに気づいてぞっとした。「テレサ」ほとんど怒っているかのように言った。「あなたを愛しています。分かりますか？」答える代わりに彼女は彼の両手を持ち上げて代わる代わる唇を当てた。この後すぐに、彼女は母親と教会に出かけていった。

翌朝、彼女の兄の事務係の一人が、財務管理を任せている者から送られてきた手紙の束を彼に渡した。そのうちの一通はノラからの短信だった。次のような内容だった。

親愛なるロジャー

とてもお知らせしたいことがあるのです。ピアノで賞を取りました。これをお伝えするためだけに、こんなに遠くから手紙を出すなんておばかさんだと思わないでください。でもとても誇らしいので、知っていただきたいのです。賞を目指した三人の女子学生のうち、二人は十七歳でした。賞品は「ウィーンのモーツァルト」と呼ばれる美しい絵画です。たぶんあなたもご覧になったことがあるでしょう。ミュレイ先生は寝室にかけたらどうかとおっしゃっています。練習に行く時間になりました。というのも、ミュレイ先生が、これまで以上に練習しなければならないとおっしゃるからなのです。親愛なるロジャー、旅を楽しんでいらっしゃることを心から願っています。地図の上であなたについていきながら、地理を大いに学んでいます。私のことを絶対に忘れないでほしいと思っている、あなたの忠実な、　ノラより

この手紙を読んだ後、ロジャーは宿主である友人に、彼のところを発たなければならないと告げた。若いペルー人は、反対し、抗議し、理由を教えてくれと頼んだ。

「実は」ロジャーは言った。「ぼくは君の妹さんに恋をしていると思うんだ」この言葉は、彼の耳にはまるで誰か別の人間が話しているように聞こえた。テレシタの光は消され、もはや油の匂いを放ちながらくす

ぶっているランプ同様に魅力を失っていた。

「なんだ」友人は言った。「それはここにとどまる理由に思える。君が義理の弟になるとすれば、これほどうれしいことはない」

「それは無理なんだ！　ぼくは故郷で若い女性と婚約している」

「ここでは恋をし、あちらでは婚約し、結果、婚約しているところに行くという！　君たちイギリス人はおかしなやつらだ！」

「テレサに、ぼくが敬愛していると、しかし故郷に固く誓った人がいると伝えてくれ。彼女には会わない方がいいだろう」

　かくして、テレシタとさらなる交流を持つことなく、ロジャーはリマを発った。帰郷の途中で、彼女の兄からの手紙を受け取った。彼女がバルパライソ[24]の若い商人と婚約したことを告げる手紙だった——素晴らしい縁組である。若い女性の方も彼に挨拶を送った。ロジャーは友人の手紙に返信し、テレサ嬢への結婚祝いの品として、同送の装身具を受け取ってくれるように頼んだ——トルコ石の小さなブローチである。ピンク色にとてもよく合うだろう！

　ロジャーは秋に家に着いたが、ノラはクリスマス休暇が始まるまで学校に預けておいた。その間自宅に新しい家具を備え付けて、少女の子ども時代の最終幕に向けて舞台を清めることに専心した。彼は常に室内装飾品についてささやかなこだわりを持っていた。今、それを繊細な目的に導かれて用い始めた。その目的のもとで、すべてにおいて、厳粛で格式張ったものよりも初々しく優美なものを好むようになり、年月を経た住居の至るところに潜んでいる過去の古臭い遺物と格闘することになった。品のよいものに旺盛な敬意を持っていたが、無謀な贅沢は嫌悪していたのでバランスは保たれていた。女性はよい身なりをしてよい家に住む方がいいし、虚栄心をあまりにけちに扱うと、必ずその報いを受けることになると考えていた。そのため、彼は虚栄心も考慮した。しかし何よりも悩ましかったのは、ノラが早熟で上品ぶった女性になるのを見ることに対する恐れだった。そのため、可能な限り純粋な効果を目指す一方で、代々継承されてきた醜悪さや美徳の遺物が警告を発しているように思える時、あちらこちらで、手を下すのを押しとどめた。それらは大抵、馬巣織りや綿のダマスク織りに具現されていた。チンツやモスリン、花や写真や本は、家に清く軽やかな色合いを添えた。これ以上に優しげで好ましく清純なものはなかっただろうし、少女の野心を和らげつつ、彼女に後見人の愛情を思い起こさせるという両方の目的にかなう選択もなかっただろう。

　帰郷以来、彼女に会うことを故意に避けていた。誠心誠意、たった一度で完全に、彼女を自分の家と心とに迎え入れたかったのである。クリスマスの直前、まだ家を整え終わってさえいなかったのだが、ルシンダ・ブラウンが彼女を連れて帰るために学校に遣わされた。もしもロジャーが期待していたのが、ノラが美しさを著しく増して戻ってくることであったなら、彼は努力して「アーメン」[25]と言わなければならなかっただろう。彼女は確かにほとんど子どもとは言えなくなっていた。しかし相変わらず彼の厳粛で未完成なノラだった。背丈は十分に伸びていた――背がとても高い上に若く健康で華奢であるため、背の高さが一層際立った。ほっそりとした喉元が、黄褐色の髪が編まれて豊かに巻き付けられている印象的な形の頭を支えていた。幾分堅苦しい雰囲気の額の下には、大きく淡い色の目が光を湛えていた。まるでその輝きをどこに投げかけたらよいか分からないかのようだった。時々、まぶたが大きく見開かれて、蓄えられた鋭い輝きを降り注ぐのだった。そのような時に、めったに浮かばないある種の微笑みが、程よい釣り合いで彼女の子どもっぽい唇から現れたら、ノラは差し当たり、まずまずの美人だった。しかし大抵は、彼女の顔立ちの最大の魅力は適度に優美な輪郭にあった。しかしそれはむしろ注目を免れるものであって、惹き付けるものではなかった。彼女が引き起こしそうな第一印象は、何か不器用でほっそりとした威厳のようなものだった。ロジャーは彼女を「威厳がある」と断言し、二週間ほど、いかめしいほどだと考えた。しかし、日が経ち、娘時代の始まりにおけるしなやかな無垢がこの手強い気品に生命を与えるにつれて、本質的にはまだ彼の慈善に支えられた小さな娘なのだと感じ始めた。さらには彼女が、自分の取るに足らない立場を一層意識するようになっていることにも気づき始めた。まるで、精神が成長するにつれて自分の立場について熟考するようになり、ますます自分の立場が当然のものとは思えなくなったかのようだった。彼は、この件について彼女と率直に話し合って、彼自身にとってもそうだが、二人の関係が決して平凡なものにはなり得ないということを彼女が感じるように仕向けるべきか考え抜いた。これは多少思いやりはないが、賢明なやり方ではないだろうか？　自分は究極の目的を達成するために、感受性が豊かな若い時期の彼女の心に、彼女が彼に負うているあらゆることについての印象を彼女の魂に染み込ませるべきではないのか？　そうすれば、彼の時代が来て、万が一、想像力が彼女を道から外れさせそうになったら、感謝の念が彼女の歩みを止めてくれるのではないだろうか？　何度も自分の主張を力説しそうになった。「ノラ、ノラ、これらは低俗な施しではない。ぼくは見返りを期待しているのだ。そのうち君は借りを返さなければならない。この謎を解いてみてくれ！　ぼくは君が思うよりも君を愛していないし――君が思う以上に君を愛している！　あとは言うまでもないはずだ」しかし、そのような行動が野蛮であるという感覚はあったし、結局のところ必要ではないのではないかという思いから彼は黙っていた。感謝の情熱が静かに少女の心に募っているところなのだ。その心は確実に契約を履行してくれるだろう。深遠で懐柔的な決意が、今や彼女の生活に浸透しているように思われた。ロジャーにとってはこの上ない喜びだった。その決意は少しずつ、深まる春の芳香のように彼の心に忍び入って広がった。彼には彼なりの考えがあった。彼女には彼女なりの考えがあるだろうと思った。

それらは同じ深遠な必要性が持つ、相対する二つの顔だった。彼女が考え込んでいる時の静かさ、慎重な微笑み、質問を投げかける時の子どもらしい熱意、名前も付けられないようなささやかな手伝いや愛撫の細やかさ、これらはすべて、いわば感謝と将来の約束が結び付いたものだった。

クリスマス・イブに、二人は、ロジャーの小さな図書室の赤々と燃える暖炉のそばに二人きりで座っていた。彼は自分の日記の一部を朗読し、それをノラが礼儀正しく慎ましい様子で座って聞いていた。ただし彼女が考えていたことは、どうやらキューバやペルーよりも故郷に近いところにあるようだった。退屈であることは否定できなかった。うわさ話をしたほうがましだっただろう。自分でも退屈だと感じたので、とうとう日記を閉じ、快活ながら不機嫌に、こんなものは火にくべるのが適当だ、と宣言した。この宣言を聞いてノラは顔を上げると異議を唱えた。「そんなことはしないで」彼女は言った。「日記は大切に保管しておいてね。そうしたら、いずれ私がモロッコ革と金箔で装丁して、私の本棚に一列に並べますから」

「それは礼儀正しく燃やしてしまうのと同じだ」ロジャーは言った。「火の中にあるのと同じで、ほとんど読まれることはないだろう。どういうことなのだろう。書いた時にはとても愉快なものに思えた。でも今はもう、古い新聞と同じくらいに陳腐だ。ぼくには書く才能がないな。せいぜいがこの程度だ。ぼくはとてもくだらないやつなんだよ、ノラ。それを先に知っておく方が後で知るよりはましだよ」

ノラの学校は厳格な監督派教会（26）の規律に則っていたので、彼女はクリスマスシーズンに常緑植物や柊の花輪や花冠で家を飾るという麗しい慣習を身に付けていた。日中はマントルピースを飾って過ごし、今は、炉棚の下に置かれたスツール（27）に座って、自分の構想を完成させる最後の小さな花輪をより合わせていた。戸外では激しい吹雪が音もなく続いていていて、二人を外の世界から隔絶しているように思われた。彼女は小枝を縛るために使っていた糸をかみ切り、花冠を少し離して持ち上げ、出来栄えを満足そうに眺めた。それから、

「あなたがくだらない人だとは思わないわよ、ロジャー」と言った。「たとえそう思っていたとしても、私はあまり気にしませんん」

「それは人生哲学かい、それとも無関心かい？」若者は言った。

「どちらであるかは分かりません。言えるのは、あなたがとてもよい人だと知っている、ということです」

「それはくだらない人間全般について巷の人が言うことだ」

ノラは花冠にもう一本小枝を足してそれを縛った。「確かなのは」やがて彼女は言った。「あなたと同じくらいによい人は、くだらない人間ではあり得ないということなの。あなたのことをくだらないと言う人がいれば知りたいものです。分かっているの、ロジャー、私には分かっているのよ！」

若者は少しばかり動揺し始めた。彼女の好意がこんなにも早く出し尽くされてしまうことは自分の計画になかったのだ。「おやおや、ノラ。それほどにぼくのことをよく思ってくれているとしたら、君の期待に応えるのが難しくなってしまう。失望させたくないな。今夜君の靴下に入れるために、つまらない安ぴか物を用意している。だけど今となってはそれが少し恥ずかしいよ」

「安ぴか物が一つ増えようと減ろうと、変わりはしないわ。この三年間靴下をつるしてきたけれど、私が持っているものはすべてあなたからのプレゼントなのだから」

ロジャーは顔をしかめた。この会話は、まさに彼がいつも望んでいたような方向に展開したのだが、今の彼にはうれしくなかった。「よしてくれ」彼は言った。「ぼくは単に、ぼくの小さな女の子に対する義務を果たしただけだ」

「でも、ロジャー」ノラは目を見開いてじっと見つめながら言った。「私はあなたの小さな女の子ではないわ」

しかめられた顔がさらに歪んだ。心臓が早鐘を打ち始めた。「おかしなことを言わないでくれ！」彼は言った。

「でも、ロジャー、本当のことよ。私は誰の小さな女の子でもない。私が覚えていないと思っているの？　私の父はどこにいるの？　私の母はどこ？」

「ぼくの言うことを聞きなさい」ロジャーは断固とした口調で言った。「そのようなことを話題にするのはやめなさい」

「やめるように命じるのはやめて、ロジャー。そのようなことを考える時はあなたのことを考えずにはいられないのだから。今日はクリスマス・イブ！　ミュレイ先生が私たちにおっしゃったの。クリスマス・イブが意味するあらゆることに思いを馳せることなしに過ごしてはいけないって。でもミュレイ先生がいなくても、私は一日中、言葉にしにくいことについて考えてきました――死と生、両親とあなた、私の途方もない幸せについて。今夜私は、おとぎ話のプリンセスのようだと感じています。私はかわいそうな子ども。友人もなく、一ペニーも、家もない。それでもこの、煌々と燃える火のそばに座って、お金、食べ物、衣服、そして愛情とともにある。外では雪が石垣を覆い隠さんばかりだというのに、私はここに座ってただこう言っているだけ。『なんてきれいなの！』私があの中にいたとしたらどうかしら。さまよい歩いて物乞いをして――本当にそうなっていたかもしれない！　そうしたら私は外の景色をきれいだと思ったかしら？　ロジャー、ロジャー、私は誰の子どもでもありません！」声の震えが強まり、感情の高ぶりで突然涙を流し始めた。ロジャーは彼女を両腕で抱き、泣きじゃくるのをなだめようとした。しかし、彼女はロジャーの腕をほどくと、荒々しいほどに感情を高ぶらせたまま続けた。「いいえ、いいえ、私は慰められたりしない！　私は十分に慰めをもらっています。それが嫌なの。私は一時間ほど、ありのままの自分になって、本当の自分がいかに取るに足らない存在なのかを感じたいの。哀れな父の娘でいたいし、母の声を聞くことを想像したいのよ。これまで私が二人のことを話したことは一度もありません。でも今夜は許してくれなければならないわ。あなたは私の父の話をしてくれなければなりません。あなたは何かを知っているのだから。私は知らないの。あなたは私の頼みを断ったことはないわ、ロジャー。これも断らないで。父はよい人ではなかった、あなたのようには。でも今はもう、彼が害を及ぼすことはありません。あなたはこれまで決して私の前で彼の名前を口にすることはなかったけれど、私たちはここで一緒に幸福でいるのだから、私たちは——私たちは彼を軽蔑するべきではありません！」

ロジャーはこの激しい感情の氾濫に屈した。立ったまま彼女を見つめていたが、彼の両目にも、どうしようもなく涙が込み上げていた。それから、彼女を優しく自分の方に引き寄せると額にキスをした。彼女がまた手仕事に取りかかると、ロジャーは彼女に、自分が思い出せることは些細なこともすべて交えて、ランバート氏と自分の一度きりの短い対面について話して聞かせた。次第に、努力やためらいの気持ちが和らぎ、快く、内容豊かに、喜びさえ感じながら話をした。ノラはとても厳粛に耳を傾けていた——一定の自制心をもって聞いていて、それは彼女が、習慣的にいつも追想してきたことを示していた。彼女はロジャーが父親の外見から得た印象についてたくさんの質問をした。素晴らしくハンサムではなかった？それから自分自身で話を引き取って、熱っぽく記憶の奔流を吐き出した。ほっとして少し有頂天になり、小さい頃の思い出を掘り起こしたのだ。このたわい無い打ち明け話に嬉々としている様子を見て、ロジャーは、彼女の長年の沈黙が彼女にとってどれほどの重荷であったかを思い哀れになった。しかし、どうやら彼のことを恨んでいる様子ではなかったし、彼が今、彼女のとりとめのないおしゃべりを寛大に受け止めていることが、彼女には彼の慈愛を裏付けるもう一つの証拠であるように思われた。やがて彼女は立ち上がって暖炉の前に立つと、花冠用の緑葉の使い残りを投げ入れ、緑葉がぱっと燃え上がり灰になるのを見つめた。「過去のことはこれでおしまい！」最後に彼女は言った。「残りは未来。学校の少女たちは、今後何をするつもりなのか、何を望み、何を願っているのか、いつも話していました。あれこれ考えて、選んで、想像していたの。あなたには少女たちがどんな風に話すのか分からないわね、ロジャー。知ったらきっと驚くでしょう！私は決して多くを話さなかった。将来が決まっていたから。選ぶものも、望むものも、恐れるものもない。私はあなたを幸せにするためにいるの。とても単純な話よ。あなたは私の養育を引き受けたのだから、ロジャー、あなたは最善を尽くさなければなりません。ここに帰ってきて、私はずっとここにいることになるのだから、おばかさんよりは賢い少女がいる方がいいでしょう」そう言うと、娘としての振る舞いを試みるかのように、この度の悲しみの痕跡をにじませながら微笑んだ。手を彼の両肩に置いて、意識的に威厳を漂わせながら彼をじっと見つめた。「あなたが後悔するようなことにはなりません。私はあらゆることを学びます。あらゆるものになるつもりです！　ああ！　私が美しかったらいいのに」そう言うと頭をそらせた。自分の致命的な無器量さがもどかしかったのである。その様子を見てロジャーは、そのままで十分だと彼女を元気づけずにはいられなかった。「あなたが満足しているなら、私も満足！」彼女は言った。一瞬ロジャーには、彼女が二十歳であるかのように思われた。

この由々しいクリスマス・イブは、その後何週間もその痕跡を残した。ノラの教育が再開されたが、さらに厳粛さが加わった。ロジャーはもう彼女の知性に合わせてレベルを調整する必要はなく、自分自身が知性を磨いてきた幸運に感謝するくらいだった。彼は自分が持つあらゆる知識を動員することになった。子どもじみた「お稽古」の日々は終わり、ノラは母語や外国語で書かれた様々な古典作家の作品を精読するための知識を求めて、友人と力を合わせた。二人は代わる代わる朗読し、読書から得たものについて議論し、おそらくは同じ速さでそれらを会得した。以前は、ロジャーは特に読書家というわけではなかった。数冊の好きな本についてはそれらをよく理解していたが、未読の作家の作品に取りかかることは旅を始めることによく似ていると感じていた——別れの挨拶をしたり、荷造りをしたり、切符を買ったりするような状況である。しかし、今や彼の好奇心はある目的によって鼓舞されかき立てられていたので、数々の前人未踏の小道を通り抜けることができた。ノラの小走りの足取りに遅れないようについていくことが難しい時もあった。特に花が咲き乱れる詩の小道を抜ける時は、彼女は息もつかずに疾走するのだった。彼女が友人よりも理解が早かったのだろうか、それとも理解が浅かっただけなのだろうか？　多分どちらの要素も関係していただろう。ロジャーはいつも彼女が自分よりも優れた洞察力を持っているのではないかと思って、誇りと謙遜とが奇妙に入り混じった境地で深く恥じ入っていた。彼女の敏捷な直感が、時に自分が救いがたく退屈で古臭い人間だと彼に感じさせるのだった。耳は疼き、頬は真っ赤になり、昔ながらの彼の希望は暗がりへと消え去った。「有害無益だ」彼は宣言した。「どうすれば自分は彼女のために、女性が恋人に求めるものを、不過誤というあの魅力、全知というあのロマンスを手に入れることができるのだろうか？　彼女はぼくが頭をかきむしっているところや指を折って数えているところを見ているのだ！　十七歳になるまでにぼくにひどく退屈してしまっているだろうし、二十歳になる頃にはぼくは知り尽くされて、修正がきかないくらい陳腐になっているだろう。一生をかけた献身や永遠の感謝の話をするのは大変結構だ。しかし彼女には言葉の意味が分かっていない。どんどん成長すること、それが彼女には何をおいても必要だ。女性の領域に達して当然の貢物を納めなければならない。ぼくは扉を開けて恋人を招き入れる。今彼女がぼくを愛せば、ぼくの順番は終わったことになるだろう。ぼくが二つの情熱の対象になることは期待できないのだ。ささやかな恩恵を与えてくださったことを、神に感謝しなければならない！」それから、前もって失望の苦々しさを味わうかのように、腹立たしげに自分の周りに訴える手段となるものを探した。「ぼくはいなくなり、何年も近寄らず、手紙も決して書くべきではない。重々しい日記を増産してぼくの不在さえもが忌まわしいものになってはいけない。慈悲深い影、あいまいな、後見人を名乗る者へと姿を変えなければならない。その後で栄光に輝いて帰還するのだ。異国の芳香を漂わせ、神秘の靴を履いて！　さもなければ彼女の空想の翼を切り取り、日々の食事も半分にするべきだ。激しく非難し、叱りつけ、痛めつけて、君は嘆かわしいほど不器量だと言うべきなのだ――つまりは、ロチェスターがジェイン・エア(28)を扱うように彼女を扱うということだ。ぼくが信仰心の篤い年老いたカトリック教徒だったなら、彼女を女子修道院に閉じ込めて、彼女を子どもっぽく愚かで、その上満足しきったままにしておくことができるかもしれないのに！」ロジャーは自分が頑固すぎるほど良心的だと思った。しかしどんなに自分の良心を欺こうとしても、一インチたりとも譲ることはできなかった。そのため、利己的な意図と寛大な気性との間で常に葛藤するのだが、その結果後者が進撃し続け、ノラが無邪気に戦利品を享受するのだった。まさにその寛大さによって彼は彼女のそばに引き留められ、彼女を見守り、彼女のために力を尽くし、他の者ならば放っておくだけだと思われる数々の役目を務めた。ロジャーは、あの必ずやってくる瞬間の前兆を見逃さないように余念なく見守った。少女が、自分を導く手に握られていた指を解放し、しなやかな銀色の細流を求めて静かにさまよい出る瞬間である。その細流は常緑の草地を通って、人間共通の宿命というどんよりとした灰色の小川から逸れていく流れである。彼女はいつしか、屈託のない陽気さと、目の前の少女時代の軽やかな喜びへと再び戻っていた。たとえ敬虔な決意を心に抱いていたとしても、彼女はそれをむやみにさらけ出すようなことはしなかった。しかし彼女の静穏さや忍耐こそが、彼女の友人をどういうわけか苦しめた。彼女は相変わらずとても愛らしかったし、たわい無いほど従順だった。時にはかっとなったり反抗したりしてくれたら！　彼女はとても注意深く感情を抑えていた。一体何のために抑えているのだろうか？　一度でいいから、彼に怒ったようなまなざしを恵み与え、退屈な人だと告げてくれたらいいのに！

　学校から戻ってきて二年目に、ロジャーは彼女が自分と一緒にいるのを避け、自分の心配りを不快に思っていると考え始めた。彼女はひとりで散歩し、読書し、夢想することを好んだ。小説を好み、とても多くの作品を読んだ。フィクション作品については、概してロジャーは特に興味を持っていなかった。もっとも、三、四作ほど昔から好んでいる作品があることは認めた。それらは必ずしもノラの好みと同じというわけではなかった。[29]早春のある夕方、彼女は座って、古典たる『レッドクリフの相続人』[30]の二十回目の熟読にふけっていた。ロジャーはいつものように朗読を頼んだ。彼女は朗読し始め、十数ページ続けた。そこで目を挙げ、ロジャーが寝入っているのを見守った。彼女は静かに微笑むと、再び黙読し始めた。一時間後、ロジャーはうたた寝を終えたが、一時的に意識が途絶えたことについて過剰ないらだちを見せたためにかえって彼女を驚かせた。自分がいびきをかいたかどうかが気になったのだが、ばかげたことに恥ずかしくて尋ねることができなかった。ようやく平常心を取り戻し、「実はね、ノラ」彼は言った。「ぼくには小説は全部くだらなく思える。このぼくが想像するものとは比べものにならない！　ぼくはどんな小説よりも美しいロマンスを心に抱いているのでね」

「ロマンス？」ノラは率直に言った。「ぜひそれを聞かせて。あなたはこのフィリップ[31]という人物と同じくらい上等な主人公よ。始めて！」

　彼は暖炉の火の前に立って、ほとんど陰うつなほど厳粛に彼女を見つめた。「結末がまだ書けていない」彼は言った。「物語が完成するまで待ちなさい。そうすれば物語全体を聞くことができるよ」

　この時、ノラは裾の長い服を着て髪型も若い女性らしく整え始めた頃だったので、ロジャーは自分も外見を少し変えて、衰えつつある魅力を補強しようという気になった。彼は今、三十三歳だった。太りつつある気がしていた。髪が薄く、肥満した、中年――このままいくとすぐにお蔵入りになってしまう！　彼は失われた若さという魅力を取り戻したいという気も狂わんばかりの願望に取り憑かれていた。仕立屋に何度となく相談し、その結果、二週間ほど毎日新しい衣服で登場することになった。突然、自分を修正し粉飾したいというこの不断の切望の只中で、口ひげを剃ることを決意した。これで五年は若返るだろう。そのため、彼はある朝、著しく簡素になった口ひげにて姿を現した。ノラは飛び上がるほど驚き、小さな恐怖の叫び声を上げて彼を迎えた。「気に入らないの？」彼は尋ねた。

彼女は右に左に首を傾けて言った。「そうね、好きではありません――率直に言うと」

「ああ、もちろん率直に言ってくれ！　もう一度ひげをたくわえるにはたった五年しかかからないからね。問題は何かな？」

彼女は批判的に顔をしかめてみせた。「ひげがないと、あなたはとても――とても、太りすぎに見える。ヴォーズさんと全く同じ感じよ」ヴォーズ氏については次のように説明すれば事足りる。毎日荷車でやってくる肉屋の主人で、最近――ロジャーはやっと今になって思い出してぞっとしたのだが――不可思議な理想のために自分の口ひげを犠牲にした人物である。

「残念だ！」ロジャーは言った。「君のためにやったことなんだ！」

「私のために！」そう言うと、ノラは激しく笑い始めた。

「なんだね、ノラ」多少怒りの込もった激しさで若者は叫んだ。「ぼくは人生のあらゆることを君のために行っているのではないかね？」

彼女はまた厳粛になった。それからかなり考え込んだ末に、「お気持ちも考えずに軽率な言動をしてごめんなさい」と言った。「お鼻を切り取ったらどうかしら、ロジャー。そうしたらあなたのお顔も好きになると思うの」(32) しかし、これは半分程度にしか慰めにならなかった。「太りすぎ！」彼女のより鋭敏な感覚が物を言って以来三か月間、ロジャーはヴォーズ氏に会えば必ず、ヴォーズ氏の肉切り包丁の一本を手に取って、彼に襲いかかりたいと思うようになった。

彼は今や雄々しく、未来という険しい胸壁を登ろうとしていた。ヨーロッパ旅行と、不在中に家をすっかり模様替えしてもらうための準備をしているふりをした。その間、自分の巧妙な企みがノラに及ぼす影響を注視していた。しかし彼女は、彼の未来が究極的にはほかでもない自分の未来になるかもしれないなどという疑いは全く持っていないように見えた。それでもある夕方、彼の計画を取り返しがつかないほど混乱させる事件が起きた――申し分のない春たけなわの夕方のことだった。暖かく、ほのかな香りに包まれ、日も長くなり、ほとばしる生気と、新たに一巡した地球が感じられる夕方だった。ロジャーは玄関先の回廊に座り、オペラグラスでそれらを見晴らしていた。ノラは庭を気ままに歩いていたのだが、家の方へと戻ってくると玄関ポーチの階段に腰を下ろした。「ロジャー」少し間を置いた後で言った。「こんな風に私たちが一緒に暮らしていることをとても変だと思ったことは一度もない？」

ロジャーは口から心臓が飛び出るかと思った。しかし何も認めたくなかった。認めすぎるのが怖かったからである。「特に変ではないけど」彼は言った。

「間違いなく変よ」彼女は答えた。「あなたは何者？　私の兄でも、父でも、おじでも、いとこでもない――それに、法的な後見人でさえない」

「法的なだって！　ねえ、君に法律の何が分かるの？」

「私に分かっているのは、たとえ私が今逃げ出してあなたを置き去りにしたとしても、あなたは私に戻るよう強いることができないということです」

「ご立派な話しぶりだ！　誰がそれを君に教えたの？」

「誰でもない。自分で考えたの。大人になるにつれて、そういうことについて考えるべきですもの」

「驚いたな！　逃げ出してぼくを置き去りにすることについてかい？」

「それは同じ問題の一面でしかありません。もう一面は、今この時に、あなたは私を家から追い出すことができて、誰もあなたに私を再び受け入れるように強いることはできないということです。そういうことを私は覚えておくべきなの」

「そういうことを覚えていることで、君にどんなよいことがあるの？」

ノラは一瞬ためらった。「真実を見失わないでいることには、いつも何かしらよいことがあります」

「真実！　真実について語り始めるには君はとても若い」

「若すぎることはありません。私は年の割に大人びているの。そうでなければならないから！」最後の言葉は小さなため息とともに発せられ、それがロジャーを奮い立たせた。

「真実について話をしているのだから」彼は言った。「君は真実を少しは知っているのだろうか」

一瞬、彼女は沈黙した。それからゆっくりと立ち上がって、「どういう意味？」彼女は尋ねた。「あなたが私のためにしてきたことに何か秘密でもあるの？」突然、彼女は両手を握り合わせて、熱心に、微笑みを浮かべて続けた。「この間あなたは、あなたにはロマンスがあると言ったわ。それは本当のロマンスなの、ロジャー？　あなたは結局のところ私の親戚だということなの？――いとこ、それともお兄さん？」

彼は彼女を目の前に立たせた。当惑していたが期待にも満ちていた。「それよりもロマンスに近いな」

ノラは膝をついてロジャーの足元に近寄った。「ねえロジャー、どうか教えて」彼女は言った。

彼は彼女の髪を撫で始めた。「君はとても多くのことを考えている」彼は答えた。「未来について考えることは一度もないかい？　本当の未来、今から十年後の未来について」

「ものすごく考えます」

「どんなことを？」

彼女が少し顔を赤らめたので、彼は彼女が自分の表情から勇気を引き出そうとしているのを感じた。「笑わないと約束して！」彼女は半ば自分で笑いながら言った。彼はうなずいた。「自分の夫について考えるの！」彼女は宣言した。それから、結局自分はとてもばかげていたという様子で、彼の笑いの先回りをするために、「それにあなたの妻のことを！」と急いで付け加えた。「その女性にものすごく会いたいわ。どうして結婚しないの？」

彼は黙って彼女の髪を撫で続けた。やがてもったいぶった様子で言った。「そのうち結婚したいと思っている」

「すぐに結婚したらいいのに」ノラは続けた。「素敵な人ならいいなあ！　私たちは姉妹のようになれるし、私は子どもたちのお世話をするわ」

「君は若すぎて、自分が言っていることや、ぼくが言いたいことを理解できない。まだ若い女の子は結婚のことを話題にするべきではない。君自身が結婚することになるまで、君にとって結婚は何も意味しない――もちろん君もいずれは結婚するだろうがね。君は決断して選ばなければならなくなるだろう」

「そうなるでしょう。その人のことを断るでしょう」

「どういう意味？」

しかし、この質問に答えることなく、「恋をしたことはあるの、ロジャー？」と彼女は突然尋ねた。「それがあなたのロマンスなの？」

「そんなところだ」

「それならやっぱり私についてではないのね？」

「君についてだ、ノラ。でも結局のところロマンスではない。堅実で、本物で、それ自体真実だ。君が読むくだらない小説が偽りであるのと同様に真実なんだ。ノラ、ぼくには大事に思う人はいないし、今後もそうだ。君以外は！」

彼がとても真剣で厳粛な口調で話したので、彼女は心を打たれた。「ロジャー、それは私のことをとても大事に思っているから決して結婚しないという意味なの？」

彼は素早く椅子から立ち上がった。片手は額に押し付けられていた。「ああ、ノラ」彼は叫んだ。「君にはとても苦しめられる！」

彼女が彼を苦しめたとすれば、彼女は深く悔い改めた。両手を差し出して彼の両手を取った。「ロジャー」彼女は厳かにささやいた。「あなたが望まないのなら、私は決して、決して、決して結婚せず、あなただけのものであると約束します――あなただけのもの！」

第四章

夏が過ぎ去った。ノラは十六歳になった。彼女が世の中を見始めるべき頃になったと考えて、ロジャーは旅をして秋を過ごした。自分のヨーロッパ旅行については話をしなくなった。無期限に延期されたのだ。二人がどこに行ったのかは大して重要ではない。ノラは大いに旅を楽しみ、訪れた場所はどこも等しく素敵だと思った。ロジャー自身にとっても大変満足のいく旅だった。彼の同伴者が美しかろうとなかろうと、人々は必ず彼女を見た。彼は、彼らが口々に彼女のことを「印象的」だと言うのを耳にした。「印象的」！　彼にはこの言葉が意味深く思われた。彼女を川蒸気船の甲板で微風を受けているところで初めて目にしたなら、彼は間違いなく強い印象に圧倒されただろう。家に帰ると、次のような信書が書簡類の中にあった。

拝啓

　幾多の実りのない探索の果てに、あなたが私のいとこを引き取られたと知りました。ランバート嬢は、セントルイスを後にした時には、幼すぎて家族について多くを知りませんでしたし、気にかけることすらできませんでした。そしてあなたも、この件について調査をしてこられなかったように思います。しかしながら、誰よりもご理解くださると思いますが、私は彼女とお近づきになりたいのです。私がその特権を享受することを拒まれないよう願います。私は彼女の母親の異母姉妹の次男です。彼女の母と私の母とはいつも深い愛情で結ばれていました。私がランバート氏の嘆かわしい死を知ったのは、事件の後、しばらく経ってからでした。しかし、あの痛ましい事件に立ち返っても無益です！　私は労を惜しまずに彼の娘の行方を突き止めることを決意しました。やっとたどり着いたのは、彼女のことをほとんど諦めていた時でした。彼女よりもあなたに手紙を書く方がよいと思ったのですが、彼女にはどうかよろしくお伝えください。私が正体を偽っているのではないことを、あなたに難なくご納得いただけるものと思います。私が彼女の境遇をもっとよくすることができるとは思っていません。ですが、どんな境遇であれ、血縁は血縁、いとこはいとこです、特に西部においては。速やかにお返事をいただけるとうれしく思います。

敬具

ジョージ・フェントン

手紙はニューヨークのあるホテルから出されていた。ロジャーは少々うろたえた。最初から、ノラがあまりに明確に始まりから終わりまで自己完結していることが彼に奇妙な満足感を与えてきた。しかし、ここに無限の連続性が暗示されているではないか！　ここでついに彼女の過去が反響してきたのである。すぐに手紙をノラに見せた。読み進めるうちに、彼女の顔は、驚きと、控えめながらも安堵感とで上気してきた。彼女は、母親の異母姉妹のことは一度も聞いたことがないと認めた。二人の女性の間にあった「深い愛情」は、ランバート夫人の結婚以前のことに違いない。ロジャーはこの問題について暫定的に、ランバート夫人の結婚が彼女の一族にとってあまりにも好ましくなかったため、一族との交流が失われたのだろうと独自に解釈した。もし彼が最初の衝動に従ったなら、この謎めいた請願者に次のように書き送ったことだろう。

ランバート嬢はお申し出を光栄に思っておりますが、これまで一度もあなたのご厚意がないために困ることはありませんでしたので、今更親交を深めることも不要に思えます。しかし、ノラはフェントン氏に興味を持っていた。休眠中だった血縁関係の脈が刺激され、快い力で脈打ち始めたのである。ロジャーにはそれで十分だった。「ぼくには分からない」彼は言った。「この男は真っ当な人物なのか、それともならず者なのか。でも、成り行きに任せてここに招待しなければならないだろうね」この言葉にノラは、彼の手紙が「とても美しい」と思うと答えた。こうして、フェントン氏はまずまず礼儀にかなった召喚状を受け取ったのだった。

彼が真っ当な人間であるかどうかはまだ判断できなかった。しかし、一見したところではならず者には見えなかった。実に、分類が難しい人物だったのだ。ロジャーは、彼がとんでもなくがさつで西部風な人間だろうと決め込んでいた。おかしな罵り言葉を多用し、よくは知らないが多分、ヒョウのようなひげを生やしている類の人物だろうと考えていたのだ。しかし、容貌においてフェントンは十分に魅力的な男だったし、話しぶりも、上品な耳には特に心地よいものではなかったとしても、ある種の素朴な力強さがあったので、上品な耳もそれなりの価値は見出したかもしれなかった。確かに交友関係においてロジャーと共通するところは皆無に等しかった。しかし、別の関係から生じる素朴な芳香を漂わせていた。そのそばでは、ロジャーの鼻孔になじんだ社会の香料は、陳腐で風味の落ちたつまらない代物に思われたかもしれなかった。彼には大雑把な意味でのコスモポリタンな西洋精神が備わっていたので、ロジャーは、二人のうち自分の方が地方的だと告げられているように感じた。彼の年齢を考えると――まだ二十五歳だったのだが――フェントンの不屈の成熟ぶりは全く驚くべきだった。しかし、読者は次のように認めたことだろう。彼は彼の役を演じることにかけては真の天才だが、若者らしさよりも、男らしさを演じる方が似合っている、と。彼が真っ赤な頬をした少年だったことなどあるはずがない。背が高くやせていて、黒く鋭い瞳を持ち、面白そうに笑うが陽気というわけではなく、か細くてまったりとしたほとんど女性的な声で、聞き慣れない南西部の発音で話をした。彼の声は、最初は読者に、張りのある若々しい肌にも弾力のない部分があるものだと少々図々しい期待を抱かせたかもしれない。しかし私が思うに、読者は、その特色のない単調さにしばらく耳を傾けた後には、弦が一本しかない楽器だが、その唯一の弦がゆるみそうにはないと感じたことだろう。フェントンはさらに、明らかに屈強であるのに、胸板が薄く、肩が高く角張っていた。彼の黒い直毛には常に入念に櫛が入れられており、シャツの胸には小さなダイヤモンドのピンが飾られていた。足は小さくて細く、左手にはよくできた入れ墨が入っていた。決して謙虚とは言えないが、礼儀知らずとも言えなかっただろう。というのも、彼はどうやら、そのような微細な点まで真価を分析する人たちと暮らしたことがなかったようなのだ。社交界の作法は全く心得ていなかったが、ある種の如才ない「気さくさ」(33)と気の利いたユーモアによって、そんなものはなくても驚くほど見事に立ち回った。両手をポケットに入れて立ち、堅苦しいやり方で行われた物事がどのような経過をたどるかを観察し、おそらくは、自分ならダンスのすり足の要領で長い足を一歩動かしただけで届くところに、そんなにも遠回りをして行かなければならないなんて、彼女はなんてまぬけなことをしているのだろうと考えていたことだろう。ロジャーは、彼が家に来た最初の一時間から、彼のことが嫌いだと誓ってもよいほどだと思っていた。フェントンは懐柔するような態度で彼に取り入ってきた。そのため、自分が小さな少年、もしくは老女であるかのように感じた。哀れなロジャーの、自分は世慣れた男だという心地よい自意識を根元から掘り崩したのである。フェントンは二十倍も世慣れた男だった。十歳の頃からいかがわしい人々に揉まれ、愛情のもつれや危ない冒険に首を突っ込んできた。アメリカ大陸を自分の手のひらと同じくらい熟知していたのだ。彼は、事業や「取引」、人類の激しい摩擦を思い起こさせた。ロジャーは、自分がこの男の言葉を疑っていると思いたかった。そして、彼がノラのいとこではなく、熱心な若き詐欺の天才である可能性を信じたかった。その天才は、やすやすと逸するには刺激的すぎるほどに要を得た事実が詰まった包みを手に入れたというわけだ。彼はどうやら故ランバート氏を知っているようだった――哀れな彼にはそのような友人がたくさんいたに違いない。しかし、本当に彼の妻の甥なのだろうか？　この怪しげな縁故は、未払いのホテル代を巡って考え出されたものではないか？　そのようにロジャーはいらだちながら熟考したのだが、概して、大した根拠を得ることはできなかった。彼の気持ちは総じて、この若者の主張が妥当だと信じる方へ、そして敵対的な行動は、万が一、使う時のためにとっておく方へと傾いた。もちろんフェントンがやって来たのは、いとことしての愛情から、田舎で一週間を無為に費やすためではなかった。ノラは手段にすぎなかった。推定上、ロジャーが所持している富と恵み深さとが目的だったのだ。「あいつはいとこに言い寄って、可能なら結婚しようとやって来たのだ。ぼくはこれまでそれは多くのことを行ってきたから、もちろんもっと行うだろうというわけだ。花嫁に直接に定収入が入るように便宜を図って、彼女の利益になるような遺言書を作成し、ご都合がつき次第、さっさと死ぬというわけだ！　どんなにか憤慨していることだろう」ロジャーは考え続けた。「ぼくがこれほど若くて元気だと知ったのだから！　あともう少し知ったらどれほど怒り狂うだろうか！」この推論の方向性が正しいことが、フェントンが次のように率直にほのめかしたことで証明された。彼は、ある物事と関係を持つ時には、それを金銭的価値に変えることを望まずにはいられないのだという。ロジャーは不安ではあったが、幼い頃からの自分の教えのおかげで、ノラがいとこと、いとこ以上の関係になることはないと信じてよいだろうと考えて、それなりの慰めを得た。教え損ねたことが他にあったとしても、確実に、紳士の見分け方は教えてきた。いとこというものは先天的なものであって、後から仕立てられるものではない。しかし、恋人は自由裁量で受け入れられることがあるかもしれない。ノラの裁量に不足があるということはよもやあるまい。私はまた次のようにも付け加えたい。ロジャーは、自分がすべてをきちんと管理したいと願うあまりに、最悪の場合、求愛を少しばかり早めたとしても、何ら不都合はないのではないかと考えている自分に気がついた。土壌は彼の種まきを、穏やかに、喜んで受け入れるかもしれない。少女の生命力の花弁は、冗談半分に無理やり切り離されると花の黄金に輝く中心部だけを残すことになるが、彼自身の垂直の光線はもっと近づきやすくなるだろう。

　ノラにとっては確かに、いとことしての関係であった。しかし、いとこの関係には大きな意味があった。それはロジャーの想像以上だったので、彼の心の平安にとっては幸運だったと言うべきだろう。誇れるものを何も持ったことがなかった少女にとって、遅れて登場したこの親類の男は天からの賜物のように思われた。ノラは他の者と同様にいとこがいると分かって非常に誇らしく思っていたので、フェントンのことを、世の人が自分のいとこを扱うよりもはるかに手厚くもてなした。フェントンが彼女の厚遇に全く値しなかったわけではないことは述べられなければなるまい。彼は他人に格別の害を及ぼすつもりはなかった。とはいえそれは、自分のために強硬に利益を得ようとしている場合は別であった。スペインの灼熱の高原を進むラ・マンチャの騎士[34]も、フェントンが成功という飢えた木馬の上で胸を張っている時ほどに荒々しい力で、やせこけた馬を膝で追い立てることは決してなかった。抜け目がなかったが、あるいは彼にも、ドン・キホーテの超人的な視覚の歪みが多少備わっていたかもしれない。なるほど少なくともこれまでのところは、成功は痛ましいほど捉えどころがなかったが、ノラの娘らしい心に対する危険の一端は、不当な失敗が醸し出す、この物悲しい優美さにあった。この若者の想像力は旺盛だった。彼には過剰なほど多くのことに手を広げておく必要があったのだ。ロジャーに交渉開始の申し入れをした時、彼の創造力は枯渇気味だった。六か月前にいとこの状況を知ったのだが、彼女に近づく感傷的な必要性は全くと言ってよいほど感じなかった。しかしやがて、ある種の数々の事柄に考えを巡らせた結果、こうした幸運な人間たちを自分の利益になるように行動させることはできないものかと考えるようになった。ロジャーの財産（フェントンはかなり過大に見積もっていた）と、ロジャーの、自分の財産を他の人間と分かち合おうとする明白な流儀、ノラの純真さとノラの将来性——これほどに棘のない木から薔薇の花を摘まないとしたら、間違いなく大ばか者だろう。彼はこうした上等なものが溶けてしたたり、空っぽの水路を伝って自分の財産へと流れ込むことを予見した。正確にはノラをどのように利用するつもりなのかについては、言葉に窮しただろう。平凡に婚姻関係を持つことは大当たりかもしれないが、そうではないかもしれない。いずれにしても、裕福な娘を愚かなほど自分に夢中にさせても、賢い男に何ら害を及ぼすことにはなり得ない。それゆえ彼は、愛らしいいとこに、自分の天分のうち温和な面を向けた。彼はたちまちのうちに、これほどに楽しい人物に会ったことがなかったことが分かり始め、彼女の愛らしさを一層感じるようになるにつれて、不誠実な目論見を自分で台無しにしそうに思われた。彼女は全くもって、彼女自身が持つ魅力によって十分に価値ある存在だった。彼女は、彼がそれまで一度も出会ったことがない何かを象徴していた。ノラは年若い淑女だった。彼女がどのようにしてそこに至ったかは、彼が知り得ない謎の一つだった。しかし彼女は目の前にいた、完璧な姿で！　彼はあえて紳士的な男であろうとはしなかった。男が紳士である場合、むしろそのように振る舞わなければならないが採算がとれない。しかし女性の場合は、淑女であることはそのまま純粋な利益となるのだ。彼は機知に富んでいたので、ノラの半分の譲歩、いわば若々しさの保留分に、極めて快い何かを見出していた。それまで彼には、女性は大抵が切り花のように思えていた。与えられた水の中でしばらく花を咲かせるが、第二の、あるいはさらに素晴らしい満足をもたらすことはない。ノラはいとこが示す慇懃さの日差しを受けて膨らんでいった。知る若者はほとんどいなかったため、えり好みをすることも知らなかった。そこでフェントンが、彼女の空想の中で、あの偉大な男らしさというものの総体を象徴することになった。ロジャーはというと、まさに彼の美徳ゆえに、そこからは除外されていた。彼には、行動力、敏捷さ、そして意志から醸し出される実に魅力的な雰囲気があった。残念ながらロジャーは、人をはらはらさせる力がはるかに弱かった。彼女がいとこに向けたまなざしは、弓につがえられたむき出しの矢にぞくぞくしながら注ぐようなまなざしだった。その上彼には、彼女の境遇に関して、彼女の側を代表できるという計り知れない強みがあった。彼はたちまちこの強みに感づいて、読者も推測されるように、彼女が存分に満足する形で彼女をもてなしたのである。彼女の父親について何時間もおしゃべりし、哀れなランバート氏は、道に外れた行いをするよりも、されることの方が多かったと、いとも簡単に彼女に納得させた。

　ノラは早々に、ロジャーがこの客人に対して全く好意を抱いていないことに気づいたが、すぐに彼にも判断する権利を与えた。二人が彼女のことで多少反目することも当然だと思ったのだ。フェントンの存在は、ロジャーに対して慣行により認められた所有権を暗黙のうちに侵害するものだった。いとこがやって来さえしなければ！　これはあり得る状況だったが、それが望ましいとは思えなかった。ノラは漠然と、ここが手腕の、いわば女性の調停術の見せどころであるように感じた。ロジャーの機嫌を取るために、数々のいつにない心配りをした。彼の給仕をしたり、関心を引くようなことをしたり、根気よく何度も微笑みかけたりしたのだ。しかし、こうしたかわいらしい心遣いは、主として彼女のいとこに彼女のことを一層愛らしいと思わせることになった。ロジャーの敵意に満ちた猜疑心は、別の状況なら純粋な喜びとなったであろうものを、苦々しさへと変えてしまった。彼女は偽善者に変わりつつあった。彼の目の中に塵を投げつけ[35]、あの低俗なミズーリ州[36]の男と陰謀を企てているのだった。フェントンはもちろん、当てが外れたことを認めざるを得なかった。ロジャーは小癪にも、まぬけであることが判明しないようにしていた。彼は黄金時代の羊飼いではなかった。平凡な偏見を持った強情な現代人だった。だから彼の恩恵の風は気の向くままに吹くのだ。フェントンは自分勝手なことに、相手に柔軟性が欠けることに激しいいらだちを感じた。「腹立たしいやつだ！」彼は独り言を言った。「なぜぼくを信頼できない？　何を怖がっている？　なぜぼくを敵ではなく友と捉えることができない？　率直になってくれ。そうすればぼくも率直になるさ。その気になれば、ぼくはやつにいろいろなことを教えてやれる。それにしても、やつはノラをどうしたいのか？」この最後の疑問についてフェントンはすぐに答えに思い至ったが、その答えは少しも彼を慰めはしなかった。彼には極めて奇妙な時間と資本の使い方に思われたのだ。思いどおりの妻を作り上げるなどということが。それには長ったらしい忍耐が必要であって、その傲慢な余暇の使い方が彼の怒りをかき立てた。ロジャーはきっと自分の要求に合うものがすでに用意されていると分かったに違いない！　失望、そして窓を割りたくなるような、いわばロジャーの温室の窓を割りたくなるような怒りの衝動、それから最後に、彼に得るものがあるとすればそれはノラからしか得られないという感じ、そしてその彼女が実に忌々しいほどに純真すぎて、彼の逼迫した要求を正しく理解できない――こういったものが相まって、この若者の感情を発熱点にまで加熱し、通常の用心深さからは生じないほどに手当たり次第の攻撃を繰り出させることになった。

秋が深まり、太陽の温もりが非常に心地よい気候になっていた。ノラは午前のほとんどを、取り崩された庭をいとこと一緒に歩き回って過ごした。ロジャーは窓のところに立っていたが、その正直な顔はかつてないほどにしかめられ、ほとんど醜いまでに歪められていた。彼の考えでは、それは実によくある話だった。敬意を持たない女性とは何もうまくいかないのだ。フェントンはノラと並んでぶらぶらと歩き回った。両手をポケットに入れ、葉巻を口にくわえ、両肩を耳まで持ち上げて、ぼろぼろの室内履きをおかしなくらい小さな両足に履いていた。ノラはこの最後に述べた無作法について彼を許しただけでなく、直ちに彼のために新しい室内履きを作り始めた。「一体全体」ロジャーは思った。「何について話すというのだろう？」二人の会話はその間、次のような調子で続くのだった。

「ねえ、ノラ」若者は言った。「一体全体、毎週、毎週、君とローレンス氏は何について話しているの？」

「とてもたくさんよ、ジョージ。私たちはとても長い間一緒に暮らしてきたので、話題はたくさんあるの」

「極めて普通ではないんだよ、彼が君を引き取ったことはね。ぼくがこんなことを言っても構わなければだけど。ぼくが小さな女の子を引き取ることを想像してみてよ」

「あなたとロジャーはすごく違うもの」

「確かにそうだ。彼は一体、君をどうしたいと思ったのかな？」

「これまでに彼がしてきたことだと思うわ。私を教育して、彼が私を今の私にしてくれたの」

「君はなんて素直でかわいい人なんだ。でも、いいかい、ぼくはそのことで彼が感謝される必要はないと思う。魅力的な娘というのは、作られることも台無しにされることもあり得ない」

「そうかもしれない！　でもはっきり言って、私は魅力的な娘ではありません。腹を立てたら魅力的な娘からはかけ離れてしまうもの。すべてロジャーのおかげよ。彼を非難するようなことは言わないで。私が許さないから。私はどうなっていたかしら――」彼女は話すのを止めた。目や声が感情を露わにしてしまったのだ。

「ローレンス氏があらゆる美徳のお手本というわけか、なるほどね！　でもノラ、ぼくが彼に嫉妬していることは認めるよ。彼は君を永遠に教育したいと思っているのかな？　ぼくには君がすでに、素敵な女性が必要とするものをすべて身に付けているように思える。あの彼が女性の何を知っているというのかい？　一、三年後、彼は君をどうするつもりなのだろう？　二、三年経ったら、君はナンバーワンになっているだろう」

そう言うと、フェントンは陽気に強烈な口笛を吹き始め、すり足でステップを踏みながら、つかの間、ファンダンゴ[37]を踊ってみせた。「二、三年後、鏡を見て、ぼくがこう言ったことを思い出してくれ！」

「彼は近いうちにヨーロッパに行くつもりよ」ノラは的外れにもこう言った。

「近いうちに！　彼は君を永遠に手元に置いておくつもりだろうよ。ぼくが手を貸さなかったらの話だけどね。それにしても、なぜヨーロッパなんだ？　愛国的なものすべての名にかけて尋ねる。ヨーロッパなんてくだらない！　この国で、自分自身がいる土地に目を向けて、同胞に会うべきなんだ。ぼくがセントルイスの最高の人たちに君を紹介しよう。いいかい、君は気づいていないが、君は正真正銘、西部の娘なんだ」

そのように命名された存在であることに何かたわいの無いうれしさを感じて、ノラはつかの間、爆笑に陥った。その笑い声は、窓の内側にいたロジャーにも無音のさざ波となって伝わった。「分かっているはずだけど、ジョージ」彼女は言った。「あなた自身が十分に西部的よ」

「もちろんだ。それを誇りに思っている。志を持つ人間に与えられた唯一の場所だ！　西部では何がしか意味のあることを成し遂げることができる！　この辺りでは、みんな十フィートもの虚飾にがっちりと捕まえられて動けなくなっている。君はと言えば、ノラ、根本的には問題ない。しかし上っ面は、過剰に糊づけされたつまらないものにすぎない。でもぼくたちでそれを取り去ろう！　原因は一緒に暮らしていることにある。融通のきかない――」

ノラは一瞬、輝く目を若者に向けた。口を慎むように命ずるかのようだった。「分かっていただきたいのだけれど、今後一切」彼女は言った。「ロジャーについての失礼な物言いはお断りします」

「もう一度言おうかな、ぼくをそんな風に見てくれるようにするために。もしぼくが君に恋をするようなことがあるとすれば、それは君がぼくを非難している時だろう。ぼくは攻撃しさえすればいい、君のお父さんを――」

「私の父ではないわ。私には父が一人いる。それで十分。あらゆる意味でこう言っているのよ」

「君のお父さんでないなら彼は何者だい？　彼は飼い葉桶の中の犬だ。(38) 彼はどちらなのかをはっきりさせなければならない。あとほんの少し成長したら、君にも理解できるだろう」

「彼はあなたが望む何者にでもなれるでしょう。私がなるのは一つだけ――彼の親友よ」

フェントンは攻撃的なほど陽気に笑った。「君はとっても純真だよ。だから誰も君をどう扱ったらいいか分からない。彼と結婚するつもりかい？」

ノラは小道で足を止めた。目はいとこに向けられていた。彼は一瞬、彼女の目に浮かんだ激しい驚きと、頬に現れた苦悩による紅潮に半ば困惑した。「ロジャーとの結婚！」ノラはとても重々しく言った。

「おや、彼も男だ、結局のところ！」

ノラはしばらく沈黙した。それから、努めて陽気さを装い、歩き続けながら言った。「申し込まれるまで待つべきね」

「彼は申し込む！　今に分かる」

「そうなったら私は驚くでしょう」

「驚いたふりをするだろう。女性はいつもそうだ」

「彼は私を子どもの時から知っているのよ」彼女は続けた。あてこすりを気にも留めなかった。「私はいつまでも子どもだと思うの、彼にとっては」

「彼のお気に召すだろう」フェントンは言った。「二十歳の子どもが気に入るだろうよ」

ノラは一瞬考え込んだ。「結婚については」彼女はやがて静かに言った。「私はロジャーが望むようにするでしょう」

フェントンはいらだった。「ロジャーが何だ！」彼は叫んだ。「君はあいつの奴隷ではない。君は自分のために選び、自分のために行動しなければならない。自分自身の心に従わなければならないんだ。君は自分が何を言っているか分かっていない。近いうちに、君の心が言うべきことを言うだろう。そうすれば、ぼくたちにもロジャーの望みとやらがどうなるか分かるだろう！　自分が欲しいものを君から得たいなら、彼は君をもっと幼く――あるいはもっと年上だと考えるべきだった！　君があんな真面目くさったつまらない気取り屋を愛することができるなんて本気で言わないでくれ！（言葉遊びはやめてくれ。『愛』という言葉を、ぼくはあらゆるものを意味する、あの唯一の意味で使っているのだから！）抗議もなしだ、いいね。ぼくは言いたいことを言わせてもらう。ぼくは君のために言っている。とにかく自分の心に正直に話をしているんだよ。ぼくはあの男が大嫌いだ。ぼくは真っ正直な気持ちでここに来たが、あの男は火挟みで触るのもふさわしくないかのようにぼくを扱ってきた。ぼくは貧乏だし、自分で道を切り開いていかなければならないし、洗練されてもいない。それでもぼくは真っ当な人間だ。彼と同じくらい善良なんだよ。ぼくを総合的に見てほしい。なぜ彼はぼくに対して一瞬でも率直になれないのか？　なぜぼくの手を取ってこう言えないのか？『さあ、若者よ。ぼくには資本が、君には優れた頭脳がある。一緒に何かをやってのけないか？』ってね。ぼくが彼のスプーンを盗んだり、スリを働いたりしようとしていると思っているのか？　それがもてなしか？　貧相なものだ」

この情熱的な激白は、挫折した野心と傷つけられた自尊心とが、ほぼ同じ程度に要因となって引き起こされていたのだが、友人に対するノラの忠誠心に嘆かわしい大混乱をもたらした。いとこの中に血縁関係による固有の性質を感じることが――気兼ねのない愛情という本能と、調整された依存関係というおぼろげな意識とが、彼女に分かっていた以上に心地よく交互に現れたのだが――彼女の心の中で快い刺激のようなものになっていた。そのため、彼女はロジャーの疑念を残酷だと感じることになった。ジョージがそれを感じるほどなので二重に残酷なのだった。とにかく、二人の怒れる男たちは彼女を巡って反目していたので、彼女は爆発を回避しなければならなかった。翌日はフェントンを放っておくことを心に誓った。当然、まさにこの譲歩によってロジャーは彼女に対して劣勢になり、ジョージは虐げられし者としての恩恵を得た。そのうちに、ロジャーの妬みによるいらだちは頂点に達した。私が述べたちょっとした場面に続く夕方、若い二人は図書室の暖炉のそばに座っていた。フェントンはスツールに座っていとこの横で毛糸を持ち、ノラがその毛糸を巻き枠に巻きつけていた。その毛糸は、忌々しい室内履きを作る際に使われるものだった。ロジャーは本の表紙越しに二人の和やかな共同作業を険しい表情でしばらく観察した後、激しい心の動揺を抑えることができずに、動揺も露わに大股で出て行った。二人にはその後、彼が玄関先の回廊を行ったり来たりする音が聞こえてきた。彼はそこで、かき乱された精神から、整然として静穏な星々に訴えかけていたのだ。

「彼はぼくを憎んでいる」フェントンが言った。「だからぼくがあそこに出て行けば、彼はナイフを抜くだろう」

「まあ、ジョージ！」ノラはぞっとして叫んだ。

「事実だよ。残念だけど、君はぼくを諦めなければならないだろう。君と会わなければよかった！」

「いずれにしても、お互いに手紙を書けばいいでしょう」

「書き物って何だい？　ぼくは書き方を知らない！　でも書くよ！　彼はぼくの手紙を開けるだろうな。彼にとってはなおさら気の毒だ！」

ノラは毛糸を巻きながら一心に考えた。「私には、彼が本当に私たちの友情を嫌がっているとは思えないの。何か他のものに違いないわ」

フェントンは拳を握りしめて、突然、自分の手元から出ていく毛糸の流れを止めた。「何か他のものだ」彼は言った。「ぼくたちの間に起こり得る――友情以上の関係だよ！」そう言うと、彼女の両手を自分の両手で握りしめた。「ノラ、選ぶんだ！　ぼくか、彼か！」

彼女は一瞬目を見張った。そして両目からは涙があふれ出た。「ああ、ジョージ」彼女は叫んだ。「私をとても悲しい気持ちにさせるのね」彼女は本当は、彼に出て行くように言わなければならなかった。しかしそれにもかかわらず、彼が出て行く必要性を倍増させた彼の行動そのものが、彼が出て行くことを倍増しで難しくした。「ロジャーに話すつもりよ」彼女は言った。「誰であっても聞いていないところで非難されるべきではないわ。私たちはみんな、お互いを誤解しているのかもしれない」

フェントンは半時間後、自分で言ったとおり、書かなければならない手紙があるからと、階上の自室に戻った。その後程なくして、ロジャーが図書室に戻ってきた。半時間ほど星明かりや鳴いているコオロギと親交したことで、いらだちから棘が取り除かれたのだった。そこで彼にも、礼儀において客人に負けてしまったという悔しい思いがわき起こった。これではいけない。彼は何事もなかったかのような上機嫌を決め込むことにして、全く無頓着な様子で部屋に入った。しかし彼が口を開くよりも前に、ノラの顔に浮かぶ何かによって、状況を甘受するための有益な薬が、飲み込まれずに喉に引っかかった。「君のいとこはいなくなったのかい？」彼は言った。

「自分の部屋に戻ったの。書かなければならない手紙があるんですって」

「毛糸を持っていてあげようか？」ロジャーは少し間を置いた後で言った。

「ありがとう。全部巻いてしまったわ」

「誰のための室内履きなの？」もちろん分かっていた。しかしこの質問が出てきたのだ。

「ジョージのためよ。言わなかったかしら？　素敵だと思う？」そう言って、自分の作品を持ち上げた。

「彼にふさわしくないくらい素敵だ」

ノラは彼を素早く一瞥したために、編み目を数え間違えてしまった。「あなたはかわいそうなジョージが好きではないのね」彼女は言った。

「そのとおり。君が尋ねるから言うけれど、ぼくはかわいそうなジョージが好きではない」

ノラは沈黙した。やがて、「そうね！」彼女は言った。「あなたには私と同じような理由がないもの」

「そう言わざるを得ない！　君には大変結構な理由があるに違いない」

「大変結構よ。だって、彼は私の実の――」

「君の実の――？　ああ！」そう言うと、彼は小さな笑い声を上げた。

「私の実のいとこよ」ノラは言った。

「君の実のおじいさんだ！」ロジャーは叫んだ。

彼女は手仕事を止めた。「どういう意味？」彼女は重々しく尋ねた。

ロジャーは少し顔を赤らめた。「ぼくが――ぼくが言いたいのは――君のいとこを信じられないということだ。彼はぼくの疑いを晴らしてくれない。ぼくは彼のことが好きではない。彼は矛盾したことを言う。彼の話はつじつまが合わない。ぼくにあるのは彼の言葉だけだ。彼の言葉を信じる義務はない」

「ロジャー、ロジャー」とても優しくノラは言った。「彼が詐欺師だと言いたいの？」

「その言葉は君の言葉だ。彼は正直な男ではない」

彼女は編み物道具を服のスカートに寄せ集めながら、ゆっくりと小さな椅子から立ち上がった。「それで、彼の誠実さを疑いながらもここに滞在するのを許して、彼が私にとって大事な存在になるのを放っておいたのね？」

彼女はぼくを十倍もばかにしている！「それはもちろん、君が彼を好きなら」彼は言った。「今までにぼくが君の頼みを断ったことがある？」

ここにきてノラは突然、ロジャーはばかげているという無慈悲な感覚に襲われた。「正直だろうとなかろうと」彼女は激しく言った。「私は本当に彼が好き。いとこであろうとなかろうと、私の友だちだもの」

「よろしい。でも君には伝えておく。こんな風に君と話したくはない。ただ、きっぱりと言わせてもらう。君のいとこには、君の友人には——君の——彼が何者であろうと！」——彼は一瞬口ごもった。ノラの目は彼にじっと注がれていた。「嫌悪を感じる！」

「あなたはとても不公平よ。あなたは彼を知る努力をしてこなかった。初めから礼儀正しく接してこなかった！」

「努力不足は全部ぼく側の問題だろうか？　礼儀！　彼は気づきもしないよ。礼儀が何たるかを知らないのだから」

「彼はあなたが思っている以上に分かっているわ。でも、これ以上彼のことを話してはいけない」彼女はキャンバス布と巻き枠を一緒に丸めた。それから突然、的外れながらも情熱的に叫んだ。「本当に気の毒なジョージ！」

ロジャーは一瞬彼女を見つめた。それから苦々しく言った。「君にはがっかりだ」

「あなたは私に壮大な期待を抱いてきたに違いありません！」彼女は答えた。

「確かにそうだ」

「それなら、そんな期待とはお別れして、ロジャー。これが間違いなら、私のすべてが間違っていることになります！」彼女は堂々と毅然とした態度で話したのだが、その様子が実に似つかわしかった。彼女がこれほど美に近づいたことはなかった。激しいいらだちの只中で、ロジャーは彼女を賞賛した。この場面は一瞬、悪夢のように思われた。その夢からはっと目を覚まして、愛していると彼女に告げるかもしれなかった。

「怒りは君の言葉に驚くべき効果を与える。本当に君の顔を美しくする。若い女性は、魅力的であるためには間違っていなければならないのだろうか？」何を言っているのかほとんど分からないままに続けた。しかし彼女の両頬が燃えるように赤くなったので、自己嫌悪のような感情がわき起こった。「できることなら」彼は叫んだ。「君の不快極まるいとこがぼくたちの間に割り込んでこなかったらよかったのに！」

「私たちの間にですって？　彼は私たちの間に割り込んだわけではないわ。ロジャー、私はこれまでと同じようにあなたの近くにいるのだから。もちろんジョージはすぐに立ち去るでしょう」

「もちろん、だって！　ぼくはそんなに確信を持てない。彼はたぶん頼まれればそうするだろう」

「もちろん私が頼むのよ」

「ばかなことを。君にはうれしいことではないだろう」

「私たちはもう旧友なの」ノラは強烈な皮肉を込めて言った。「だから少しも気にならないわ」

ロジャーは自分の首を絞めたのかもしれない。自分で問題をこのような状況に陥らせてしまった。フェントンは受難の追放者で、ノラは義務感から苦慮する犠牲者というわけだ。「ぼくがあの男をこの家から追い出したいかって？」彼は叫んだ。「とんでもない——ぜひお願いするよ。彼には何も言わずに、彼が望むだけ滞在させてやってくれ。ぼくは恐れてなどいない！　彼のことは信用しないが君のことは信用している。彼がどれくらいの間厚かましく滞在するか興味のあるところだ。この先、二週間もすれば、ぼくが正しいことが分かるよ。君はぼくに言うだろう。『ロジャー、あなたが正しかった。ジョージは紳士ではないわ』ってね。さあ！　ぜひお願いする」

「紳士ですって？　まあ、私たちは何の話をしているのかしら？　彼がシャツに偽のダイヤモンドを付けていることを言っているの？　私が頼めば外すでしょう。大きな違いがあるわ、偽のダイヤモンドを身に付けることと——」

「本物を盗むこととは！　どうなのだろう。ぼくにはいつも、二つは切り離せない気がしている。とにかく、ノラ、彼が旧友二人の間に揉め事を起こすことができたなどと嫌疑をかけられることにはならないよ」

ノラは立ったまま、一瞬、物思いに沈み、すぐには答えなかった。「彼は立ち去るつもりだと思います」彼女は言った。「あなたが彼にとどまってほしいのなら、自分で頼まなければ」そして、それ以上何も言わずに部屋から堂々と出て行った。ロジャーは彼女を目で追った。『ヘンリー・エズモンド』のカースルウッド令夫人のようだと思った。令夫人は、「激情にかられて、恐ろしく美しく[39]」見える人物である。

一方、カースルウッド令夫人の方は階上の自室に戻り、編み物一式を床に投げ出して椅子に倒れ込むと、さめざめと泣き始めた。眠りについたのは夜遅くになってからだった。生きる苦しみについての新たな意識に目覚めたのだ。彼女自身の苦しみは確かに小さかったが、彼女の強さはまだ試されていなかった。彼女は幾多の空想の中で、ロジャーと意見が衝突する可能性について考えたことがあったが、その衝突が自分が原因で生じることがないように祈ってきた。今、原因は彼女にあった。自分は確かに、義務よりも喜びを重んじたのだ。ロジャーの了簡は実に痛ましいほど狭かった。これは弱点だった。しかしロジャーの弱点を気にする自分は何者だろうか？　ロジャーの弱点にこそ自分は衣食住を負うている。ロジャーが微笑もうと顔をしかめようとジョージは相変わらずジョージのままだろうと思うと、彼女の憤りはどういうわけか和らげられた。彼は紳士ではない。結構なことだ。それを言うなら彼女も淑女ではなかった。しかし、ジョージが持っているような男らしい強健さは、愛する男が持っていても悪くないものだろう。

フェントンよりおめでたい人間であっても、この平穏な家で起きた揉め事から推し測ることができたかもしれない。フェントンもこの一件から、立ち去らなければならないとの啓示を読み取った。その必要性を受け入れたが、失敗したと――ほとんど傷を負ったかのように強烈に感じていた。得たのは愛されることに伴う面倒だけだった。それは面倒だったのだ。なぜなら、いつになく責任を感じていたからだ。それは、あらゆるものに禁止令という陰気な影を投げかけているように思われた。それでもこの件には勝算もあった。男というものが自分の盲信を抑えることさえできれば、であるが。彼はノラのことを、彼女に愛していると告げることができるほど大切に思っていた。はるかに気に留めない娘たちには同じようなことを簡単な気持ちで告げてきた。彼は彼女が自分の周囲に紡ぎ出してくれた、軽々とした銀の蜘蛛の巣のような涼やかな優しさの覆いに十分感謝していたが、ノラの空想の中を偽りの姿で進む以外の目的に自分の時間を使う必要があった。期待は打ち砕かれた。彼はロジャーが、喜劇に登場する短気で年老いたおじよろしく、彼といとこの結び付きに対して祝福と紙幣とを惜しみなく降り注いでくれるだろう、と思っていたのだ。期待が打ち砕かれたことで次なる計画も頓挫した。つまり、五千ドルを借りるという目論見である。読者はにやりとされるだろう。しかしこれが、「抜け目のない者」の単純さである。彼は今や五百ドルでも満足しただろう。自分の展望がこのように崩れ去ったので、彼はノラの金銭的価値についてじっくりと考えた。

「ねえ」彼は彼女に言った。英雄的努力をしている雰囲気を醸し出しながらである。「ぼくは邪魔になっているようだ。お暇しなければならない」

「残念よ、ジョージ」ノラは悲しそうに言った。

「ぼくも残念だ。ぼくは自分が高慢だと思ったことはなかった。でも、ここのご主人への配慮に欠けていた！」苦々しく笑い声を上げて言った。「いっそのこと来なければよかった。いや、そんなことはないな。君を知るだけでその価値はある」

彼女は慰めるように、今後の計画や見通しについて質問し始めた。そこで今度ばかりはフェントンも気合を入れて、哀れを誘う無能さを装うことにした。彼は言った。自分は落胆している。未来は空しい。資金もなく何事かを試みるのは子どものお遊びだ。

「そうすると、あなたには資金がないの？」ノラが心配そうに言った。

フェントンは痛ましい微笑みを浮かべた。「いやあ、ぼくは貧しい男なんだよ！」

「どのくらい貧しいの？」

「貧しいもなにも、一文無しだよ」

「無一文ってことはないでしょう？」

「君に言って何になるんだい？　君にぼくを助けることはできない。君をみじめな気持ちにさせるだけだ」

「あなたがみじめな気持ちでいるのなら、私もそうありたい！」

この見事な感傷の金脈はきっとうまく機能するだろう。フェントンは札入れを取り出し、中から五ドル札を四枚引き出すと、哀愁を漂わせながら冗談まじりに、それらを自分の膝の上に一列に並べた。「これがぼくの財産だ」

「二十ドルがあなたの全財産だと言いたいの？」

フェントンは、汚れてくしゃくしゃになった紙幣のしわを愛撫するように伸ばした。「君を貧しい男の秘密のレベルにかがませるようなことをして、とても恥ずかしい」彼は言った。「富によって君はそのレベルより高いところに持ち上げられている」

ノラの心臓は早鐘を打ち始めた。「そのとおりだわ。私には少しだけどお金があるの、ジョージ。八十ドルほどよ」

八十ドル！　ジョージはうめき声を抑えた。「彼は君をかなり低い位置にとどめているんだね」

「あら、私がお金を使う用事はほとんどないの。こんな田舎では使う機会がないのよ。ロジャーはとても気前がいいの。数週間に一度、いくらか持たせてくれるわ。私はよくこの辺りの貧しい人たちにあげてしまうの。たった二週間前、まだこれだけ持っているからこれ以上はいらないと断ったのよ。私がよいと思う額を施しとして与えてもよい、私の慈善行為は私の自由に任されるというのが私たちの間の取り決めなの。あなたの事情を知ってさえいたら、ジョージ、あなたを私の慈善行為の主な受給者に定めていたはずなのに」

ジョージは黙っていた。どうすれば彼女の余剰金を常に受給することができるか、夢中で考えていたのだ。突然彼は、申し出を拒むべきだと気がついた。しかしノラはすでに軽やかに部屋を後にしていた。フェントンは二十ドルをポケットにしまい、彼女が再び現れるのを待った。八十ドルは大金ではない。しかしそれでも八十ドルだ。彼にとっては甚だいらだたしいことに、ノラが戻る前にロジャーが姿を現した。若者は一瞬、まるで感傷強盗とでも呼ぶべき行為の現場を取り押さえられたかのように感じて、発見者を懐柔する動きをした。「残念ながら、お別れしなければなりません」彼は言った。

ロジャーは顔をしかめ、ノラが話したのだろうかと考えた。この瞬間彼女が再び現れた。顔を紅潮させ、息を切らして、自分がしようとしていることに気持ちを高ぶらせていた。お金を数え直したところだったので、それぞれの手に、ひらひらと紙幣の束が握られていた。ロジャーを目にすると、彼女は足を止めて顔を赤らめ、すばやく、いとこともの問いたげな視線を交わした。彼はほとんど彼女を睨み付けているかのようだった。警告なのか脅しなのか、彼女には知りようがなかった。ロジャーは立ったまま、半ば唖然として彼女を眺めていた。突然、彼女の用向きの意味がひらめいて怒りで真っ赤になった。一歩前に出たが自制した。それから腕を組み、静かに待った。ノラは一瞬ためらった後、紙幣をまとめて丸めると、いとこの方に歩み寄り、この小さな札束を差し出した。フェントンは両手をポケットに突っ込んだまま、彼女の目を食い入るように見つめた。「これは一体何だい？」彼は残酷に言った。

「まあ、ジョージ！」ノラは叫んだ。両目からは涙があふれ出た。

ロジャーは状況を見抜いていた。卑怯にも若い娘から金を取ろうとした上、彼女の親類の男は、自分の強欲が露見しそうになって憤慨しているのだ。彼は怒っていた。しかし一層強く感じていたのは嫌悪だった。これほどに下劣な悪党には、競争相手として恐れるべきことは何もない。「あいにくぼくは計画をぶち壊してしまったようだ」彼は言った。「無理強いはやめなさい、ノラ。ぼくが背を向けるまで待ちなさい」

「恥ずかしいことは何もしていないわ」ノラは言った。

「君かい？　ああ、何も恥ずかしいことはしていないよ！」笑い声を上げてロジャーは叫んだ。

フェントンはマントルピースにもたれかかって立っていた。猛烈に不機嫌で、激しく混乱した様子だった。「恥ずべきことがあるのはぼくだけだ」彼はやがて、苦々しそうに、努力の末に言った。「貧乏だってことがね！」

ロジャーは鷹揚に微笑んだ。「正直な貧しさは決して恥ずべきことではない！」

フェントンは彼を横柄に見つめた。「正直な貧しさ！　あなたはそれを随分とご存知でしょうね」

「いいかね、かわいそうなノラに貯金を渡すように頼まないでくれ」ロジャーは続けた。「ぼくに頼んでくれ」

「あなたは不公平よ」ノラは言った。「彼が私に頼んだわけではないの。私が彼に頼んだのよ。貧しくて困っていると思ったの。彼の全財産はたったの二十ドルなのよ」

「ああ、何ということを言うのか！」フェントンの目が怒りに満ちた。

ロジャーは嬉々とした。あと一撃で、自分の無作法を帳消しにし、ノラの愛情を取り戻すことができるかもしれない。彼は札入れを取り出した。「ぼくに手助けをさせてくれ。君がきまりの悪い思いをするということに思い至らないなんて、ぼくはとても愚かだった」そう言うと、十数枚の紙幣を数えて取り出した。

ノラはいとこのそばに歩み寄り、彼の腕に自分の片手を通した。「プライドを持つ必要はないのよ」彼女はなだめるようにささやいた。

ロジャーの紙幣は手が切れるように新しかった。フェントンは反対側の壁を懸命に見つめていたが、誰が説明できようか、彼は次々と数字を読んでいった――五十ドル札が一枚、二十ドル札が四枚、十ドル札が六枚。彼は唸り声を上げそうだった。

「さあ、プライドを持つ必要はない」ロジャーは、このちょっとした富の札束を差し出しながら繰り返した。

二つの大きく激しい涙が、若者の目にわき出た。ロジャーの揺るぎなく洗練された姿、目に浮かんだ満足げで恩着せがましいきらめきは、彼の手には負えなかった。「あなたに慢心する機会は差し上げません」彼は言った。「お元気で！　あなたのその紙束は火にでもくべてください」

「まあ、ジョージ！」ノラはささやいた。そのささやきは彼には甘美に思われた。

頭を傾け、腕を彼女の肩に回し、額にキスをした。「さようなら、最愛のノラ」彼は言った。

ロジャーは目を見張って立っていた。進呈物は手にしたままだった。「断るのか？」彼はほとんど挑戦するかのように叫んだ。

『断る』は適切な言葉ではない。人は侮辱を断ったりしない」

それでは、フェントンが出し抜いて、まさに自分の気前のよさが自分に刃向かう運命なのだろうか？　よく考えもせず、激情に流されて、ロジャーは紙幣を手で握りつぶし、火の中に放り込んだ。一瞬でそれらは明るく燃え上がった。

「ロジャー、正気なの？」ノラは叫んだ。そしてパチパチと音を立てている紙を救おうとして動いた。フェントンは突然笑い出した。彼女の腕をつかみ、腰に手を回して抱きとめると、彼女を立たせて短命な炎を見つめさせた。彼の脇腹に押し当てられていたので、彼女には彼の心臓が早鐘を打っているのが感じられた。紙幣が姿を消すと、彼女の目はロジャーの顔を探した。彼は彼女を呆然と見つめ、それから踵を返すと部屋から出て行った。彼女のいとこは、まだ彼女を抱いていたのだが、額に何度も荒々しくキスの雨を降らせた。しかし、彼女は自分で体を離すと――「あなたはこの家を出なければ！」と叫んだ。「何か恐ろしいことが起きてしまう」

フェントンはすぐに旅行かばんを詰め、ノラはその間、彼を駅まで送る馬車を手配した。彼女は玄関ポーチで彼を待った。彼がかばんを持って出てくると、彼女はもう一度、丸めた小さな札束を差し出した。しかし、彼は半時間前よりも賢くなっていた。それを手に取るとぱらぱらとめくり、一ドル札を一枚、選び出した。「これを持っておく」彼は言った。「思い出の品として。使うのはぼくの最後の晩餐の時だけだ」しかし、彼女は彼に約束させた。本当に災難が彼に降りかかるようなことがあれば連絡するように、そしていずれにしても、手紙を書くように、と。馬車が隣接する丘の頂を越える時、彼は立ち上がって帽子を振った。背が高く、やせた、若い彼の姿は、冷たい十一月の日没を背に黒く浮かび上がり、彼女の無垢な共感の泉にさわやかな影を投げかけた。きっとこれが、打ち勝った勇者の姿なのだわ、打ち負かされた者ではなく。彼女の空想は、同志としての連帯感を携えて、世に出て行く彼を追っていった。

第五章

ロジャーと若い同居人との口論は——あれが口論であったとすればであるが——決して修復されることはなかった。種をばらまいてしまった。種はそのまま放っておかれて、運命の定めるままに意識の土壌に吸収されるか、偶然に吹いてきた恵み深いそよ風によって散り散りになるかだった。しかし大気から雷鳴を一掃するかのように、ロジャーは、フェントンが去って一週間後、自分と一緒に二週間ほど市街に行こうと彼女に提案した。もしかするとその後で冬の間も残ることにするかもしれない、という提案だった。ノラは漠然と、環境の変化という救いを切望していたので、大いに喜んで同意した。二人はあるホテルに滞在した——二人が知り合ったところではない。そのホテルで、到着した翌日の夕方近く、ノラは窓のそばに腰かけてロジャーが夕食に出かけるために迎えに来るのを待ちながら、田舎の生活に慣れた目で、通りを急ぎ行く群衆を熱心に観察していた。時折、その日の午前中に買った青いボンネットのことも思い浮かべて、満足げと言えなくもない様子で、歩道を過ぎ去る数々のボンネットと比べていた。そこへある紳士が登場した。ノラはヒューバート・ローレンスのことを忘れてはいなかった。ヒューバートはそれまで一年以上、西部で牧師職を務めていたので、最近はいとことほとんど連絡を取っていなかった。ノラに会ったのは一度きりだった。彼女の出現から六か月後に、ロジャーを訪問したあの時である。その間彼女は成長し、『子どもの本』を枕の下に入れて眠り、白馬の王子を夢見る幼い少女から、『レッドクリフの相続人』を何度も読み返し、聖職者の愛について考えを巡らす高邁な娘になっていた。ヒューバートも彼なりに変わっていた。今は三十一歳で、彼の特徴からは少年が持つあいまいな輪郭のようなものが失われていた。以前はそれなりの魅力を備えていた要素である。しかし年を経た彼の魅力も、以前に劣らず威力があった。彼の人格には薄暗い影があって、その影に秘められた様々な可能性が溶け合い、広く浅い光を放っていた。今や紛れもなく、天の軍隊に属する軽装備団の一員だった。彼は無責任な散兵として悪魔と戦った。とどろきわたる六十ポンド砲の横に配備された不屈の砲兵としてではなかった。ヒューバートが着ていた聖職者の衣服は、純粋な黒色ではなかった。また、聖職者の衣服を着ていたにもかかわらず、神性よりも人性の方が彼の関心の大部分を占めていた。なるほど、この世においては物事の天に向けられた面を愛したが、天に関しては地上に向けられた面を愛したのだ。神学の分野においては怠惰な方で、何であれ、とても厳格な信念には肩入れしなかった。古い神学的立場はひどく悪趣味だと思っていたが、新たに出現した、神学を否定する立場には全く面白みがないと思っていた。実にヒューバートは、悪魔の存在を何となく漠然としか信じていなかったので、彼による魂の救済は説得力に乏しかった。彼は自分の霊薬を同種療法に基づいて処方した。意地の悪いうわさによれば、彼が牧師になったのは、牧師には女性に近づく際に独特の強みがあるからだという。これは他人による勝手な推論である。しかし我々の務めは、当てにならない風評を拾い上げることではない。ヒューバートは総じて間違いなく軽薄だったが、それでも、神聖な情熱を欠いているからといって、決して根本的に動機や刺激を欠いているわけではなかった。彼という存在の中心軸は、音も立てずに正確に整然と作動し続けていた――細く、直立した、不屈のエゴだった。人間の目には、とりわけ女性の目には、原動力が何であれ、外に現れ出ている部分はとても好ましかった。ヒューバートに信仰上の手堅さが大してなかったとしても、物腰は見事なまでに手堅かったのだ。優しいが内気ではなく、率直だが傲慢ではなく、才気にあふれていたが知識をひけらかすことはなかった。聖職者が退けるものを決める通常の尺度は、彼の手にかかると、個人の気高い純潔性に対する暗黙の異議へと変換された。彼の外見には、西部での牧師職が与えた現実的な教訓による幾多の健全な痕跡が残されていた。これは彼の好むところではなかった。彼は自身を適応させ、献身し、嫌悪を感じる幾多のものに妥協しなければならなかった。彼の才能は自分が思っていたほどには彼にとって価値がなかったので、フランス人が言うところの「犠牲を払う」ことを強いられた――自分が大変繊細な敬意を抱いているあの人格を犠牲にすることを強いられたのだ。これらすべてが彼に少々すさんで疲れ果てた印象を与えたため、彼に対する女性の関心が確実に深まるという利を生むことになった。実は、彼の神々しい額には数本の細かいしわがあった。彼は密かにそのしわがあることを喜んでいた。彼にとっては栄冠だったのだ。彼は苦しみ、力を尽くし、そして退屈した。今度は世俗的な埋め合わせを受けることができるはずだと信じた。

「何と!」彼は言った。「これがノラ・ランバートだって?」

彼女は挨拶をするために立ち上がって、娘らしい率直さで片手を差し出した。淡い色の絹のドレスを着ていたので、成熟した若い女性のように見えた。「ここ数年、大変成長しているのです」彼女は言った。「あの『巨大な足』に追いつかなければならなかったのです」読者は忘れてはおられないだろう。ヒューバートはこのように、低い位置にある彼女の構成員を評したのだった。あの時はフランス語が分からなかったが、記憶が本能的にこの言葉をとどめおいたので、早いうちに「足」の方を辞書で引いてみた。「巨大な」の方の意味は、もちろん自明だった。

「もう追いついているに違いない」ヒューバートは笑いながら言った。「君は巨大なお嬢さんだ。ぼくが君のことを知っているはずがない」彼は腰を下ろし、ロジャーについて様々な質問をし、彼女に、ぜひとも「自分のことをすべて」話してくれと頼んだ。この頼みは心を浮き立たせたが、部分的にしか応じることができなかった。自分の魅力にまだ気づいていなかったので、ノラは相手が示す秘められた賞賛の念に重圧を感じた。しかし、彼の存在は輝かしい未来への展望を開いているように思われた。自分のいとこと比べて、いとこ同様にこれほど印象的でありながら、同時にこれほど違うということがあるのかと驚いた。彼女はフェントンを思って密かに少し赤面し、彼がいなくてよかったと思わなくもなかった。ヒューバートの見事な物腰についていては、彼が、自分は決して紳士などではないと認めたことで、過剰なほどに威力を持った。多種多様な男性がいるという、このぞくぞくするような暗示によって、子ども時代の心の中の前掛けがついに取り払われたように思われた。ヒューバートはとても率直で親しみやすく、とても優しく慇懃で包容力にあふれていたので、一度ならず彼女は自分が大きく膨らみ始めるのを感じた。しかし、そこで突然、彼の同調に何かが欠けていることによって、深まる黄昏の中、彼女の話に耳を傾けているというより、実に気楽に彼女を眺めているだけではないかという漠然とした感じによって、彼女の勇ましさは、彼女が知るところの嘆かわしい少女っぽさへと変わってしまった。全体としては、この面談はノラにとって最初の手ほどきになったかもしれない。社交界に足を踏み入れようとしている若い女性には不可欠な、半時間ほど何も言わずに語り合うという技の手ほどきである。この手ほどきはロジャーが到着したために中断された。彼はいとこを仰々しいほど温かく迎え、ぜひ夕食までいるように勧めた。ロジャーは夕食の後でノラをコンサートに連れて行くことにしていたが、大して熱意を持っているわけではなかった。そこでヒューバートに、君は音楽を解する人だから、ぼくの代わりに行かないかと提案した。ヒューバートはしばらく躊躇して異議を唱えた。しかしそのうちにノラが再び現れた。外出の支度をするために席を外していたのだ。先ほどお話しした青いクレープ生地のボンネットが実によく似合っていて、顔は、これからの楽しみに対する期待で輝いていた。一瞬、ロジャーは役目を辞退したことにいらだった。ヒューバートは直ちに引き受けた。二人は夜遅くに帰宅した。青いボンネットには全く変わりがなかったが、若い娘の顔はコンサートで受けた様々な印象によって輝きを増していた。彼女は生き生きとしていた。ロジャーのためにコンサートを再現し、素晴らしい声を披露したのだ。彼女が子ども時代から卒業しつつあること、感受性が豊かになりつつあること、ロジャーとの気安さ、ヒューバートとの程々の親しさ、こういったものがうっとりするように混じり合って、二人の聴衆を前に、この出し物は確実に成功を収めた。二人の紳士が演じる拍手の嵐の中を彼女が自室へと引き上げてしまうと、ロジャーは厳かにいとこに話しかけた。「さて、彼女をどう思うかい？　彼女の足に何ら欠点を見出さなければいいのだが」

「足はよく見ていない」ヒューバートは言った。「しかし、手はとても美しくなるだろう。とても素敵な人だ」ロジャーは椅子にもたれかかるように座り、両手をポケットに入れ、下あごを胸に付けてヒューバートを重々しくじっと見つめていた。ヒューバートは、彼が何かに強く心を奪われている様子に驚いた。「だが、ノラのことではなくて、君のことを話そう」彼は言った。「機会をうかがっていたのだが、君はひどく具合が悪そうだ」

「ノラかぼくか――それは一つだ。彼女はぼくがこの世で大切に思う唯一の存在だ」

ヒューバートは、その口調に陰気な力強さを感じて仰天した。昔ながらの上品で穏やかなロジャーは不在だった。「おい、君」彼は言った。「君はまるで間違っている。自分のために生きろ。彼女もきっと同じだろう。君は深刻に受け止めすぎる」

「そう、ぼくは深刻に受け止めすぎる。だから苦しんでいる」

「どうかしたのか？　彼女は手に負えない子どもなのか？　予想以上に手がかかるのか？」ロジャーは

黙って彼を見つめて座っていた。相変わらず重々しいまなざしだった。彼はノラへの投資が失敗だったのではないかと怪しみ始めていた。「彼女は——その——下品なのか？」彼は続けた。「まさか、あんなに愛らしい顔で、そんなこともないだろう！」

ロジャーはもどかしげに突然立ち上がった。「勘違いしないでくれ！」彼は叫んだ。「ぼくは誰かに会って——話をして——助言と——少しは同情も、もらいたいと切望してきた。考えすぎておかしくなりそうだ」

「これは驚いたな。彼女に一千ドルやって家族に送り返したらどうだ。君は彼女に教育を施したのだから」

「家族だって！　彼女に家族はない！　彼女は最も一人ぼっちな上に、最も愛らしくて、最も賢くて、最も善良な人間だ！　彼女の善良さが今のたった十分の一だったなら、ぼくは今より幸せだろうに。彼女と別れるなんて考えられない。ぼくが持っているものすべてを失ったとしても」

ヒューバートは一瞬目を見張った。「なんだ、君は恋をしている」

「そう」ロジャーは顔を赤らめて言った。「ぼくは恋をしている」

「やれやれ！」ヒューバートはつぶやいた。

「恥ずかしいとは思っていない」ロジャーは静かに応じた。

なるほどヒューバートには関係のない話だった。しかし、彼はわずかながら失望していた。「そうか」彼は平然と言った。「彼女と結婚したらどうだい？」

「そんなに簡単な話ではない！」

「彼女が断るだろうって？」

ロジャーはいらだたしげに顔をしかめた。「少しは考えてくれ。君は繊細な心遣いができる人間だと自負しているだろう」

「彼女が若すぎると言うのか？　くだらない。君が彼女で間違いないと思うなら、若ければ若いほどいい」

「言語に絶する苦悩を感じている割には」ロジャーは言った。「ぼくは良心を保っている。彼女を自由にしてやってリスクを受け入れようと思う。正義にかなうことをして、その後は成り行きを見守ることにしたい。君はぼくのことをばかげていると思うかもしれないが、ぼくは、ぼく自身を愛してもらいたい。他の男が愛されるのと同じように」

ヒューバートの特性の一つは、他の人間が熱くなるのに比例して、冷めてしまうことだった。熱せられた溶媒の中で精神的な冷静さを維持することによって、実にヒューバートは奇妙な満足を感じるのだった。彼は笑い始め、しばらく軽快に笑い続けた。「失礼」彼は言った。「しかし君の態度には何か滑稽なものがある。恋をしている者が良心に何か用があるのか？　全くない！　だからぼくは良心から距離を置いている。ぼくには全くもって君が特権的な立場にあるように思える。これ以上つまらないことにこだわって時間を無駄にすると、君は恋しい女性に全部持って行かれてしまうぞ！」

「君は本当に危険があると思うかい？」ロジャーは哀れな様子で詰め寄った。「まだしばらくは大丈夫だ。彼女はまだ子どもだ。それより教えてくれ。彼女はまだ本当に子どもなのだろうか？　君は今晩、彼女のそばで過ごしたんだからね。初めて会う人は彼女からどんな印象を受けるのだろうか？」

ヒューバートがまだ答え終わらないうちに、ドアが開いてノラが入ってきた。彼女の用事は、ロジャーの時計用巻きねじを使わせてほしいというものだった。自分の巻きねじは不思議にも消えてしまったのだという。彼女は髪からピンを抜き始めたところだったが、この遠出のために、メリノ羊毛製の暗青色の室内用ガウンに身を包んでいた。髪は夜に備えて大きな一つの巻き毛にまとめられていたが、廊下を飛ぶように移動してくるうちにゆるんでいた。ロジャーの巻きねじは全く合わなかったので、彼女はヒューバートの巻きねじを頼った。それは、彼のベストからぶら下がっている懐中時計の鎖につるされていたが、ノラの小さな時計に合うように、あれこれと触ってかなり親密な調節がなされなければならなかった。それは見事にうまくいき、彼女は、巻きねじが軸の上できしんでいる間、用心深い微笑みをうっすらと浮かべて、立ったまま彼を見ていた。「あなたにご迷惑をおかけするつもりはなかったのです」彼女は言った。「でも、時計がなかったら私は寝過ごしてしまうでしょう。ロジャーの気性はお分かりでしょうから、もし私が朝食に遅れたら、私がどれほど大変な思いをするかもお分かりでしょう！」

ロジャーはこのユーモアと機知に富んだ言葉を聞いて有頂天だったので、彼女が部屋を出て行く時、ゆるんで落ちてきた髪の束を支えるために、握りしめた片手で頭を抑え、膨らんだ部屋着の裾をもう片方の手で絞りながら大急ぎで廊下を去っていったのだが、おどけた挨拶以上の意味を込めて、彼女の方に向けて自分の手にキスをした。

「ああ！　これほどにひどいとは！」ヒューバートは頭を振りながら言った。

「彼女があんな髪をしていたとは全く知らなかった」ロジャーはつぶやいた。「君の言うとおりだ。ぐずぐずしている場合ではない」

「慎重に！」ヒューバートが言った。「彼女はまだ子どもだ」

ロジャーは一瞬彼を見た。「おい、君は偽善者だな」

ヒューバートはわずかに顔を赤らめた。それから帽子を取り上げてハンカチで撫で始めた。「とんでもない。ぼくがどれだけ率直になれるか分かっただろう。ぼくは君に、あの若い女性と結婚して決着をつけるように勧める。待つのなら危険を承知の上でということになる。確かに彼女は魅力的だと思うが、ぼくが間違っていなければ、これは単に今後の可能性が示唆されているというだけの話だ。他人が刈り取るために種をまくな。収穫物がまだ熟していないと思うなら、あんな強烈な投げキスよりも、もっと穏やかな日光のもとで成熟させてやったらどうだろう。適切な人に彼女を預けて、君はヨーロッパに行ったらいい。一年経ったら、彼女の嫁入り道具を旅行かばんに詰めて、パリから帰って来たらいい。そうすればぼくが式を執り行ってあげよう。愛らしいいとこを持つという展望以外に料金は取らないから」このような言葉を残して、ヒューバートは相手を物思いに沈ませたまま立ち去った。

彼の言葉はロジャーの心に鳴り響いた。苦痛を与え続けたとさえ言えるかもしれない。数日後、もっと優しい忠告を期待して、彼は我らが友人キース夫人を訪れた。この女性は、結婚の岬をすっかり一周して、今は、十分な寡婦産を持つ未亡人暮らしという穏やかな入江に浮かんで停泊中だった。読者も、幾多の若い未婚女性が、家族形成という考えを大胆に払いのけてこう叫ぶのを耳にしたことがおありだろう。「ああ、私も！　私も未亡人であればいいのに！」キース夫人はまさに、若い未婚女性たちがこうあれかしと思う形の未亡人だった。化粧道具入れには数々のダイヤモンド、馬車小屋には四輪馬車を持ち、羽毛ほどの足手まといも持たないという、満たされた野望に仕上げが施された模範例だったのである。彼女の望みは明確だった。すでに望みは満たされたので、図々しくさらなるものを求めたりはしなかった。彼女は、ロジャーが求婚した貪欲な娘時代においてよりも、はるかに価値のある女性になっていた。富が彼女の美貌と気性の両方に等しく折り合いをつけたのだ。額のしわはヨシュアの太陽[40]のようにじっととどまっており、善意やもっともらしい約束の大群によって、彼女の人格には光彩が添えられたようだった。ロジャーは彼女の前に立った時、自分の情熱が修復不可能なまでに消滅したことを感じただけでなく、この「喪を終えた女性」[41]が理想の妻になっただろうかと疑いさえした。この女性は、彼のきまり悪そうな様子を、くすぶり続ける情熱から生じる蒸気だと誤解して、彼の愛情を、友情という巧妙な化学反応によって変質させようと決意した。これは簡単な仕事であることが判明した。十分間で、過去のこだまは現在の世間話によって鎮められてしまったからである。キース夫人はヨーロッパに向けて船出する直前だったので、自分の計画や準備状況について大いに話すことがあった――家を貸すことで得られるなけなしの賃貸料についてである。「正当な手段で、ちょっとした利益を得ることがなぜいけないのかしら?」彼女は尋ねた。「さて、それでは」地ならしが済んだので彼女は続けた。「そのお嬢さんについて話して」これこそロジャーが望んでいたことだった。しかし、彼が自分の話を始めようとしたまさにその時、訪問者が数名ほど侵入してきた。秘密を打ち明けるには致命的である。キース夫人は手段を講じて彼を脇に連れ出した。「百聞は一見に如かず」彼女は言った。「彼女に会いたくてたまりません。今夜、彼女を夕食に連れていらっしゃい。そうすれば私たちで彼女を独占できますから」

キース夫人は、長年、ノラにとって神秘的な崇敬の対象だった。ロジャーには彼女のことをほのめかす癖があった。率直なわけでも頻繁なわけでもなかったが、何か言外に重要なことが含まれていると示唆されていたので、一度ならずノラはあれこれと考えさせられてきた。彼女はその女性の客間に、その日の夕方、好感を持たれたいという重苦しいほどの願望を感じながら足を踏み入れた。彼女が何を着るべきかという問題についてロジャーが示した関心の程を知って、彼女は、自分が与える印象に、彼が名状しがたい何かを賭けているのを確信した。しかし彼女は、女主人が惜しみなく与えてくれる思いやりのある言動にほっとしただけでなく、すっかり心を奪われた。キース夫人は彼女の両頬にキスをして、両腕を伸ばして彼女を支えると、軽く彼女に体をひねらせて、ほどけそうになっている飾り帯を直した。この間、ノラは自分が検分され、査定されていると実にはっきりと感じた。しかしこれらはすべて、心を浮き立たせるような明るいまなざしと、既婚女性らしい穏やかな微笑みとをもって行われたので、若い娘は落着きを失うよりも、むしろ落着きを増した。キース夫人自身がとても優雅で洗練されていて、趣味や品のよさを香らせていたので、一時間も経たないうちに、ノラは自分が、不可欠なたしなみの心得をたくさん借り受けたように感じていた。夕食後、彼女の女主人はピアノを弾くように勧めた。そこでノラは、自信をもって、いつも以上に上手に演奏した。キース夫人はロジャーに合図し、自分が座っているソファーの方に呼び寄せて横に座らせ、音楽に合わせて時折頭を上下に動かしながら静かに会話をした。富は、私がすでにほのめかしたように、彼女の道徳的気質に大きな効能をもたらしていた。薬剤が――キニーネや鉄剤が――肉体に作用するのと同じようなものである。彼女は慈善という心地よい満足感の中にいた。彼女は穏やかながらむずむずしていた。どこがむずむずするのか――心か、それとも頭か？――彼女には分からなかったが、誰かの役に立ちたくてたまらなかった。手元には感傷的な慈善行為につぎ込むちょっとした資本があったので、安全な投資先を強く欲していた。今こそ、その好機だった。三年前にロジャーが彼女に打ち明けた計画には、ノラの査定を終えた今、丸く収まらなければこの上なく残念だと思うような、成功を示唆する素敵な要素が含まれているように思われた。彼女は芸術的な手を貸してやろうと決意した。「彼女は知っているのかしら、あのことを？」彼女は小声で尋ねた。

「彼女に話したことはありません」

「そうですね。適切なご配慮です。もちろん、ご自分の状況は分かっていらっしゃいますね。彼女は全くもって愛らしい――千人に一人の方ですわ。あなたが実にうらやましい。本当よ、ローレンスさん。私は嫉妬しているの。彼女には独特の品格があります。必ずしも美しさというわけではありません。賢さというわけでもない。すべてが容姿から来るものというわけでも精神から来るものというわけでもない。それは彼女が持つある種の流儀なのです。その流儀は彼女を遠くへと導くかもしれません。彼女には数々の素敵なものも備わっています。そのうち美の中の美になろうと思い立つかもしれません。自然は理由もなく彼女にあのように立派に頭をもたげさせはしません。ああ、なんてしわだらけで色あせてしまったものかと思わずにはいられない！　十六歳で、あれほど豊かな髪をして、健康で立派な後ろ盾もあり、ピアノもあれだけ好ましく弾くことができる。この世で最上のものを持っているのです。彼女たちがそれに気づいてさえいれば！　でも無理なの！　そういったものはすべて、後ろに残していくことになるのです。髪はめちゃめちゃになり、つやつやした顔とも決別する。二十歳になり、恋人もできて、自分流に歩まなければならなくなるのです。さあ、その時は必ず来るのだから、私たちは利益を得ることができるよう、力を尽くさなければなりません。楽しみの方は彼女たち自身が面倒を見るでしょう。ノラを私に一年間ほどお預けなさい。彼女には女性が、それも賢い女性が必要です、私のような。男性は若い娘の教育に手を出すと、まさに年老いた祖母。私に彼女をヨーロッパに連れて行き、ローマの社交界に紹介させて。怖がらないで。あなたの利益は守りますから。私があなたのもとに、アメリカで一番魅力的な娘を連れ帰ります。今からその彼女が目に見えるようだわ！」こう言うと、扇で巨大な曲線を空中に描きながら、キース夫人は頭を片側に傾けた。その様子は、婦人帽の販売業者が、未来の奥底に理想のボンネットを見つけたところを連想させた。ロジャーに目をやり、彼女には自分の主張が的を射たことが分かった。そこでノラが、ちょうど一曲弾き終わったところだったのだが、ソファーのところに呼び寄せられて、キース夫人の足元に座らされた。ロジャーは離れて炉火の前に立った。「ねえ、ノラ」キース夫人は言った。子どもの頃からノラを知っているかのようだった。「私と一緒にローマに行くのはいかが？」

ノラは飛び起き、立ったまま目を丸くして二人の顔を代わる代わる見た。「本当？」彼女は言った。「ロジャーは――」

「ロジャーは」キース夫人は言った。「あなたを扱うのがあまりにも難しいので、あなたを私にゆだねたのです。あらかじめ警告しておきますが、私は恐ろしいのよ。でも、あなたが怖がらなければ、強く叱ったり、つねったりはしません。仮に私に娘がいたら、その娘にするのと同じ程度にするだけですよ」

「君を一年ほど手放すことにする」ロジャーは言った。「君を扱うのと同じくらい、難しくて厄介なことなのだが」

ノラはしばらく、揺れながら立っていた。あふれ出る喜びをどこに向ければよいか分からなかったのだ。その後キース夫人の前に礼儀正しく両膝をつき、若々しい頭を傾けて何度もキスをすることで、それを解放した。「私はあなたを怖がりません」彼女はそれだけ言った。ロジャーは向きを変えて炉火をつつき始めた。

翌日、ノラは旅に必要な物を買いに出かけた。雨がとても激しく降っていたので、ロジャーの指示で馬車で出かけた。この遠征でいろいろな店を訪れている最中、ある店から出てきたところで、彼女はヒューバート・ローレンスが雨の中を重い足取りで歩いて来るところに出くわした。彼は彼女が馬車に戻って乗り込むのを助け、しばらくの間、立ったまま窓越しに彼女と話をした。二人は同じ方面に向かっているところだったので、彼女は彼に馬車に乗るように勧めた。彼がためらったので、彼女はさらに、キース夫人とヨーロッパに行くことになっているので会話をここで終わらせたくないと言った。これを聞いてヒューバートは飛び乗り、彼女の向かいの席に陣取った。彼女が流されていくと知って、今の状況が突然価値のあるものになったのだ。加えてロジャーがコンサートの後に打ち明けた話を考えると、この控えめな、宿命を背負った彼女の姿は、この若者にとって趣のある興味深いものになった。ノラは、この同伴者と一緒にいると自分が不思議にもくつろいでいることに気がついた。時折、自分の幸せな気安さを押しとどめようと奮闘した。しかし、どうやらヒューバートは彼女より都会慣れしているために、女子学生風のとりすましにあまり気を留めない人物のようだった。ヒューバートが一緒にいるということと、旅立ちを前にした高揚感とで、彼女のはしゃいだ気分には歯止めがきかなくなった。二人は一緒にいくつもの店に立ち寄り、あまりにも見境なくおしゃべりをしたり笑ったりしながら買い物をしたので、悲惨にも買い物は場当たり的になった。やがて二人の行く手が阻まれた。路面鉄道が動かなくなったために、前方で馬車が列をなして立ち往生していたのだ。二人の馬車は菓子屋の前の歩道近くで止まった。ノラが時間を取られることに落胆し、とてもお腹が空いているから昼食をとりたいと言うので、ヒューバートは店に入り、タルトの包みを手にして戻ってきた。雨が激しい奔流となって降ってきたので、二人は両側の窓を閉めなければならなかった。この流れる水の幕に囲まれて、二人は奇妙な趣を味わいながらタルトのごちそうを楽しんだ。まもなく、ヒューバートはもう一度出かけていき、二コース目を持って戻ってきた。彼が雨の中に飛び込んで行ったり来たりする様子に、二人の気持ちは途方もなく浮き立った。ノラは数枚ハンカチを買っていた。店に置かれているこうした品物にありがちな、あの互いに密着した状態だった。そのうち一枚をテーブルクロスとして二人の膝に広げたのが、とても素敵な冗談のように思われた。

「ワシントン通り(42)の真ん中でピクニックをするなんてことを想像してみて！」ノラは叫んだ。口元には焼き菓子のかけらがたくさん付いていていた。

「生まれ育った土地、家、友人、あらゆる大切なものを残して旅立とうとしている若いお嬢さんにしては」ヒューバートは言った。「君は元気いっぱいのようだ」

「それを言わないで」ノラは言った。「今夜は泣くでしょう。でもとっても楽しいのですもの」

「こんなことは海外ではできないだろう」ヒューバートは言った。「ぼくたちが途方もなく不適切なことをしているってことが分かっているかい？　若い娘にとって、決して得ることばかりではないんだ、ヨーロッパに行くってことは。大変結構なご法度ばかりの伝統の中に入り込むことになるんだよ。若い娘がしそうな不適切な行いがいくつあるか、君には見当もつかないだろう。君は崖っぷちを歩いている。向こう側を見てはいけないよ。さもないと落着きを失って、二度とまっすぐに歩くことができなくなるだろう。ここでは君は目隠しをされている。ぼくに約束してくれ。アメリカの無垢という、この祝福された目隠しをなくさないということを。そして、帰って来たらまた一緒に、今日のように自由で愉快な朝を過ごすと、ぼくに約束してくれ！」

「約束します！」ノラは言った。しかしヒューバートの言葉は、甘美な可能性が没収されてしまうことを説得力をもって予示していた。この後の道のりを、彼女はもっと重々しい気分で過ごした。二人が帰ってくると、ロジャーはホテルの玄関ポーチの下で、時計を手にして通りを上へ下へと見つめているところだった。それまでの出来事の説明を受けて、彼はいとこを馬車で家まで送り届けることを申し出た。

「ノラが話したと思うが」馬車が進み出すと彼は切り出した。

「そのとおりだ！　まあ、残念だ。彼女は魅力的な娘だ」

「ああ！」ロジャーは叫んだ。「君がそう思うと分かっていた！」

「君は相変わらず物知りだよ！　彼女の話では、来週の水曜日に出航するそうだね。それで、君はいつ出航するのかい？」

「ぼくは行かない。田舎の自宅に戻るつもりだ」

「本気なのか？」

ロジャーはしばらく窓の外を見つめた。「一年間」彼は言った。「彼女を完全に自由にしてあげるつもりだ」

「すると、何が起きても受け入れるわけだね？」

「そうだ」こう言うとロジャーは腕を組んだ。

この会話があったのは金曜日のことだった。ノラはニューヨークから翌水曜日に出航することになっていた。そのためには、キース夫人とともにボストンを月曜日に発たなければならなかった。もちろん、この二人の女性には客船までロジャーが付き添うことになっていた。日曜日の早朝、ノラは友人の訪問を受けた。読者はおそらく覚えておられると思うが、キース夫人は、最近ローマ・カトリック教会に転向していた。そこで、彼女は信者としての宗教上の務めを、独特の精励によって果たした。彼女のこの度の用向きは、航海の安全を祈るミサを捧げるので、ノラも一緒に教会に行って同席してほしいというものだった。

「あなたを転向させたいわけではないの。でもそれも大変結構なことだと思います」キース夫人は言った。ロジャーに頼んで、ノラは自分のしたいようにしてよいという許可を得た。そのため彼女は、この敬虔な計画に熱心に関わることにした。二人の女性は一時間ほど祭壇の下にいた――若い方の女性にとってはロマンティックな歓喜の一時間であった。日曜の夕方、ロジャーは、別れの日が近づくにつれて痛ましいほど不安で気乗りがしなくなっていたのだが、キース夫人の家へと赴いた。彼女の心に、彼女が担っている数々の責務と、自分が託す宝物の価値とがいかに厳粛なものであるかをしかと念押ししておきたいと思ったからである。ノラは一人残され、ヒューバートが別れの挨拶に来ないだろうかと考えていた。ぼんやりと部屋を歩き回っていると、土曜の夕刊が目に留まった。それを取り上げて記事に目を走らせた。そのうちの一つに、翌日に予定されている様々な礼拝の一覧表があった。その最後は次のような告知だった。「○○教会にて、ヒューバート・ローレンス師、「八時」これに彼女は軽い衝撃を受けた。彼がやって来て、馬車の中、差し向かいで陽気に過ごした時間を、今度はランプの下、暖炉のそばで厳粛に過ごすという期待がくじかれたのだ。彼女は、自分がくすくす笑いの子どもではなく思慮深い若い女性であることを示したかった。しかし無理だ。薄暗く込み合った教会の中で、無数の視線を前に、彼は神聖な話を語っているのだ。説教壇で彼はどんな風に見えるだろうか？　彼を見ることさえできたら！　そうよ、なぜできないの？　自分の時計を見た。八時まであと十分しかなかった。考える時間は割かなかった。彼女が感じたのは、急がなければならないということだけだった。呼び鈴を鳴らして馬車を用意させ、自室へと急いで向かい、肩掛けとボンネットを身に付けた——コンサートに身に付けていった青いクレープ生地のボンネットである。わずか後には彼女は教会へと向かっていた。教会に着いた時、心臓は早鐘のように打っていた。今にも踵を返すところだった。しかし、御者が馬車の扉を仰々しく開けたので外に出ないわけにはいかなかった。彼女は遅れて到着したので、教会は満席で、礼拝は進んでおり、説教がまさに始まろうとしていた。教会の管理人が大変厳粛な様子で、彼女を側廊を通って前方へと導き、説教壇の真下にある会衆席に案内した。床に目を向けていたが、彼女には、その場が期待で静まり返っていること、そしてヒューバートが聖書台を前にまっすぐに立ち、自分を見ているということが分かっていた。彼女が座ったのは、とてもいかめしい顔つきで眉毛がふさふさの年配女性の横だった。その女性があまりにもまともに彼女のことを見つめてくるので、彼女は困惑を隠すために顔を伏せて祈りを長引かせた。この様子を年配の女性はさらに熱心に見つめているように思われた。彼女のことをとても思い上がった人間だと思ったようだった。頭を上げた時には、ヒューバートは話し始めていた。彼は、彼女の上方の、彼女を越えた先を見ていて、説教の間、彼の公平なまなざしが彼女のまなざしと合うことはなかった。彼は何について話し、どんな教訓を示したのか？　ノラにはそれを言うことはできなかっただろう。それでも、聴衆の中の誰一人として、耳を傾けていた人々をみんな寄せ集めても、ノラほど献身的に聞き入っていた者はいなかった。しかし彼女の意識が向けられていたのは、彼が言ったことではなく、彼自身、もしくは彼のように思われたものに対してだった。ヒューバート・ローレンスには卓越した弁舌の才があった。彼の声は貫くように甘美な音楽性に満ち、無限の芸術で転調されて、銀色に輝く旋律をもって沁み渡った。彼の演説は銀であった。とはいえ、彼の沈黙が金であったことがあるかは疑わしい。彼の言葉がノラには雄弁の極致であるように思われた。彼女は今朝、カトリックの教会の香がたき込められた空間で気持ちが高揚したことを思い出した。しかしこちらはもっとまっすぐに、天に向かって飛翔していくではないか！　ヒューバートの平日の顔は天上の輝きに裏打ちされた夏の雲だった。今は何と、神聖なる真理がその雲の和らいだ縁と重なり合い、その雲を目もくらむばかりの光の焦点へと変えたように見えるのだ！　彼は半時間ほど話したが、ノラは時間を気にも留めなかった。礼拝が終わると、彼は説教壇から素早く彼女に視線を送り、彼女はその場に残っておくようにという求めだと解釈した。会衆が四散し始めると、幾人かが、主に女性であったが、説教壇の近くで彼を待ち受け、下りてくると、彼に挨拶の言葉や賛辞を送った。ノラは自分がいる場所から彼を観察した。話に耳を傾け、微笑み、額にハンカチを押し当てていた。ようやく解放されて彼女の方にやって来た。彼女はその後何年も、この時彼の顔に浮かんでいた奇妙な半笑いの表情を忘れることはなかった。壁の上からのぞき見る二つの目のように、その微笑みには何かがあった。その微笑みは、彼女の行動をとても巧みに黙認しているように思われたので、彼女は一瞬、自分が何か身動きが取れなくなることに関わってしまったのではないかとぎくりとした。彼は全く驚いた様子を見せることなく彼女の片手を取った。「どうやってここに来たの？」

「馬車で。間際になって新聞で知ったのです」

「ロジャーは君が来たことを知っているの？」

「いいえ。彼はキース夫人のところに出かけました」

「それなら君は一人で、即座に出てきたのかい？」

彼女は顔を赤らめてうなずいた。彼はまだ彼女の手を握っていたが、その手をしっかり握った後で離した。「ああ、ヒューバート」ノラは突然叫んだ。「今はあなたのことがよく分かります！」

女性が二人、まだ近くに残っていた。母と娘のようであった。「あの人たちのお相手をしなければ」彼は言った。「あの人たちはニューヨークからぼくの説教を聞きに来てくれたのだよ」彼は急いで二人のところに戻ると、二人を馬車へと案内した。若い方は極めて美しく、少しユダヤ人女性のような雰囲気があった。ノラは、彼女が大きなダイヤモンドを両耳に付けていることに気づいた。彼女は、我らがヒロインに少々きついまなざしを投げかけて通り過ぎた。数分後、ヒューバートが戻ってきたが、気がつくと、彼女は彼の腕を取っていて、彼は馬車の中で自分の横にいた。二人はホテルまで黙って馬車を走らせた。彼は彼女と一緒に階段を上がった。ロジャーは戻っていなかった。「キース夫人はとても感じがいい人だ」ヒューバートは言った。「でもロジャーはそれをずっと前に知っていた。君も話を聞いたことがあるだろう」彼は言い添えた。「でも、もしかすると聞いていないかもしれないな」

「聞いたことはありません」ノラは言った。「だけど薄々は気づいています――」

「何を？」

「いいえ、あなたが言ってください」

「もちろん、キース夫人がローレンス夫人だったかもしれないということだ」

「ああ、正しかった――私は正しかった」ノラは少し勝ち誇ったようにつぶやいた。「彼女は今でもそうなるかもしれません。そうなったらいいのに！」ノラは炉棚の上に置かれた鏡の前でボンネットを脱いでいるところだった。話している時、鏡の中でヒューバートと目が合った。彼は視線を落とすと、自分の帽子を取り上げた。「お待ちになりませんか？」彼女は尋ねた。

彼は立ち去った方がよいと思うと言ったものの、座らずに居残っていた。ノラは室内を歩き回った。自分でも理由がよく分からないまま、テーブル掛けを撫でてしわを伸ばしたり、椅子を並べ直したりした。

「君はこの間の夜、ここを離れることを思って泣いたの？　ぼくに約束したね」ヒューバートは尋ねた。

「実を言うと、私たちの冒険でとても疲れていたのですぐに寝付いてしまいました」

「涙はもっとよい目的のためにとっておくといい。人生で最高の喜びの一つが君を待ち受けている。数え切れないほどローマについて君に言っておきたいことがある。ぼくが君を案内することになっているのならどんなにいいか！　いつかフェリーチェ通り(43)にある、ピンチョの丘(44)の上のささやかな場所を訪ねてほしい——四階部分にテラスが接している建物だ。地階には石膏職人の店がある。テラスには共用の階段で登ることができる。ぼくはテラスに接した部屋を借りていたから、テラスはぼくの特別な持ち物だった。そのテラスで、階下に住む貧しくて小柄なアメリカ人の女性彫刻家とよく一緒になったことを思い出す。彼女はぼくの胸像を彫ってくれた。『ベルヴェデーレのアポロン』(45)はその彫刻と比べたら何でもないよ。彼女はどうなったかなあ！　そこから外を眺めてくれ——そのそばでぼくが毎朝目覚め、読書し、勉強し、生きた眺めだ。観光の時間と発作的にやってくる熱烈な学問の時間とを、交互に持っていたものだ。もう一冬あればぼくは何かを学んだのではないかと思う。君のローマ賛美者は、ある種楽しい苦悩を抱えて、実際のローマと、文学の中のローマとの間を揺れ動いている。二つのローマはずっと、君にお互いを参照させ続けて、あっちへこっちへと君を投げ合うんだ。もしぼくたちに形而上のものを見ることができる目があれば、ノラ、君は古びた野心や白昼夢の奇妙なかけらが、あの小さなテラスにたくさん染み付いているのを目にするかもしれない。ああ、あそこに座っている時に、カンパーニャ平原[46]が物語を引き取って、ぼくが読んでいる書物の紙面に応答してくれた様子といったら！　ぼくが歴史から得られた教訓について何かを知っているとすれば（ぼくのような職にある者はそうであるはずだが）、それはあの魔法にかけられたような大気の中で学んだ！　ぼくの学校だったあの同じ場所に、今は誰が座っているのか知りたいものだ。君がぼくに知らせてくれないだろうか」

「敬虔な気持ちで、あなたの宴の残り滓を集めて食事を作ります」ノラは言った。「どんな味がしたかお伝えします」

「ぜひそうしてほしい。それにもう一つ頼みがある。キース夫人が君をカトリック教徒にすることがないようにしてほしい」こう言うと、彼は片手を差し出した。

彼女はゆっくりと頭を振るとその手を取った。「私にはあなた以外の教皇はいません」彼女は言った。

この後、彼は立ち去った。

第六章

ロジャーはいとこに田舎の自宅に戻るつもりだと告げ、実際、ノラが発った後、二週間を田舎で過ごした。しかし自分は孤独に耐えることができないと悟り、再び市街に出てきて、冬に備えて身を落ち着けた。時間をつぶす必要にかられて、彼は以前のような社交の習慣を再開した。うわさでは、彼は神のみぞ知るどこからともなく拾い上げてきた奇妙な幼い少女を片付けてしまった今（もちろんその少女を彼の手から引き取ったのはキース夫人が非常に親切だったからなのだが）、これから本気で家に連れ帰りたい若い人を求めて周囲を見渡すつもりだろうと言われ始めた。ロジャーは、自分の狭い独身性が拡大していくように運命づけられているより偉大な存在のために、今、自分が社交界で地位を確立しつつあるかのように感じていた。彼はノラのために道を切り開いていたのだ。彼女がその道を歩きやすい道だと思うだろうと考えた。注意深く、自分が出会ったすべての若い娘と彼女とを比較した。多くはノラよりも美しかったし、「華やか」な雰囲気をずっと多く持っていた。しかし、ノラほどあの奥深くに祭られた自然の力を示している者はいなかった。人目につかないところに置かれている彫像のように、慎み深い影の中に隠れているのだが、それは謙遜と称するべきか、自尊心と称するべきか、分からないものだった。

ある夜、とある大きなパーティーで、ロジャーは年配の女性に話しかけられていた。この女性は少年時代からの知り合いで、彼も従来どおりの敬意を抱いていたが、最近は交際が途絶えがちになっていた。この老婦人がとても世俗的なので、彼女がノラに悪影響を与えるかもしれないと思ったからだった。彼女はノラが主役の話題に決して微笑むことがなかった。そしてロジャーが再び社交界に現れたことを、この話題に終止符が打たれ、彼が自分の突飛な行動を後悔したからだと理解して歓迎した。彼女の抜け目のなさには幾分冷笑的なところがあり、彼女は可能な限り手加減をしなかった。

「正気に戻られてよかったわ」彼女は言った。「それに、あの身寄りのない幼い孤児――ドラか、フローラか、何というお名前だったかしら？――あの子はあなたをとことんお笑い種にしたわけでもなかったようですしね。あなたは結婚なさりたいでしょう。さあ、否定なさらないで。これ以上独身のままではいられませんよ。私もこれ以上ここに立ち続けられないわ。あの小男に椅子を譲ってくれるように頼んでいらっしゃい。あなたのように、財力、気質、その他すべてを備えている方は、すでに模範例になっていらっしゃったはずですのに。でも、改めるのに遅すぎるということは決してありません。あなたにふさわしい方がいらっしゃるの。サンズ嬢にはもう紹介されましたか？　サンズ嬢とは誰か、ですって？　あら、あなたは変わっていらっしゃらない！　サンズ嬢はサンズ嬢ですよ。その方のために私たちはここに集まっているのです。彼女は私の妹のところに滞在していらっしゃるの。絶対に彼女のことを耳にしたことがあるはずです。ニューヨークの方よ。もちろん、上等なニューヨークね。とてもお美しいので、あなたのお気に召すままに愚かにもなれるし、私と同じくらい容姿が平凡であるかのように、賢く善良にもなれるでしょう。彼女は男性が望むもの何にでもなることができるのです。もしあなたが彼女に会ったことがないならそれは神の思し召しです。さあ、抵抗のための抵抗はおよしなさい。私が考え抜いたことなのです。私にお任せなさい！　こういったことにかけては私には天賦の才があるの。一目で、何をすればうまくいき、何をすればうまくいかないかが分かるのです。あなた方二人は最高にお似合いよ。一緒においでなさい。彼女に紹介します。夕食前にちょうど、取りかかるだけの時間がありますからね」

　すると、ロジャーの正直な顔にメフィストフェレス(47)のような笑みが浮かんだ――つかの間、二心を持つことに酔いしれたのである。「なるほど、なるほど」彼は言った。「見るべきものはすべて見ようではありませんか」そう言うと、彼はペルーのテレサを思い浮かべた。しかし、サンズ嬢はテレサとは似ても似つかなかった。ロジャーの友人は彼女の美点を大げさに語ったわけではなかった。彼女は驚くほど美しかった。そして不思議なことに、今が満開の成熟した女性であるにもかかわらず、彼女の表情の何かが、彼女の微笑みが、否応なくノラを思い出させた。ノラが夜会を十年か十二年か経験した後には、彼女のようになるかもしれない。それとなく、本当にそれとなくであるが、彼女の頭の置き方には常に勝利してきた者の気配が、また身のこなしには悠然と成功を収めてきた者の雰囲気が漂っていた。しかし彼女が持つ際立った魅力は、彼女が下方へと溶け込み、美しさの高みから、慈悲深く思慮深い気品をもって身をかがめてくれているように見えることだった。いわば、彼女の好意の頂点から、ほんのわずかな招きの一振りによって、絹の綱を落とすかのようにゆっくりと微笑みが形作られていくように見えるのだった。ロジャーは、彼女を恐れる必要はほとんどないと感じたので、賞賛の表面の輝きだけを楽しんだ。夏の海に浮かぶ極地の氷塊のように、彼女が存在する温暖な一帯において溶けずに漂っている感じである。彼女を観察すればするほど、ますます彼女が将来のノラを予示しているように思われた。そのためついに、この人物の幻影に自信を借りて、心から親しみを込めて彼女に話しかけた。サンズ嬢は直感力に優れた女性だったので、明らかに内気な男が、この謎めいた凪の中をいわば泳ぐように進んでくるのを見て興味を持った。彼女はロジャーの態度に一風変わった類の賞賛の念を察知したのである。彼女はこれまで十分にお世辞に浴してきた。しかしここにいる素朴な男は、鑑賞に浸るあまりに賛辞を送ることを全く忘れていた。十分が経ったところでロジャーは、奇妙にも彼女が知り合いの少女を思い出させると告げた。「まあ、少女ですって」サンズ嬢は思った。「くだらない話(48)でもしようとしているのかしら？　他の男性と同じようね」

「あなたは彼女より年上です」ロジャーはさらに言った。「ですがぼくは、もうしばらくすれば彼女があなたのようになると思うのです」

「喜んでその方に私の若さを託しますわ。私は手放すことになるのですから」

「あなたに平凡な容姿だったことがあるとは思えません」ロジャーは言った。「ぼくの友人は目下、美人からはほど遠いのです。ですが、本当にあなたはぼくを勇気づけてくれます」

「その若い女性についてお話しください」相手は応じた。「似ている人の話を聞くのは興味深いものですわ」

「そうしたいのですが」ロジャーは言った。「あなたはぼくを笑い飛ばすでしょう」

「私はそのような人間ではありません。どうやらこの件は心に関わる問題のようです。偽りのない心はこの世で最良のものです。ですから、それを打ち明けてくれた方を私が笑い飛ばしてしまったら、年齢を重ねて浅はかな人間になっただけだと言われても仕方ありません」

ロジャーは微笑んで心を許した。「ぼくに言えるのは」ロジャーは答えた。「ぼくの若いこの友人が、ぼくにとってはこの世で最も興味深い存在だということです」

「つまり、あなたはその方と婚約されているのですね」

「そのようなことは一切ありません」

「まあ、それでは、口のきけない彼女にあなたが声を与えたとか、彼女が愛らしい異教徒で、あなたが日曜学校に連れて行ったとかいうお話でしょうか」

ロジャーは快活に笑った。「的中です」彼は言った。「口がきけなかった彼女にぼくが話し方を教えたのです。それに、彼女は少し目もよくなかったのですが、今は眼鏡をかければぼくであることが分かります。ですから、自分がしてきたことにぼくが誇りを持つ理由があなたにもお分かりでしょう」そして少し間を置くと、真剣な様子で続けた。「万が一、彼女に何か起きたら——」

「万が一、彼女が能力を失うようなことがあれば——」

「ぼくは絶望するでしょう。ですがぼくは自分が為すべきことも分かっています。あなたを頼るでしょう」

「まあ、私は哀れな代用物ですか！」

「ぼくはあなたに求愛するでしょう」ロジャーは続けた。

「あなたはやはり絶望することになるでしょう。ところで、何かお食事を持ってきてくださらないかしら」

三十分後、女性たちが外套を身に付けている時、ミドルトン夫人はサンズ嬢に印象を尋ねた。ミドルトン夫人はロジャーの世話役に乗り出した人物である。サンズ嬢は大変好感を持ったようだった。「あの方は輝かしい光ではないかもしれませんが」若い女性は言った。「正直な方です。真面目でいらっしゃいます。ご一緒した限りではそれをとても好ましく思いました。そういえば、あの方が関心を持っていらっしゃる口のきけない小さな女の子というのは何者なのですか？」

ミドルトン夫人はじっと見つめた。「あの子が口がきけないという話は聞いたことがありません。十分あり得ますが。彼は彼女を引き取って育てました。彼女を海外に送り出したところなのです——外国語を身に付けさせるためにね！」

サンズ嬢は夫人と階段を下りながら考え込んだ。「よい方です」彼女は言った。「私は好きですわ」

おそらくこの最後の発言の結果に違いない。翌朝ロジャーは友人からの短信を受け取った。「出だしは上々。この後をうまく続けていかなければ許しませんよ。適度に礼儀正しく振る舞って、結婚を申し込みさえすればよいのです。水曜日に私のところにいらっしゃい。夕食をご一緒しましょう。来客はもう一人だけです。私が夕食後にいつも仮眠をとることはご存知ね」

　ミドルトン夫人の短信と同便で、ノラからの手紙が届いていた。ローマから出されていて、次のような内容だった。

「親愛なるロジャー、お詫びから始めるべきなのか、小言から始めるべきなのか分かりません。私たちには互いに許し合うべきことがあるけれど、確実にあなたの方が極端に少ないわね。目の前にはあなたからの二通の短い手紙があります。今回で二十回読み返したことになります。この奇跡の都市で『一身の利益』[49]の奇跡を起こそうとしました。でも奇跡は起こりません。何度もめくった跡がある二通の書簡のままなのです。ねえ、ロジャー。私はとても腹立たしくて、不安です。あなたが病気だとか、もっと悪い方向には――『去る者は日々に疎し』だとか、とりとめもないことを考えました。大丈夫、私の方はそのようなことはありません。私はあなた宛に『十二』ものちょっとした手紙を書きました。短かったのは、ただものすごく忙しかったからです。今日はカンパーニャ平原に馬車で出かけるというお誘いを断りました。あなたに手紙を書くためです。カンパーニャよ――お分かりになる？　五か月前は、C――にある果樹園[50]で熟したリンゴが落ちるのを見つめていたなんて信じられません。私たちはいつもピンチョの丘に立つ建物の二階にいます。太陽の光であふれています。ここでは太陽の光が付きものであることはご存知だと思います。近くにはスペイン広場の大階段[51]があって、物乞いやモデルたちが収税所[52]よろしく座っています。中には容姿がとても端正な人がいて、太陽の光を浴びながら人目を惹き付けているの。だから私も絵の描き方を知っていればと願わずにはいられません。三年前、よい子でいて、あなたが望むとおりに真面目に図画レッスンを受けていればよかったと思います。ロジャー、あなたの助言を軽んじると私が損をするのね。キース夫人はとても親切です。夫人の言葉で『ふさぎ込む』ために私が海外に来たというようなことにならないようにすると決心していらっしゃいます。夫人はあまり観光に熱心ではありません。以前にすべて終えているからです。でも、教会のいろいろな祭礼については本当に『最新の知識に精通』[53]していらっしゃいます。夫人はいつもあなたの話をするのよ。あなたのことが好きなのです。夫人にはよいところがたくさんあるけれど、そこが一番のよいところです。観光が私の習慣になっているけれど、それが彼女に迷惑をかけることは全くありません。私が、私たちの住居の最上階に住んでいる小柄な年配のドイツ人女性と知り合ったからです。奇妙でしわくちゃな、風変わりな女性なのですが、とても賢くて親切です。それにローマを熟知していらっしゃるの。彼女がここにいる理由はとても悲しくて美しいのです。十二年前に妹さんが、とても美しい娘さんよ（彼女が小さな肖像画を見せてくれたの）、婚約者にだまされて捨てられたのです。彼女は故郷から逃げて、様々な場所を放浪し、消耗した後にローマにたどり着きました。そして女子修道院に受け入れてもらったのです。恐ろしい名前の――『セポルテ・ヴィーヴェ』[54]という名前の修道院です。それ以来、彼女はそこに閉じ込められています。修道女たちは文字どおり生きながらに埋葬されているのです。外の世界にとっては死者同然です。私の哀れで小さなスタムさんは彼女を追ってきて、ここに住んでいます。彼女の近くにいたいからです。でも二人の間には無言の石壁が立ちはだかっています。十二年間、彼女は一度も妹さんに会ったことがありません。彼女とリサの――修道名さえ分かっていません――唯一の交流は、一週間に一度、彼女の名前を添えた花束を修道院の壁の開かない小さなくぐり戸に置くことだけです。これを自分の手で行うために、彼女はローマに住んでいます。彼女は、ある種、情熱をもって花束を作ります。彼女が作るところを見たことも、手伝ったこともあります。幸い、ローマの花々はとても安いのです。彼女はすごく貧しいものですから。私はちょっとした喜びを、というかむしろ大きな喜びをいただいています。これまでの二か月間、お花をご用意してきました。間違いなく最高のお花です。毎回、スタムさんとくぐり戸のところに行って花束を置き、その花束が回廊の無言の口へと飲み込まれていくのを見るのです。物悲しい慰みですが、惹き付けられていることは認めます。この哀れなリサのことを知っているかのように感じます。結局のところ、彼女は亡くなっていて、私たちは幻影を崇拝しているのかもしれません。それでも、この幻影と記憶の街で、もう一つ幻影が増えたからといってどうだというのでしょう？　でも、私たちがいつも幻影たちと戯れているとは思わないでください。私たちはあらゆるところに行ってあらゆるものを見ます。だからこれ以上の仲間はいません。キース夫人は友人の精神的な影響力を心配しています。スタムさんのことを、ペチコートのドイツ哲学者だと非難します。彼女はドイツ人で、ペチコートを履いています。それに、貧しさと不幸とをよく知っているので、ちょっとした哲学者にならざるを得ないのです。彼女の形而上学的な知識については、それらは不道徳なのかもしれないけれど、私には知識がなさすぎて理解できないでしょう。ですから私自身の考えに従ったほうが面倒ではないのです――それとキース夫人の考えに！　とにかく、スタムさんにあなたのことを全部話したところ、これまでに耳にしたことがある男性の中で唯一の善良な男性だと言っていました。だからあなたが彼女に不満を持つことはできないわね！　午前はいつも彼女と過ごして、昼食の後はキース夫人と出かけます。郊外にあるいろいろな邸宅に馬車を走らせ、あらゆる種類の人々を訪問し、アトリエや教会、宮殿に行くのです。夜には贅沢な宴会を催します。キース夫人はあらゆる人を知っています。とてもたくさんの人をお呼びして、同じくらい私たちも招待に応じるのです。とても楽しい世界です。この六週間で、これまで一生で出会うと思っていたよりも多くの人に出会いました。年を取った気がします——あなたには私だと分からないでしょう！　この奇跡に満ちたローマでは、人は一か月でずっと成長するのです、故郷での一年よりも。キース夫人はとても好かれ、賞賛されています。夫人は喪服を明るい色にしました。ずっと素敵に見えます。でも、ピンクをまた着るようになるまでは、全く自分らしいと思えないんですって。私の方は、ピンクも青も、虹のすべての色を身に付けています。全部私に似合うように思えます。私を台無しにするものがないのです。もちろん、私は社交界に出ています——途方もない話ね。私が社交界にお目見えしたのは六週間前のX王女の大舞踏会においてでした。X王女が——お気の毒な方！——私の社交界デビューを後援してくださることになった経緯は私には分かりません。とにかくキース夫人はおとぎ話に出てくる妖精のように私を助けてくださいます。私にガラスの靴を履かせてくださって、一緒に出かけました。幸い、私は靴を両足に履いたまま家に帰り着きました。舞踏会場に入った時、私はひどくおびえていました。私は王女にご挨拶のお辞儀をしました。すると王女は優しく見つめてくださいました。その間、私の後ろにいたキース夫人がささやいているのが聞こえていました。「もっと低く、もっと低く！」私はご親切な王女様たちに礼儀正しい挨拶をする方法を、これからまだ身に付けていかなければなりません。今の私は、善良で年老いた枢機卿に対して、あなたのお気に召すほどには申し分なく、ちょっとしたお辞儀をすることができます。キース夫人は私を五、六人の枢機卿に紹介してくださいました。その方々には私は興味深い転向者で通っているのではないかと思います。ああ、私は世俗的な虚栄に転向したにすぎません。そしてそれを大いに楽しんでいることを告白します。ロジャー、私はどうしようもなく浮ついていきます。子どもの頃の引っ込み思案は、すっかり捨て去ってしまいました。他の方々と厚かましいほど堂々と話をしています。他の方を紹介してもらったり、即座に興味を持ったり、興味を持たれたりしなければならないのが好きなのです。お話を聞いたり観察したりするのも好きです。夜中過ぎまで起きているのも好きだし、自分のことを話すのも好きです。でもそれをあなたに伝える必要はあまりありませんね。十ページもおしゃべりをしてきた後ですから。自分のことを話してきたのは、あなたが興味を持つと分かっているからです。私の例を見習って、あなたの近況を全部教えてください。私がいないことを寂しく思っていますか？　あなたからの二通の短信を何度も読み返して、あなたが寂しがっているという手がかりを探そうとしました。でも一言も見つからなかった！　私はあなたをそれほど不幸にしたいわけではありません。あなたが市街にいると聞いてうれしく思います。あのC――はわびしくて寒々としているのですもの。なつかしいC――での私たちの生活は終わりでしょうか？ローマでの一冬の後では何も同じではあり得ません。時々、若い時分にローマで一冬を過ごしたことが少し怖く思えます。その後の日々が退屈になってしまうかもしれないのですから！　でもいつかあなたのもとに戻ります。X王女でさえ、私に忘れさせることはできないのです。C――の図書室の炉辺にある私の冬の席や、大きな楡の木陰にある私の夏の席のことを」

ロジャーにはこの手紙が、将来性に満ちた知性と優美な書簡の奇跡であるように思われた。彼の両目には感謝の涙があふれた。手紙を紙入れに入れて持ち歩き、何人もに読んで聞かせた。しかし、彼の涙は歓喜の涙であると同時に、ある程度は懺悔の涙であった。意図があって沈黙を保ってきたので、彼の善良な気性には大きな負担になっていた。彼はノラに自分がいないことを寂しがってほしかった。そして、沈黙が不在と結び付いて、自分を求めるように仕向けてくれればよいと思ったのである。彼は成功したのだろうか？それほど上首尾ではなかったようだ。しかし、自分は残酷だったと彼に感じさせるには十分だった。この手紙があまりに激しく彼の心を占めていたので、ミドルトン夫人との夕食に一時間を切る頃まで、この約束のことを忘れていた。サンズ嬢は客間にいた。濃い色味のハイネックのドレスを着ていて、紗と花々の華麗な衣服に身を包んでいる時よりも一層美しく見えた。夕食の間、彼は素晴らしく機嫌がよかった。警句を発しはしなかったかもしれないが、笑い声によって二人の女性が交わすうわさ話に警句的ひねりを加えた。ミドルトン夫人は最高の結果を期待した。二人が食事の席を離れると、夫人は自分のひじ掛け椅子のところに赴き、顔の前に小さな手持ちの衝立を置いた。衝立の後ろで彼女が眠ったかどうかは、ご随意にご想像いただきたい。ロジャーは突然、もしサンズ嬢が年配の女性の計画に一役買っているのなら、積極的な態度をとれば自分自身の立場を危うくすることになるかもしれないと思い至った。そこで彼は陽気さを抑え、ピアノを弾くことができるか、相手に堅苦しく尋ねた。彼女がピアノの嗜みがあることを認めると、彼は当然のことながら、隣室に置かれているピアノを開きに行った。そこにサンズ嬢は腰かけ、決然と、この上なく美しいシューベルトの楽曲を奏でた。彼女が最後の音を弾き終えると、ロジャーは最上級の賛辞を送った。彼女はしばらく沈黙した後、「これは私がめったに弾かない曲です」と言った。

「とても難しいのでしょうね」

「難しいだけでなく、悲しすぎるのです」

「悲しい！」ロジャーは叫んだ。「とても楽しい曲だと思いますよ」

「とても上機嫌でいらっしゃるに違いありません！　私の理解では、この曲は純粋な悲しみを表現しています。こちらはあなたのご気分に合うはずですわ！」そう言うと、彼女はシュトラウスのワルツの一曲を快活に弾き始めた。しかし、十数の和音しか弾かないうちに、ロジャーが遮った。「もう結構です」彼は言った。「ぼくは喜ばしい気持ちでいるかもしれませんが、これほどまでではありません。確かに上機嫌であることは認めます。あなたにお話しした若い友人からちょうど手紙が届いたところなのです」

「あなたが引き取られたお嬢さんですね？　ミドルトン夫人がその方のことを話してくださいました」

「ミドルトン夫人は」ロジャーは率直に言った。「彼女について何も知りません。ミドルトン夫人は」彼は声をひそめて笑いながら言った。「英知の神託者ではありませんよ」彼はもう一方の部屋の中に目をやり、夫人と愛想のよい衝立とを一瞥した。彼は奇妙な激しさで、仮眠中であろうとなかろうと、彼女がひどく表面的な——もっと言うなら明らかに不道徳な——老婦人であると感じるのだった。目の前の美しく賢い人物がそのような人物の計画に力を貸すと考えるのはばかげているように思われた。彼はしばらく、彼女の深く澄んだ瞳と優美な口元を見つめた。ミドルトン夫人の企みについて彼女と微笑みを交わすことができれば愉快だろう。「夫人がぼくたちをどうしたいかご存知ですか？」彼は続けた。「ぼくたちを結び付けようとしているのです」

彼女の微笑みを待ったが、先に現れたのは赤面だった——不吉な、恐るべき、痛ましい赤面だった。真昼の空に突然現れた日没の光彩のように、紅の輝きは彼女の美しい顔を覆い、曇りのない額に焼きついた。「まさか！」ロジャーは思った。「こんなことがあり得るのか——こんなことが？」彼が待っていた微笑みがすぐに続いた。しかしこれは自然な順序ではなかった。

「私たち二人の結婚ですか！」サンズ嬢は言った。「なんて素晴らしい考えなのでしょう！」

「あなたに恋をすることを容易に想像できないということではないのです」ロジャーは答えた。「ですが——ですが——」

「ですが、あなたは別の方に恋をしていらっしゃる」彼女の双瞳はしばらく、一心に彼に注がれた。「あなたの被後見人(55)に！」

ロジャーはためらった。このような神聖な打ち明け話を親しくもない他人にしているのは奇妙に思われた。しかしミドルトン夫人の、二人に対するつまらない取り計らいによって、彼女はほとんど他人ではなくなっている。もし彼女の感情を傷つけたのなら、なおさら、すべてを認めることが勇敢な振る舞いになるだろう。「はい。ぼくは恋をしています！」彼は言った。「それも、あなたととても似ている若い女性に。彼女はこのことを知りません。あなた以外にはたった一人か二人しか知らないことなのです。ぼくの人生の秘密です、サンズさん。彼女は海外にいます。彼女のためにぼくにできることはしたいと願ってきました。おかしな立場なのです。ぼくは妻にするつもりで彼女を育てましたが、彼女にそのようなことは一言も言ったことがありません。彼女が自分で選ばなければならないのです。彼女がぼくを選んでくれることを願っています。しかし、彼女がどのように変わるか、海の向こうのローマで彼女に何が起こるか、誰にも分かりません。最善を祈るだけです。他はほとんど考えません。その間ぼくは涼しい顔で出歩き、食事をし、寝て、話します。世の他の人と同じように。しかしその間ずっと、ぼくは時を数えているのです。全くもって、なぜぼくがこのような道を進むことになったのか分かりません。あなたがぼくの状況をすべて理解してくださるとは思いません。ですがあなたはとてもよい方のようなので、あなたの共感を得られるかのように思うのです」

サンズ嬢は視線を落として、とても厳粛に耳を傾けていた。彼が話し終わると、何か情熱的な唐突さで彼に片手を差し出した。「共感いたします！」彼女は言った。「あなたにとって望ましい結果となりますように！　私はあなたのご友人のことを何も知りませんが、その方があなたを失望させるとは思えません。私があなたの状況を全く理解できないわけでもないかもしれません。あまり例のない状況ですが、とても興味深く思います。あなたを拒絶する前に、その方にはよくよく考えていただきたいと思います。私は手当たり次第に敬意を表す人間ではありませんが、あなたには敬意を表します、ローレンスさん、確かですわ」こう言って彼女は立ち上がった。同時に女主人が仮眠を中断し、会話は一般的な話題になった。しかし、会話が盛り上がったとは言えない。サンズ嬢はある種、優雅な熱意を込めて話をしたが、私が想像するところでは、私が詳述を試みた無類の赤面の痕跡をぬぐい去りたいという願望と関係していなくもなかった。ロジャーはじっと考え込み、思案した。するとミドルトン夫人は事がうまく運んでいないと見て、話に上った人物全員の悪口を言うことで自分の不満を表した。しかし彼女はつかの間、気を取り直した。若い女性の馬車が到着したことが告げられると、彼女が別れの挨拶をするためにロジャーの方を向いて、ニューヨークに来ることがあるかを尋ねたからである。「次にあなたがニューヨークにいらっしゃる時には」彼女は言った。「必ず私に会いにおいでください。私に伝えることがおありでしょうから」

彼女が去ってしまうと、ロジャーはミドルトン夫人に、二人の仲を取り持つという夫人の計画をサンズ嬢に知らせていたのかを問いただした。「私が何を言ったか、言わなかったか、そのようなことは気にしないことです」彼女は答えた。「彼女は不意打ちに遭わない程度には分かっています。ところで、教えていただけるかしら――」しかしロジャーは彼女に何も言おうとはしなかった。彼は脱出し、霜降る星明かりの中、家路を歩いたが、その顔には厚かましいばかりの意気揚々とした笑みが浮かんでいた。自分の市場価値は上がったのだ。ノラは彼よりも劣った男を選ぶことになるかもしれない！　あの美しい女性が彼の扉をノックしていたのだから。

この日から数日後の夕方、ロジャーはヒューバートを訪ねた。ヒューバートが、すぐにではなく、会話の二行目とでも言えるタイミングで、ノラから何か知らせがあったのか尋ねた。ロジャーは返事の代わりに彼女の手紙を読み上げた。朗読が終わってしばらく、ヒューバートは黙っていた。「この奇跡に満ちたローマでは、人は一か月でずっと成長する」やがて、ノラの言葉を引き合いに出して言った。「故郷での一年よりも」

「育て、育て、育て。どんどん成長してほしいものだ！」ロジャーが言った。

「彼女は成長している。それは確かだ」

「もちろんだ。しかしまだ」ロジャーは分析力を示すように言った。「彼女の書きぶりには少女らしい初々しさや子どもっぽい純真さのようなものがある」

「かなり顕著にね」ヒューバートは笑いながら言った。「ぼくも彼女から手紙を受け取ったところだが、君は十歳の子どもが書いたと思うだろう」

「君が手紙を受け取った？」

「一時間前に届いた。読ませてもらおう」

「ノラに手紙を書いていたのか？」

「一言も。でも、まあ聞いてくれ」そう言うとヒューバートは室内用のガウン姿で暖炉の前に立ち、ノラが感嘆した銀のように響く口調で、彼女の優しい文章を、傾注しているロジャーの耳に滴らせた。

「『あなたが愛するピンチョの丘からの眺めについて、お手紙を書くように頼まれたことを忘れてはいません。それどころか、同じ眺めをいつも目の前にして、毎日のように思い起こしています。私の部屋の窓から、同じ夕暮れのローマを、同じ藍色のカンパーニャ平原を見ています。とにかく、あなたの小さなテラスに登るという約束はきちんと果たしました。こちらで年配のドイツ人のお友だちができたのです。ペチコートを履いた完璧な考古学者で、その方と一緒であれば、テラスや塔に登ることも、カタコンベ[56]やクリプト[57]に下りていくことも全く苦になりません。私たちはこの冬最高の日を選んで、一緒に聖地詣でをしました。石膏職人は今も地階にいらっしゃいます。お部屋の入口で見かけました。立って乾燥するのを待っていらっしゃったのですが、体中真っ白で、ご自分の型取りをしようとしているかのようでした。私たちは無事にテラスに着きました。光があふれていました――あなたもご存知のローマの光――黄と紫の光です[58]。今は若い画家があなたのお部屋に住んでいるのですが、屋外に広げたパラソルの下でイーゼルを構えていました。若い「農民風の女」[59]が、たぶんスペイン広場から連れて来られたのでしょう、日光を浴びて彼の絵のモデルをしていました。日光が彼女の褐色の顔や、濡れ羽色の黒髪、頭に巻いた白い布を色鮮やかに引き立てていました。画家は自分の心が満たされるまま、そしてもちろん彼女の心が満たされるままに、お世辞を振りまいていました。私が自分の肖像画を描いてもらいたくなった時には、どこに行けばよいか分かりました。私の友だちが彼に、私たちがテラスを見に来たのは、以前そこを借りていた、哀れにも今は遠方にいるアメリカの紳士のためなのだと説明しました。そこで彼はとても感じよく丁寧に接してくれました。小さな「客間」[60]を案内してくれました。浅浮き彫りの一部が壁に埋め込まれている部屋でした――あなたが居た頃もそこにあったのでしょうか？――それに彼自身が描いた絵画も見せてくれました。そのうちの一点は、テラスからのとても美しい眺めを描いた絵でした。こう言ったら、褒められたい一心で慎みのない貪欲さをさらけ出してしまうことになるかしら。私はその絵を買っているので、あなたがとてもよい方で、私に楽しくて長い手紙を書いてくださったら、帰国した際にはあなたにそれを差し上げると言ったら？　あなたの大切な住まいがつまらない使われ方をしていないということ、そしてその住まいにはいまだに才能と高い志があるということを知って、あなたはうれしく思われるでしょう。あなたの場合は、才能や志は、黒い目の「農民風の女」と一緒にあったのでなく、あのかわいそうな、小柄の、アメリカ人の女性彫刻家が賞賛していたのだと思います。この若い画家に、彼女が何か残していかなかったか尋ねました。残したのは思い出だけだったようです。彼女は彼が来た一か月後に亡くなったのです。私はこの若い画家の絵を買った時ほど惜しみなく感謝されたことはありません。彼がイタリア式に心地よく感謝を降り注いでくれるので、ルネサンス期に芸術家の後ろ盾になった公爵夫人か何かになったような気持ちになりました。今度はあなたが最善を尽くさなければなりません。私がその絵をあなたの手にお渡しする時には、あなたなりの素敵なひねりを加えて感謝の気持ちを表してくださいね。これはスタムさんとご一緒した百回もの楽しい散策のうちのたった一例にすぎません。私たちはよく教会に行きます。全く飽きることがありません。決してローマ・カトリック教会に転向しようとしているわけではありません。とはいえ、キース夫人とご一緒しているので、気が向いたら、「九日間の奇跡」[61]よろしく一時的な放浪の贅沢に浴するかもしれません（私の自制心を褒めてください！）。教会に行くのはただ、教会があまりにも美しく歴史に満ちているからです。とても多くの記憶を偲ばせ、伝統に満ち、過去に取り憑かれているからです。ほとんどの場合、教会に入ることは素晴らしい小説を読むようなものです。大抵の小説よりも優れていると思います。訪れる教会は日によって異なります。晴れた日、一番上等のボンネットをかぶっていて、前夜にパーティーに行った後なら、サンタ・マリア・マッジョーレ大聖堂[62]に行きたいと思います。そこに立って、私はずっと夢想し続けます。恥ずかしいので、私が夢見ているつまらないことについてはお話ししません！　雨の日、雨具を身に付けて、スタムさんと外を重い足取りで歩く時、前夜にパーティーに行く代わりに、家で静かに座ってリオ[63]の『キリスト教芸術』を読んだ時には（この本は、キース夫人の聴罪を担当しているルブロン神父から勧められました）、アラコエリ[64]に行きたいと思います。そこでは、キリスト教の歴史に関わる数々の古物の中に身を置くことができます。何かに喉元を締め付けられる気がします――でも、あなたはご自身で感じられたことでしょう。言い表しがたいものを私が言葉にしようとする必要はありません。それでも、リオ氏やルブロン神父をものともせず（ルブロン神父もとても魅力的なご老人で、「ご婦人方」の良心の番人なのです。そもそもそのような良心があればですが）、私が今の信仰から、あなたの説教を聞きに行くことが罪になる信仰へと転向する可能性はほとんどありません。もちろん私たちは、教会に足しげく通うだけではありません。バチカン[65]やカンピドーリオの丘[66]、それに数々の素敵な宮殿にある魅力的な画廊をある程度は知っています。もちろん、あなたの方がこれらをずっとよくご存知です。私は嘆かわしくも無知なので、あらゆる面で中途半端です。それでも拙い少女に許される限りで、私は楽しんでいます。あなたがここにいらっしゃったらいいのに。あるいは、教養があって情け深い男性の知り合いがいたらいいのに。私の小柄なドイツ人女性は驚くべき学識を持っていて話し好きです。ですから、彼女がまともに熱弁をふるう時、私はたった一人で女子寄宿学校にいるかのように感じます。でも、都市の中でも特に男性的なこの都市について、本当に的を射た話ができるのは男性だけです。キース夫人はいろいろなタイプの男性を大勢知っています。でも、その方たちはブルータス[67]やアウグストゥス[68]、ローマ皇帝や教皇たちについて何を知っているでしょう？　私がこちらで得た印象は、たとえお粗末なものだとしても持ち続けます。そうすれば、いずれ私たち二人でゆっくり話すことができるでしょう。写真をたくさん持ち帰ります。写真を見ながら楽しい夜を過ごしましょう。ロジャーの手紙によれば、次の冬は市街に家具付きの家を借りる予定のようです。私たちに度々会いに来てください。夏はイングランドで過ごす予定です……ロジャーにはよくお会いになりますか？　そうだと思います――手紙によれば、彼は「素晴らしい冬」を過ごしているとのことです。ところで、私は社交界に「デビュー」しました。舞踏会に行き、パリ仕立てのドレスを着ます。労せず、紡がざるなり[69]。どうやら私の銀行口座には限度がないようです。キース夫人が桁外れな買い物のお手本を示してくれます。ロジャーは今も、肘に継ぎを当てた服を着て出歩いているのでしょうか?』」

ここでヒューバートは読むのを止めた。ロジャーがもっと何か書いてないのか尋ねたところ、残りは秘密だと宣言した。「ご勝手に」ロジャーは言った。「いやはや！　何という――何という手紙だろう！」

数か月後、九月になって、彼は近づく冬に向けて小さな家具付きの家を借りた。キース夫人とその同行者は十月十日に帰宅する予定だった。六日、ロジャーはこの家に引っ越した。部屋のほとんどが塗り直されていたので、その夜ロジャーは、部屋の一つに落ち着こうとして、新しいペンキが放つ臭いでその部屋にいることには耐えられないと気づいた。建物の中を歩き回って見つけたのが、階下部分の、いわば地下二階にある小さな空き室だった。使用人用であったが、彼はその部屋にベッドを置いた。部屋は湿っぽかったが、彼が思ったところでは、湿気が多すぎるというより、地下室としては乾燥していたのだ。三夜ほどその部屋を使った。四日目の朝、悪寒と頭痛で目を覚ました。昼には発熱していた。医者が呼ばれ、その医者は重病だと申し渡し、甚だしく軽率に行動した結果だと請け合った。埋葬室で寝たも同然だったのだ。これはロジャーが衛生面で初めて犯した失態だった。彼にはその結果についての不吉な予感がした。夕方にかけて熱が高くなり、頭がもうろうとし始めた。それでもはっきりと、ノラが翌日に到着する予定であることは意識していて、彼女が自分のこの哀れな有様を見ることになると考えて甚だ嫌になった。汽船のところで彼女を出迎えることができないかもしれないと考えてひどく落胆した。それでもヒューバートは行くことができるかもしれない。そこでヒューバートに使いを出して、枕元に呼び寄せた。「一両日中には元気になるだろう」彼は言った。「しかし、それまでに誰かがノラを出迎えに行かなければならない。君は喜んでそうしてくれるだろう、この悪党！」

ヒューバートは、自分は悪党ではないが喜んでその役目を果たそう、と宣言した。しかし、高熱で臥せっている哀れないとこを見て、果たして一両日中にロジャーが「元気」になるのかどうか、かなり疑わしいものだと思った。翌日、彼は波止場へと出かけていった。

第七章

ヨーロッパからの汽船が到着する波止場に着いたヒューバートが目にしたのは、乗客が引き船から列をなして上陸しているところだった。乗客はすでに汽船から引き船へと乗り換えていたのだ。タラップの近くに待ち構えて、ノラの外見がある程度変化している可能性を心しておくよう自分に言い聞かせた。しかしこの心構えをもってしても、歩いて来る様々な女性のいずれもノラのようには見えなかった。突然、見知らぬ美しい人が、微笑み、片手を差し伸べて、自分と向かい合っていることに気がついた。その微笑みと差し出された手が、もちろんその若い女性が何者であるかを告げていた。しかしそれらを目にしても、ヒューバートの驚きは大きかった。心構えがあまりに不十分だったのだ。しかし次の瞬間、「声を聞いた今は」彼は言った。「君だと分かる」そして次の瞬間にはキース夫人を出迎えていた。夫人はノラのすぐ後ろを歩いて来た。その後、ヒューバートはこの二人の女性を、付き添いの使用人と幾多の女性らしい「お荷物」と一緒に馬車へと案内した。キース夫人はそのまま自宅に戻る予定だった。夫人は、混乱しているでしょうが快適な自宅で、私たちと夕食をご一緒しませんかとヒューバートを誘った。もちろん彼は、ロジャーが来ていない理由をノラに即座に伝えていたが、この時までは彼も病状を軽く考えていた。しかし、ノラが彼女の後見人と連絡を取り合うまでは、彼女の同行者のところにとどまるべきだということで意見が一致した。

数時間後、ヒューバートがキース夫人の客間に入って目にしたのは、若い娘が暖炉の前にひざまずいているところだった。近くに座って、炉火が照らす中、彼女の変化した容貌に目を留めた。どういうわけか、一年が、一年がもたらす以上の変化をもたらしていた。ヒューバートは女性たちと関わる際に、ある種、厚かましいほど見入ることがよくあったが、その視線は通常、その対象になっている女性の感性次第で好ましく受け止められた。聖職服を着ているにもかかわらず、ちょっとした首の回し方によってそれが許されるということが彼には一度ならずほのめかされてきたのである。しかし、この時の彼の見つめ方は敬意に満ちていた。我を忘れて賞賛していたのだ。ノラは美しかった。故郷を離れた時にはごくありふれた地味な娘で、やせてぎこちなく、若さや快活さもごく普通といったところで、愛らしさもその程度だった。しかしここにいるのは、成熟し、教養を備えた、最高に素晴らしい若い女性だ！　満ち足りた陽光の中で満開に花咲いたたかのようだった。まるで美の歓喜の泉に育まれて、彼女の本質が天賦の水準にまで静かに上昇してきたかのようだった。不思議な調和と静穏が彼女の人格に浸透したように思われた。彼女の美しさは個々の造作が突出して完璧だというのでは決してなく、微笑み、歩み、視線、声音の間を統べる深遠で甘美な連帯にあった。それらが合わさって、最も素朴ながら最も愛らしさに富んでいるという印象を生み出していた。「女神アテーナーは」ヒューバートは思った。「伝説によれば、完全な装備でヨヴェの頭から飛び出したという。[70]しかしこの神話には西部版があるというわけだ。彼女はミズーリに生まれた。長年エプロンを着て日課本を持ち歩いていた。そしてある晴れの日に十八歳になり、パリ仕立ての黒い絹のドレス姿を披露した！」この間、女神アテーナーの方はロジャーについて尋ねているところだった。「せめて明日はロジャーに会えるかしら？」彼女は尋ねた。

「無理だろう。数日間はロジャーが外出することはないだろう」

「でも私の方では簡単に彼のところに行くことができます。とてももどかしいのですもの。物事は計画どおりにはいかないものね。私たちの再会を完璧に計画していたのに！　ここで一緒に夕食をとって、夜中まで一緒にしゃべり通す予定だったのです。それから一緒に家に帰って、彼の部屋のドアの手すりに寄りかかって立ったまま、朝までしゃべり通す予定だったのです」

「それでぼくはどこにいる予定だったの？」ヒューバートは尋ねた。

「あなたの計画は立てていませんでした。でも、あなたには明日会うものと思っていました。明日はロジャーに会いに行きます」

「医者が許せば」ヒューバートは言った。

ノラは立ち上がった。「ヒューバート、それほどに容体が悪いという意味ではないのでしょう？」彼女は少し顔をしかめて彼の顔を激しく見つめた。ヒューバートの耳に、広間にいるキース夫人の声が聞こえてきた。二人きりの対談はすぐに終わることになるだろう。彼女の質問に答える代わりに――「ノラ」低く響く声で言った。「君は素晴らしく美しい！」彼は彼女の驚いて怪訝そうな視線を捉えた。それから向きを変えてキース夫人に挨拶をした。どうやらノラを喜ばせたわけではなかったようだ。時期尚早だったのだ。そのため、自分の発言の厳粛さを打ち消すために、大きな声で繰り返した。「ノラに、彼女がとても美しいと伝えているところです！」

「まあ！」キース夫人は言った。「伝える必要はありません。自分で分かっているのですから」

ノラは慌てることなく微笑んだ。「あら、それでも言ってください！」

「あれはフランス大使ではなかったかしら」キース夫人は尋ねた。「ローマで同じようにあなたに襲いかかった方は？　その方はあなたに紹介してほしいとお頼みになりました。光栄でした！『お嬢さん、あなたは完璧に美しい』(71)とおっしゃいました」

「その方ご自身は不格好な方でした」ノラは言った。

ヒューバートは贅沢で絢爛な人生を愛する人間だった。彼個人が直接にそれを必要としたわけではない。彼は自分の慎ましい環境に折り合いをつけることができたからだ。しかし、彼の想像力は生まれながらに貴族的だった。彼は、ある種の物事の存在——大使、大使の賛辞、天井に薄暗い繰形が施された旧世界の応接間——を想起させられるのが好きだった。ノラの美しさは、彼の目には、糊がきいて刺繍が施された年老いた外交官によるこの賛辞によって、一層深い色を帯びた。彼女の美しさは確かなのだ、試練を乗り越えたのだから。彼は食事中、思慮深く無関心を装う必要がほとんどなかった。キース夫人が、家の管理運営と、借家人たちが退去したばかりの部屋の「ひどい状態」のことで頭がいっぱいだったので、悲劇的な独白にふけり応答を必要としなかったのだ。ノラは率直にヒューバートを見ながら、優しい楽観主義で女主人を慰めた。そしてヒューバートも、視線を返しつつ考え込んでいた。美の神秘について考えていたのだ。どのような突然の魔法が彼女をこれほど魅力的にしたのだろうか？　彼女は一年前に自分が説教をするところを聞きに震えながらやって来た時と同じ、傷つきやすく華奢な少女だ。同じ、しかし何と違うことか！　何と豊かに成長し、しかも美しくなったことか！　美しさという重荷とともに強さも加わったのは——魅力が増すとともに力も増したのは——これはどうしたことだろうか。その力は捉えがたく繊細で、ほんの少し自分自身に疑いを抱いているような力だった。その後で、これらはすべてロジャーのものだと思い至った——ロジャーの投機の結果であり、ロジャーの財産なのだ！　彼はこのかわいそうな男を哀れんだ。喜びにあふれてそこに座り、彼女に話をさせて彼女を誇らしげに披露する代わりに、意識なく、無力に臥せっている。夕食の後、ノラはほとんど話をしなかった。一つには友人の心配から、また一つには、精神的な変化を遂げた者が、昔の知り合いに対面した時にありがちな慎み深さからだろうと彼には思われた。彼女が自分の姿を観察しながら物思いにふけっていると知れば、彼もうれしかったことだろう。彼は十二か月前に彼女の心に痕跡を刻んでいた。無数の情景や人物が、以来、その痕跡の上を通り過ぎた。しかし、ノラには今分かったのだが、彼の姿は消し去られてはいなかった。消えることなくそこにとどまり、彼女の想像力の成長とともに成長していた。自分が変わったことは自分でも分かっていたが、ヒューバートが変化によって負の影響を受けてこなかったか考えを巡らせた。彼女がこれまでに出会った人たちと比べて痛手を被ってはいないだろうか？　優美さや鮮やかさを失い、平凡になってはいないだろうか？　少しずつ、彼自身を目の当たりにして明らかになってきたのは、過去のヒューバートには未来に借りがあったということだった。彼が辞するために立ち上がった時、彼女は、ロジャー宛に一筆書かせてほしい、そしてそれを届けてほしいと頼んだ。

「彼にはそれを読むことはできないだろう」ヒューバートは言った。

ノラは考えた。「書きます、たとえそうでも。彼の枕元に置いてくだされば。「私はよい働きをしたでしょう？　具合がよくなったらすぐに気づいてくれるでしょう」

彼女が部屋を出て行くとキース夫人が賛辞を求めた。「彼女を魅力的な娘に仕上げたでしょう？」

「彼女はあなたにとって大変な名誉です」ヒューバートは真意を押し隠しつつ、こう言った。

「あら、でも少し待って！　あなたはまだ彼女を見ていません。彼女は疲れているし、あなたのいとこのことを心配しています。彼女の全貌が現れ出るまでお待ちなさい。ローレンスさん、彼女は完璧よ。何も不足していないし、過剰でもありません。私を正当に評価してくださらなければ。私は未完成の時にすべてを見抜き、何が必要か分かっていたのです。彼女が私の娘ならいいのに。そうしたら偉大な所業をお見せできるのに！　彼女は黄金と同じくらい申し分ないのです。生まれ持った性質ね。結局のところ、生まれ持った性質が本物でなければ、何者だというのでしょう？」しかし、ヒューバートがこの多少哲学的な命題に答える前に、ノラが手紙を持って再び現れた。

翌朝キース夫人は、義理の母を正式に訪問するために出かけていった。ノラは一人残されてロジャーの容体について随分と考えた挙句、会いたいという強烈な願望がわき起こった。彼が今ほど彼女にとって大切に思えたことはなかったし、彼女ほど彼と一緒にいる正当な権利を持つ者もいなかった。大急ぎで外出着に着替え、二人でとても幸せに暮らしているはずだった小さな住居に向かった。なつかしい友、ルシンダに迎え入れられた。ルシンダには、心配やら驚きやらで、言いたいことが無数にあった。ノラの美しさが、幼い頃の平凡さを知るこの年老いた女性の愛情の込もった驚嘆ほどに温かい賛辞で迎えられたことはなかった。彼女を客間に通し、窓を開け、明るいところでくるりと回らせ、編んだ髪の毛を撫でつけ、母のような熱意でもって、彼女の高くてまっすぐな背や気品をうれしがった。ロジャーについては涙を浮かべて話した。「あなたに会っているのはあの方のはずでしたのに」彼女は言った。「あの方が失望なさることはないでしょう。あなたはあの方が描く最も輝かしい夢よりも素晴らしいのですから。ああ、私は全部知っています。夜、あなたが就寝した後、私に話されたものです。『ルシンダ、あの子をきれいだと思うかい？　ルシンダ、あの子は不器量だと思うかね？　ルシンダ、あの子に暖かい服装をさせてやったかい？　ルシンダ、あの子に靴を履き替えさせたかね？　それに、いいかいルシンダ、あの子の髪をしっかり手入れしてくれ。我々が自信を持てるのは髪だけなのだから！』そう、あなたの編まれた豊かな髪は私のおかげなのです。哀れなお方、今の彼女には自信をお持ちになるでしょう？　あの方が回復するまで綿にくるまっていなければなりませんよ。あなたは絵のようなものなのです。金色の額縁に囲まれ、壁にかけられているのがふさわしいのです」

しかしルシンダは、彼に会うと言い張らないようにとノラに懇願した。彼女の強いためらいが彼の容体が芳しくないことを示していたので、ノラは待つことに同意した。自分のささやかな経験は何の役にも立たないだろう。「あの方は少し気がおかしくなっています」ルシンダは言った。「ですから、残念ながら彼にはあなただと分からないだろうと思います。万が一、分からなかったら、あなたにとって何もよいことはありません。それに万が一、分かったとしても、あの方にとって何もよいことはありません。熱が上がってしまうでしょう。あの方の容体はとても悪いのです、とても。ですからあの方のことは私にお任せください！　赤ん坊の時もお世話をしましたし、少年時代にもお世話をしました。ですから大人になってもお世話いたします。今回より容体が悪い時も知っています。大学時代に猩紅熱にかかられたのですが、その時はお気の毒なことにお母様が家でご危篤でした。赤ん坊、少年、そして大人。あの方は常に聖人のような忍耐力を持っていらっしゃいます。私があなたのためにあの方を守りますよ、ノラさん、こうしてあなたのお顔を見たからには！　万が一、あなたに会わせることができなかったら、私は天国であの方に合わせる顔がありません！」

ルシンダが病人の世話に戻ってしまうと、ノラは足音を立てずに家の中を歩き回り、ロジャーが彼女の帰郷のために行った様々な準備に目を留めて物悲しくなった。彼の慎重な選択、趣味、工夫があらゆるところに現れていた。田舎のなつかしい家にあった彼女の持ち物のうち最愛のものがこちらに移されていたが、移されてきた理由を推し測ることができるような優しい薄明かりの下に置かれていた。他の物は高価なものに代えられていた。ノラは応接間に入っていった。窓の日よけは閉じられ、椅子やソファーは茶色の亜麻布に包まれていた。彼女は悲しげに座って、様々な可能性に思いを巡らせた。ロジャーが死んでしまったら、いかにして孤独が再び自分に迫り来るだろうか。彼が彼女の世界、彼女の強さ、彼女の運命そのものなのだ！　彼が彼女の人生を作ってきた。彼には自分の作品をなおも見守ってほしかった。突然投げかけられた超自然の光によって、彼の愛情や見識の深さが理解できたように思われた。住居内の完全な静寂の中、彼が階段を踏みしめる音や、彼女の名前を呼ぶ声が聞こえてくるように思われた。彼の声音は優しく調節されていて、日常の中に祝福をもたらしてくれた。心臓が喉元まで上がって来たかのように苦しくなり、叫びたいと激しく思った。声を抑えるためにクッションに顔をうずめた。涙が静かに絹の布地の上にこぼれ落ちた。突然、広間から足音が聞こえてきた。ヒューバート・ローレンスが入ってくるまでの間に何とか涙を払いのけた。彼は驚いて彼女に声をかけた。「君の手紙を届けに来た」彼は言った。「君がいるとは思わなかったな」

「ここ以外に私がいるべき場所がありますか？」彼女は激しく尋ねた。「ここで私にできることは何もないけれど、他では病人のように見えることでしょう。私の手紙を返してください。私が感じていることのほんの一部しか伝えていないのです」彼は手紙を返し、彼女がその手紙を細かくちぎって火の気のない暖炉に投げ入れるのを立ったまま見つめていた。「家の中をずっと歩き回っていました」彼女はさらに言った。「すべてがかわいそうなロジャーのことを語りかけてきます」うまく言い表せないものの、彼女は彼に対する愛情を主張しなければならないように感じていた。「今まで分かっていなかったのです」彼女は言った。「どれほど彼を愛しているのかを。ヒューバート、あなたもきっと彼のことを分かっていません、私ほどには。分かっている人はいないと思います。みんないつも彼のことを話す時には少しおかしさを込めて話すのですもの。キース夫人でさえ、彼を利用して冗談を言います。でも私は彼のことを分かっています。離れている間、彼のことを考えているうちに分かるようになりました。彼には世間が知っている以上のものがあって、それは、彼の慎み深さと世間の愚かさにゆだねられたままだと、これからも世間が知ることができないものです！」ヒューバートは彼女が雄弁に語るのを聞いて微笑み始めた。「でも私が彼の慎み深さを終わらせるつもりです。こう言うの。『さあ、ロジャー、顔を挙げて、率直に意見を述べて、自分の真価を示すのよ』私は、彼の四分の一ほどの善良さもないのに、彼の二十倍もの自信と成功を手にしている人を見てきました。私が形勢を逆転させます！　ロジャーに親切にしない人は、私の好意を得ることはできません。私が必要なら、彼のことも受け入れなければなりません。みんなが私のことを美しいと言う時が来れば、私は思いどおりにすることができるはずです。今に分かるわ。最初に私がすることは、みんなに彼に対して十分に敬意を示させることです」

「君の心意気には敬服するよ」ヒューバートは言った。「ジョンソン博士[72]は誠実に憎む人間が好きだった。ぼくは誠実に愛する人間が好きだ。大体においてお目にかかることはもっと稀だけれども。しかし君は、そのすさまじい忠誠心でもって、少しも非現実的でないと言えるだろうか？　ロジャーが最良中の最良中の最良だということを否定する者はいない！　ノラ、したいようにすればいいが、美徳を愉快なものにすることはできない。聖職者としては、ぼくはそうなるように努めなければならなかった。しかし無駄なのだ。善良さと退屈さは、避けがたく同族的で似通っている。当然君はロジャーのことが好きだ。ぼくもだし、心の奥底ではみんなそうだ。だからと言ってぼくたちに何ができるというのか？　最も親切なことは、彼に干渉しないことだ。彼の美徳は彼自身の問題だ。君は彼を完璧に描いてみせた。この家のあらゆるものが彼を褒め讃えているってね——早くも、まだ彼がここに来て十日も経っていないというのに！　椅子はみんなまっすぐに並べられ、絵画は見事に壁に飾られ、錠前には油がさされ、冬用の燃料は蓄えられ、勘定は支払い済みだ！　椅子の背覆いを見てごらん。彼が自ら留めたことは間違いない。それがロジャーだ！　そういう美徳は、家庭においては値をつけられないほど貴重だ。彼は決して結婚するべきではない。妻となった人はすることがなくて死んでしまうだろうからね。社会が男に求めるのは、家庭的な美徳ではなく、世の中に関わる美徳だ。ぼくは今、もちろん世を知る男として話をしている。社会は望遠鏡の大きい端で物事を見たがる。小さい方ではない。『好きなだけ善良であれ』社会は言う。『だが、もし面白くなければ君は必要ない！』とね」

「面白い、ですって！」さっと顔を赤らめてノラは叫んだ。「私が出会ったとても面白い人たちの中には、うんざりするほど退屈な人がいました。でも、ロジャーを大事にしない人たちは、その人たち自身が損をすることになるわ！」一瞬間を置いて、彼女はヒューバートに鋭く率直な視線を向けた。『あなたは不公平です』彼女は言った。

この非難は若者の心には心地よかった。断じて即座に反駁するつもりはなかった。「説明してくれ、親愛なるいとこ」優しく微笑みながら言った。「どういうところが不公平なのかな？」

彼が彼女をいとこと呼んだのはこれが初めてだった。この言葉が彼女の思考を快い混乱に陥れた。しかし、考えがまとまらないうちに、なおも彼を見つめながら、「知りたいとは思わないのでしょう！」彼女は叫んだ。「そんな笑顔を浮かべているというのに！　あなたはあざ笑っているのよ、私を、ロジャーを、みんなを！」利口な男たちはこれまでも美しい女性たちからひどく冷笑的だと非難されてきた。しかしまさか、このような傲慢なまでの純真さをもってでは決してあるまい。彼女は自分が率直に話していることに喜びのようなものを感じていた。この若者に対する親近感が、差異の感覚をぬぐい去っていたのだ。

「嘲笑的な悪魔か！　聖職者に対する素敵な評価だ！」ヒューバートは言った。

「あなたは心の底から聖職者なのですか？　ずっと考えていました」

「ぼくが説教をするのを聞いたね」

「ええ、一年前に。その時の私は分別のないちっぽけな少女でした。もう一度聞きたいわ」

「いや、栄冠は手にしたのだから、それを持ち続けることにしよう。むしろ人目に触れたくない。それに今は説教をしていない。休息中だ。ぼくのことを聖職者だと思っている人もいるのだよ、ノラ」彼は謙虚さを漂わせるように声を低くして言った。「だけど君は手強い、それは分かっているかい？　熱烈な友情と、油断のない猜疑心とを持ち合わせているのだから。ぼくを疑うならそれも結構。ホメロスが描く神のごとく、雲の中を歩かせてもらうよ。雲がなかったら、悲しいことに、ぼくが神のような威厳を示すことはできないだろうがね。実に、その点では自分で自分が疑わしい。それにしても、ぼくはロジャーをそんなに見くびっているわけではない。彼のことが好きだし、敬服しているし、うらやましく思っている。ぼくの落着きのない想像力を、彼の静かな不屈の実用性と取り替えることができるなら何だってするよ。まるでぼくが日なたでせっせと働いている間、彼は青々とした木の下に座って、する必要もない努力の合間にひと休みしているかのようなのだ。そう、思うに、美徳は日陰に歓迎されるのだ。涼しいが、ひどく目立たないというわけだ！　ぼくについては、みなさんご自由に、最高のところも最低なところも見つけ出してくれ！　頭上に欠点を全部乗せて、こうして立っているのだから。聖職者の白衣[73]で飾り立てられ、『師』と命名され（天よ、お護りください！）、演壇に説教壇、聖書に信者を授けられ——人類の神聖な志の代弁者に仕立て上げられてね。そう、ぼくは人類の罪を告白する。これは謙虚な心で行われる立派な任務だ。それにぜひとも言わなければならないが、一旦、白衣を身に付けて（ぼくは白衣にこだわる。白衣なしには何もできない）説教壇に上がると、ある種の力が感じられるようになる。人々は雄弁さと呼ぶ。そうなのだろう。どんな価値があるか分からないが、みんなは好きなようだ」

ノラは目を見開いて無言で座っていた。卑下と大胆不敵とのどちらが彼にふさわしいのか、分からないでいた。何よりも彼が無謀とも思える打ち明け話をしてくれたことがうれしかった。彼女は帽子を脱いで片手に握り、大きな黒い飾り羽を優しげに丸めていた。女性の美しさの中で、帽子で隠されていない、女性の優しい奇跡によって照らされている額ほど美しいものはない。この瞬間は、ヒューバートにとっては決定的だった。彼には、若い娘の心が、彼の影響を受ける間際で震えているのが分かった。彼はあながち荒唐無稽というわけでもなく、いわば視線一つが彼女を前に踏み出させ、言葉一つが彼女をその場に踏みとどまらせるように感じていた。自分はその一言を発するべきか？　この神秘的な輪の中には、あえて足を踏み入れたものの安らぎを見出せなかった女性たちの幽霊が衣ずれの音をさせながら取り憑いていた。しかし、ノラの美しさの内奥に秘められた意味が彼の前で鮮明になるにつれて、彼には、彼女が少なくともその輪の中から不吉な記憶を洗い流し、安らぎで満たしてくれるように思われた。ノラのような人間に彼が安らぎを分け与えることなど到底できないことは分かっていた。しかし彼女に目をやると、彼には彼女が彼の門扉を叩いている天使のように思われた。追い払うことはできなかった。こちらに来たいのならそうさせればよい、自己責任で！　天使には特別なお導きがあるのだから。「ぼくを実際以上に悪く思わないでほしい」彼は言った。「しかし、よくも思わないでくれ！　ぼくはロジャーを十分に愛するつもりだ。君が彼をあまりにも愛しすぎていると想像し始めるまでは。そうなったら——ばかげた話かもしれないが、そうなるようにも思える——ぼくは嫉妬するだろう」

この言葉は快活に発せられたが、彼の目と声がそれ以上を物語っていた。ノラは顔を赤らめて立ち上がった。そして鏡の前に行き、帽子をかぶった。それから笑い声を上げてくるりと向きを変えた。その声は、秘密を知る者には、少女の空想が成熟の域に達した合図であるかのように思われたかもしれない。「嫉妬するおつもりなら」彼女は言った。「今がその時です！　私はロジャーを今、心から愛しています。これ以上ないくらいに！」彼女はほんの一瞬だけ長くそこにとどまった。

　ロジャーの病状は医者たちを当惑させた。腕のよい医者たちだったにもかかわらず。二週間、病状は悪化の一途をたどった。ノラは終始家にとどまったので、キース夫人の客間で演じられるちょっとした社会劇において、受動的な役割しか務めることができなかった。この女性はすでに舞台を整えて開幕を告げていた。彼女の若い役者が一時的に気分が優れないことも、夫人が常に意のままにできる、あの悠然として見事な上品さで甘受した。その上品さには、優しさと抜け目のなさが絶妙に入り混じっていたので、ノラよりも賢い者でなければそれらを区別することはできなかっただろう。夫人は、自分の社交に役立つという理由からこの若い娘を重んじていた。しかし、この試練の時には彼女を大目に見た。ちょうど、興行主が興行シーズン全体を視野に入れて、気管支炎にかかりかけたプリマドンナを温存するのと同じである。この二人の間には、生来共鳴するところはほとんどなかったが、愛情表現と礼儀にかなった言動は驚くほどやり取りされた。二人は互いについて静かに評価を下し、それぞれが戦略的な位置と考えた場所に悠然と陣を張って座していた。それでもやはり私は、一方に対するいずれの女性の評価も信頼しないだろう。完全に公平であろうとすれば、ノラの方は身に付けるべきものが多すぎ、キース夫人の方は捨てるべきものが多すぎた。しかし彼女と一緒にいることで、夫人はあの用心深い警戒心のほとんどを捨て去っていた。その警戒心ゆえに彼女は、自分の若さと美しさの残滓を守るため、社交界の大抵の女性たちとの交際において消耗していた。彼女は運命に対する著しい不満の一つを、ノラを娘として扱うことで修復しようと奮闘した。心から母親のような熱意でもって熟慮したのが、若い娘の結婚相手の候補であり、中でも、ロジャーがかつてほのめかした計画についてであった。当然ながら彼は自分の計画に執心した。かつてノラを妻にと心に描いていたなら、今、彼女を心に描かないわけはなかった。

しかし彼の計画や空想を安心しきって眺めていてよいのだろうか？　平凡な孤児としてのノラにとっては素晴らしい展望だったかもしれないものは、当世の美人の一人へと変わりつつある若い女性にとっては取るに足らない展望だった。ロジャーは模範的な夫になるだろう。しかしキース夫人の人生哲学によれば、とてもよい夫はとてもつまらない結婚生活を意味し得る。彼女自身、愚鈍な人物と結婚したが、条件のよい結婚だった。彼女の気楽で裕福な未亡人暮らしがその証だった。あからさまな言い方をすれば、ノラはロジャーと結婚した場合、玉の輿に乗ることになるだろうか？　キース夫人は自分が拒絶した求婚者の世俗の財産を正確に知りたかった。彼が彼女に求婚していた頃は熟知していた。しかしそれ以来、懐を肥やしてきたのではないかと思っていた。彼には困惑していた。裕福にも貧乏にも見えなかったのだ。気前よく金を浪費する時には甘んじて妥協しているように見えた。しかし金使いを控える時には、必要に迫られてというよりも、流儀であるように見えた。海外にいる間、彼女は一度ならず、ノラに対する膨大な送金額に驚いた。この点を見極める価値はあった。読者には、キース夫人の結論が、彼女の友人が愚者と勇者のいずれであるかを請け合うものではないことがお分かりになっただろう。というのは、彼女は情け深くも、万が一、ロジャーが財政的に不足しているのであれば、富豪に道を譲るよう彼を説得することは簡単だと考えていたからである。数名の富豪が彼女の目に留まっていた。ロジャーが善良な人間として振る舞うことは間違いなかった。しかし、いずれにしてもキース夫人は、ヒューバートと、彼の明白かつ増大しつつある「注目」に情をかけるつもりは毛頭なかった。彼女は誤報に翻弄されるつもりはなかった。しかし同時に、警戒も怠らなかった。ヒューバートは毎日いとこの容体を報告するために姿を現した——どうやら極めて詳細で余すところのない報告のようで、報告には数時間を要した。さらにノラは、頻繁に友人の家を訪れ、漫然と歩き回り、ルシンダと話をした。ここでも必ずヒューバートが、同じ用向きで来ていたり、ノラがいるところに現れたりするのだった。ロジャーの病気は伝染性の発疹チフスだと特定された。体力と気力が最も乏しい状態にあった。当然このような機会に際して、ヒューバートは歩いて若い娘を家まで送った。そして秋の気候が散歩を楽しいものにしたので、二人は最も長い道筋を選んだ。この時期、二人が親密に語り合いながら、市街地から遠く離れた地域を歩き回っているところが見られたことだろう。そのような地域と、キース夫人とロジャーの住居とを往来するための主な道筋との関係は、直接には明らかではなかった。用心深い心配はさておき、キース夫人がヒューバートに対して示す優しさは、大抵の立派な男たちに対するものと比べると貧弱だった。「はっきり言って、彼は何者ですか？」彼女はもどかしげに、これまでも憂い事をこぼしてきたある友人に問いかけた。「彼はどっちつかず。聖人でも俗人でもない。聖職者には、ちょっとした神聖な芳香を持ち合わせていてほしいものです――あらゆる悩ましい経験の後に私たちを癒してくれる何かを。それほど快いものはありません。暖炉の近くの、自宅の客間の平凡な片隅にあるものとしてね。特定の場所を占めないのなら彼は邪魔者です。ヒューバート師は至るところにいるのです。彼のやり方はこの世のものではないし、願わくは、あの世のものでもあってほしくありません。昨夜、私が紅茶を運ぶと、彼は椅子にもたれかかって座ったまま私から紅茶を受け取ったのです。ああ、彼は自分のことがよく分かっているのね。あの無頓着さでもって自信たっぷり。平日にわずかな賃金を受け取るよりも、祈祷書を選んだのよ。かわいらしい教区民に慰めを見出せるのだから。教区民であるために、自ら彼の教会に足を運ぶ必要はないの」

しかしキース夫人の無神論的な批判にもかかわらず、二人の若者は自分たちのやり方で行動した。しかも、抜け目のない女主人が感づいた以上に大胆で大きな賭けを伴うやり方だった。ノラは当面、招待をすべて断ったので、キース夫人はしばしば一人で夜の外出をすることになり、彼女を客間に残してヒューバート・ローレンスをもてなすままにさせておくことになった。ロジャーの病気は二人の会話の厳粛な底流となり、冒険的な物悲しさを添えた。ノラはその若い人生においてこのような時間を経験したことがなかった。おそらく彼女には、そうした時間がなぜそのようになったのか分からなかっただろう。分かりたいとも思わなかった。疑問を持つことで魔法が解けるのを恐れたのだ。過去一年の光景が巨大な遠景のように背景に集まり、色彩豊かに輝き、生き生きと群れた。彼女には、自分が友人とともに流れ行く雲の影に立って、壮大な絵を見つめ、繊細な輪郭を愛おしみ、谷間に悲しみの薄煙が紫色にたゆたう中を歩いているように思われた。ヒューバートはその間、町や塔、丘やせせらぎの伝説を語った。彼女のたわいの無い空想の中では、二人の会話は狭量な排他主義に陥ることはなかった。二人はあらゆる歴史、あらゆる文化を二人だけで共有した。どこまでも続く地平線が放つまばゆい光が二人の間に輝いているように思われた。ノラはすっかり満たされていた。自分という存在が必要とするあらゆるものを、魂と感覚、心と精神において、等しく満たしながら生きているように思われたのである。ヒューバートの方は、目下何も分かっていなかった。分かっていたのは、天使が自分の城門内にいるので、天使の通行料に見合ったもてなしをしなければならないということだけだった。彼は差し当たり、エリュシオン(74)の牧草地でごちそうを堪能している男と同程度の良心しか持ち合わせていなかったか、もしくは、同様に良心自体を持ち合わせていなかったかのどちらかであった。彼には悪意など全くなかった。害を与えるつもりもなかった。運命の険しい顔が歪んで微笑みを浮かべていたのだ。願わくはヒューバートのためには、この世が、支払うべき罰金もなく、最も長い道にも曲がり角がないような、(75)無責任な世界でありさえすればよいのだが！　快楽の庭に実をつけた桃やプラムには熟したものしかなく、実を食べた後には種を捨てる必要がなければよいのだが！　ノラが持つ魅力の中でも特に魅力的なのは、少女らしい慎みの保留分のようなものであって、ヒューバートはそれを取り除くことを願いつつ恐れてもいた。それは良心を満たす一方で野望を刺激した。自分が立っている水域の深さがどのくらいあるのか知りたかった。しかし、この熱帯の凪の中で、自ずと分かるような波紋は見られなかった。自分は大洋の真ん中を漂っているのだろうか、それとも砂地の浅瀬を安閑と巡遊しているのだろうか？ 日が経つにつれて、彼は自分の休息が、この花弁を閉じたままの疑い深い薔薇のつぼみによって乱されていることに気がついた。というのも、女性に関わる難問に当惑させられることに慣れていなかったのだ。彼は謎の核心を摘み取ろうと決意した。

ある夜、キース夫人の急な頼みで、ノラはオペラに行く支度をした。予定の公演期間がとても短かったのである。キース夫人は友人たちと外で夕食をとった後、彼らと劇場に向かうことになっていた。夕食後に、そのうちの一人がノラのところに立ち寄り、劇場で一行に合流する予定だった。午後になってキース夫人の家に若いドイツ人女性がやって来た。その道で身を立てようとしている優秀なピアニストで、ノラがいつも習っている先生の姪だった。ノラと一週間に二回、連弾を練習することになっていた。思いがけず激しく雨が降り出したため、リリエンタール嬢は練習の後で帰ることができなくなった。そこでノラは夕食まで引き留め、二人はシビレ料理[76]を味わいながら永遠の友情を誓った。夕食後、ノラは階上でオペラ鑑賞のために服を着替えた。その後で階下に向かうと、ヒューバートが暖炉のそばに座っていて、音楽家の客人とのドイツ語による会話に熱中しているところだった。「残念だが君は外出するようだ」ヒューバートは言った。「『魔弾の射手』[77]のポスターを見たよ。大いに楽しんできてくれ！ ぼくはしばらくここにとどまってこのお嬢さんとドイツ語を磨いてもいいだろうか。とても楽しい。そして、お嬢さん[78]、雨が止んだらご自宅まで歩いてお送りしてもよろしいでしょうか」

しかしお嬢さんの方は、華やかな服装で目の前に立っているノラを、黙ってうらやましそうに見つめていた。「馬車を使ったらいいわ」ノラは言った。「私たちが使った後で」その後、あの切なそうな視線の意味を読み取って言った――「『魔弾の射手』を一度も聴いたことがないの？」

「何度も聞いたことがあるわ！」ともう一人は答えた。顔には悲痛な笑みが浮かんでいた。

ノラは少し考えた後で手袋を外した。「あなたが行くといいわ、私の代わりに。私はここに残ります。あなたのドレスは大丈夫。肩掛けは私のものを使って。このお花をあなたの髪に挿してもいいかしら。私の手袋と扇はここよ。さあ！　素敵だわ。私の手袋は大きいけれど――気にしないで。他の方々もあなたとご一緒できることをお喜びになるでしょう。明日いらして、どうだったか全部話してくださいね」ノラの友人はすでに玄関先に到着し、馬車の中で待っていた。おとなしいドイツの若い女性は、半ば気おくれしながら半ば期待に満ちて、急いで馬車へと下りていった。彼女は戸口で振り返り、もてなしてくれた女主人にキスをすると、熱意を込めて言った。「本当にありがとう！」(79) ヒューバートは、ノラの目的は友人を喜ばせることだろうか、それとも彼女自身を喜ばせることだろうかと考えた。ウェーバーの音楽よりも彼と一緒にいたいということだろうか？　彼は彼女がウェーバーに夢中であることを知っていた。「オペラを聴き逃してしまったね」彼女が再び現れると言った。「だが、ぼくたちのオペラを楽しもう。何か演奏してくれないか。ウェーバーを弾いてくれ」そこで彼女は一時間以上もウェーバーを演奏した。私には、このオペラの作曲者が、愛する男のために明かりの灯った居間で演奏しているこの若い娘以上に、真にその音楽を解した者を、劇場を美しい旋律で満たした歌い手たちの中に見出すことができたとは思えない。彼女は演奏で疲れてしまった。「ものすごく感謝してくださいね」最後の和音を奏でると彼女は言った。「これはど上手に弾いたことはありません」

その後、二人はテーブルの上に置かれていた小説について話し始めた。ノラが読んでいた小説だった。「とてもつまらない話です」彼女は言った。「でも、思わず読み続けてしまいます。私はとても簡単に満足してしまうようです。つまらなくて読めないような小説がないのです。でも、あなたにはこの本をお勧めします。主人公は若い聖職者で、あらゆる魅力を授かっているのですが、ローマ・カトリック教徒と恋に落ちてしまいます。この女性はかなり偏狭な人で、若者を愛しているのだけれど、信仰の方をもっと愛しています。彼は愛を勝ち取るために、カトリックに転向する寸前まで進みます。でも急に思いとどまって、山の方をムハンマドの方に動かすことに決めます。[80] ある週に勇敢に説き伏せにかかり、女性を転向させ、洗礼を施し、次の週にはその女性と結婚します」

「とんでもない話だ。何というごった煮だろう！」ヒューバートは叫んだ。「そういうものが最近書かれているものなのかい？ ぼくはめったに小説を読まないが、少しでものぞいたら、こういうものを見つけるに違いない！ 想像力の乏しさほどぼくをいらだたせるものはない。普通の生活――それが至福の展望とは言わないが、これよりはましだ。最近の物語は絨毯の裏面のようなものだ――繊維が荒く織り交ぜられているだけの代物で――形のはっきりしない人影や、色のない花々が支離滅裂に入り乱れている。ぼくが小説を読む時は、想像力がギャロップ[81]で駆け出して、語り手を土煙の中に置き去りにしてしまう。だからぼくは小説の結末を通り過ぎてしまい、二十マイルも速足で戻らなければならなくなる。カトリック教徒の恋人がいるこの小説の聖職者はとてもお粗末なやつに違いない。なぜまず彼女と結婚して、その後で彼女を転向させないのか？ 聖職者も結局のところ、何をおいてもまず人ではないのか？ ぼくは美しいイスラム教徒と恋に落ちて、彼女を得るためにアッラーの神に誓いを立てる司祭について小説を書こうと思う」

「まあ、ヒューバート！」ノラは叫んだ。「聖職者に、真理よりも、美しいイスラム教徒を愛してほしいの？」

「真理？　美しいイスラム教徒が真理かもしれない。冷たい抽象概念の中で震えて何日も過ごした後に、具現化した真理を得ることができるなら、少しは妥協する価値がある。ノラ、ノラ！」ソファーにもたれかかって伸びをし、片腕を頭の上に振り上げて彼は続けた。「ぼくは情熱を擁護する！　もし物事が情熱の形をとることができるなら望ましい。情熱が大きければ大きいほど、よりよい大義名分を与えてくれる。もしも、ぼくの愛が、ヤコブと格闘する天使[82]のようにぼくの信仰と格闘し、しかも愛が最上の位置を占めるなら、ぼくはそれが正当な勝負だと認めるだろう。信仰は信仰だが、たくさんの形がある！　ここではっきりさせたい。この聖職者という身分が、ぼくという人格のいかにわずかしか占めていないか！　いかにわずかしか表現せず、いかにわずかしか覆っていないか！　日曜日には、説教壇に立って五百人の聴衆に語りかける。その五百人の一人ひとりが、ぼくの説教の五百分の一を自分のものにできると思うかい？　ぼくには、一人に語りかけ、五百倍もを話しているところは想像できる。たとえその女性が美しいイスラム教徒であろうと頑固な偶像崇拝者であろうと！　この至福のボストンから五千マイル離れた場所にいるところだって想像できる――そうだな、トルコのズボンを履き、頭にターバンを巻いて、チボーク[83]を口にくわえ、頭上高くからは、丸窓を通して大きな青くて丸い東洋の空がのぞき込んでいるところだ。これらはすべて、ボストンがぼくを粗末に扱っているとか、もっと悪くは、ぼくを忘れかけているとかいう事実には全く頓着しない！　しかしノラ」ヒューバートは突然付け加えた。「君の考えを混乱させるのはやめよう」こう言うとソファーを離れ、近づいてくると、炉棚に寄りかかった。「これはここだけの話だ。君には他の誰にもしないような話をしている。ぼくを理解し、許してくれ！　ぼくにも、率直に語り、こうあってほしいと思うことや理想に対して敬意を表さずにはいられない時がある！　想像力のない人々の低俗な憶測に異議を申し立てなければならない。想像力がある人間、例えば君やぼくのような人間は、自分の持てる能力を最大限まで生かして生きていて、充足し、満たされ、釣り合いがとれているという憶測だ。ぼくは断じて満たされてはいない、ぼくは違う！　ぼくにはもっと多くを受け入れる余地がある。ぼくは半分しか生きていない。一方の端は小銭で満たされ、もう一方は空っぽの財布のようなものだ。もしかしたら、片側は黄金の音を聞くことは決してないかもしれない！　主の御心のままに！(84)　ぼくは誰よりも強くそう言うことができる。しかし、自分が幸福を知っているふりも、人生が何たるかを知っているふりもするつもりはない。それどころか、ぼくは自分が落伍者だと断言しよう。ぼくには見通す知力はあったが行う勇気がなかった――それでも、無謀で、礼儀知らずで、厚かましい人間だと言われてきた。ノラ、ぼくはこの世で一番の意気地なしだ。哀れんでくれ、軽蔑せずにいてくれるのなら。物事を想像するべく生まれついている者もいれば、物事を行うべく生まれついている者もいる。どうやらぼくは、行う側の人間ではない。だが想像はする、それは間違いない！」

　ノラはこの甘美で混沌とした言葉の奔流に耳を傾けた。話が漂流し始めたことに気づいて急いで手に取った刺繍の手を休めることはなかったが、心臓は激しく鼓動し、涙が込み上げてくるのを感じていた。彼の話は情熱と理性の魅惑的な混合物であり、安らぎを知らない魂の苦悶だった。以前は、ヒューバートの性質を常に静穏で沈着なものと考えていた。澄み切って静寂な深い海という印象を受けていたのだ。しかし最近ではかなり接近したために、水面には波紋を目にしたし、両岸に打ち付ける音も耳にした。これが初めてというわけではなかった。しかし今までは、波がこれほど高く砕け散ったことはなかった。両頬に塩水のしぶきを感じたことは一度もなかったのである。その感覚は今、とても心地よかった。手仕事を続け、機械的に針を進めた。ヒューバートの青い瞳が激しく見つめているのを感じた。布の上の小さな青い花が、素早く動く針の下で大きくなっていった。二人の心の間に、突然扉が開かれたのだ。彼女はその扉を通り抜けた。「あなたが想像していることは何なのでしょう」彼女は強烈な好奇心を抱いて尋ねた。「行いたいと夢見ていることは何なのでしょうか？」

「ぼくが夢見ているのは」彼は言った。「君のために何らかの法を破ることだ！」

この答えは彼女を慄かせた。情熱が理性をしのぎ始めていた。法を破ることと自分がどう関係するというのだろう？　彼女は身震いして刺繍をしていた布を丸めた。「私が夢見ているのは」彼女は微笑もうと努めながら言った。「法に従う美しさです。やはり法に従うことから多くの喜びが得られるのだと思います」そう言うと彼女は椅子を離れた。一瞬、ヒューバートは困惑した。これは屈服する前の最後のあがきだろうか、それとも、単に慎重に無関心を装っているだけだろうか？　ノラの目は時計に注がれていた。時計は十一時を告げた。「まずは」彼女は言った。「早く就寝するという法を守らせていただきます。おやすみなさい！」

ヒューバートは考えた。これが非難なのか挑戦なのか、よく分からなかったのだ。「少なくとも握手はしてくれるね」彼は非難がましく言った。

自己防衛のためにこの儀式を省略したかったのだが、彼女は片手を取られるままにしておいた。ヒューバートはしばらく彼女をじっと見つめ、手を口元に持っていった。彼女は顔を赤らめて素早く手を引っ込めた。「ほら！」ヒューバートは叫んだ。「ぼくは法を破ってしまった！」

「どうぞご随意に！」彼女は答えて立ち去った。彼はしばらく立ちつくし、待った。彼女が戻ってくるかもしれないと、ぼんやりと空想しながら。それから帽子を取り上げると、彼女もまた男心をもてあそぶ女の一人なのではないかと考えた。

ノラの方も、この場面が多少、前もって計画されていたのではないかと考えていた。一日は、愛と疑惑は手を携えて何とか過ぎていった。翌日、ルシンダの悲しみに満ちた話は彼女に平穏を取り戻させてくれる性格のものではなかった。「昨夜」ロジャーの看護師は言った。「容体がとても悪かったのです。昏睡状態から目覚めましたが、だからといって少しもよくなってはいなかったのです。一晩中あなたのことを話していました。言葉をつぶやく時は、いつもあなたの名前です。何度となく、あなたが到着したかどうかを尋ねて、私が答える端から忘れてしまいました――あなたの髪の毛一本一本を覚えておられたほどの方なのに。彼はあなたに何かが起きたのではないかと考え続けました。夜遅く、馬車が通りを走り始めると、どの馬車もあなたが乗っている馬車だ、出迎えに行かない自分のことをあなたがどう思うだろうか、と大声で叫びました。『ぼくの容体がどれほど悪いかを彼女に伝えないでくれ』彼は言うのです。『ぼくは二、三日寝込んだに違いない。そうだね、ルシンダ？　明日は外出できる、風邪気味なだけだと言ってくれ。ヒューバートが彼女に必要なことはすべてやってくれるだろう』そう言い続けていました。その後、夜中に風が吹き始めると、嵐だ、あなたが乗った船が沿岸に来ている、と断言しました。神があなたをお守りくださるようにと叫びました。それから、あなたが変貌し、成長したかどうか尋ねました。美しいか、背は高いか、自分にはあなただと分かるだろうか？　そう言うと、手鏡を取ってご自分を眺め、あなたの方では彼だと分かるだろうかと考えました。自分は醜くひどい有様で、あなたに嫌われるだろうと大声で叫びました。少しでも見栄えをよくするために、理容用具を持ってくるように私に命じられまして、私が従わなかったところ激怒し始め、私を罵ったかと思うと泣き崩れ、子どものように声を上げて泣かれました」この話を聞いて、ノラは夢中でロジャーの回復を祈った――生きながらえて、彼女のことを、もっと巧妙に愛情深く、彼の債務者とみなしてくれるよう祈った。彼女は何かをしたいと思った。それが何であるかはよく分からなかったが、自分の忠誠を証明するだけでなく、永遠に記念として残せるような何かをしたかったのだ。彼女は自己犠牲の記念碑を打ち立てることができるように思った。彼女の良心はすっかり安らいだ。

その後の二日間、彼女はヒューバートと全く顔を合わせなかった。三日目、ロジャーについての素晴らしい知らせが届いた。容体が著しく快方に向かい、峠は越えたというのだ。その夜彼女は、ある魅力的な招待を断っていた。しかしこの知らせを受け取って、その辞退を撤回した。盛装し、肩掛けを身に付けてキース夫人と一緒に客間に下りてくると、ヒューバートが待っていた。顔には悪い知らせが浮かんでいた。ロジャーの回復は一時的なもので、病状が逆戻りし、これまで以上に容体が悪くなったというのだ。彼女は肩掛けをさっと振り落とした。その勢いは付き添う女性の目にも留まるほどだった。「もちろん私は出かけることができません」彼女は言った。「そのようなことはできないし、そうするべきでもありません」キース夫人は、このようなことがこのような形で起こらないためなら、自分の一番大きなブレスレットを手放したことだろう。しかし潔くあきらめた――同伴役については。ヒューバートは馬車のところまで夫人と一緒に下りていった。夫人は階段を下りたところで足を止めると、ドレスの裾を引き寄せながら、「ローレンスさん」と尋ねた。「あなたはここに残るのですか?」

「少しばかり」ヒューバートは彼らしい落ち着いた微笑みを浮かべて言った。

「ほんの少しであってほしいものです」忠告が抑止となるか刺激となるか、夫人は考え続けていた。「お伝えする必要はないと思いますが、上にいる若い女性はおふざけの相手ではありませんよ」

「何をおっしゃりたいのか分かりかねます」ヒューバートは言った。「ぼくはふざけるような人間でしょうか?」

「では、真剣なのですね?」

ヒューバートは一瞬ためらった。彼女には、彼の目の中に突然、用心深い震えが走るのが見えた。刃が外に向けられた剣のようだった。彼女も鋼鉄のような光線を抜き放ったので、ほんの一瞬、刃が優美に交差した。「ランバート嬢を敬愛しています」ヒューバートは叫んだ。「心から」

「真の敬愛は」キース夫人は言った。「半分は敬意、もう半分は自制ですよ」

ヒューバートは声を出して笑った――実に礼儀正しく。「そのお言葉を説教に取り入れます」彼は言った。

「あら、私にはあなた向けのお説教があるのですよ」彼女は答えた。「帽子を持って立ち去りなさい」

彼はとても厳粛な面持ちになった。「上に行って帽子を持ってきます」キース夫人は、彼が馬車の扉を閉める時、彼の目を見て、黙っていればよかったと思った。「彼を誤解していた」道すがら、彼女はつぶやいた。「彼は容易だと思っていたけれど、御しがたい人のようね」しかしヒューバートは、確かに約束を守った。自分の帽子を持ち上げるところまでは。しばらく帽子を手に持った後、下に置いた。彼はキース夫人を意にも介さなかったのだ！　ノラは暖炉の横に座っていた。むき出しの腕は組まれ、顔は下に向けられていた。淡黄色のドレスに身を包み、白い喉元は、いくつもの真珠で仕上げ縫いが施された青いベルベットの帯飾りに包まれていた。その彼女を前に、すぐにその場を去ることはできなかった。彼女と目が合って、その目に涙があふれているのに気がついた。「今度のことをあまり深刻に受け止めてはいけないよ」彼は言った。しばらく彼女は何も答えなかった。それから両手に顔をうずめて涙を流した。「ああ、かわいそうな、かわいそうなロジャー！」彼女は叫んだ。

ヒューバートは、舞踏会用のドレスを着て素朴に涙を流している彼女を見つめた。「ぼくは彼の容体が絶望的だとは思っていない」やがて彼は言った。「しかし、仮にぼくが――」彼女は顔を上げて彼を見た。「ああ」彼は叫んだ。「言うべきことはいくらでもある！　聖職者として、そして一人の人間として、忍従について説くべきなのだ。この重大な局面に際して、率直にぼくの考えを言わせてもらおう。ロジャーは君の子ども時代の一部だ。君の子ども時代は終わったのだよ。もしかすると、その終わりとともに彼もまた去りゆく運命なのかもしれない！　とにかく、彼を失うことですべてを失うように感じるべきではない。ぼくは抗議する！　君がここに座っている時、彼は君の過去に属している。君の未来に彼がどのような役割を果たすのか自分に問いかけてごらん。いいかい、君はこの問題に決着をつけなければならない。選ばなければならないのだ。いずれにしても、今、君の本当の人生が始まる。君の涙は過ぎ去った過去のために流されている。これは未来だ、生きるために様々なものを必要とする未来なのだ。ロジャーの運命はその一部にすぎない」

彼女は立ち上がった。涙は情熱的な厳粛さに取って代わられていた。「ああ、あなたはご自分が何をおっしゃっているのか分かっておられません！」彼女は叫んだ。「私の未来については話したければ話せばいいわ。でも私の過去についてはやめてください！　誰も私の過去を語ることはできない、誰も知らないのだから！　今の私は着飾り、飾り立てられていますが、私にはお金も家も友人もないのです！　ロジャーがいなかったら路頭に迷っていたかもしれません！　私がそれを忘れてしまったと、忘れてしまえると思うのですか？　人生を染め上げるもの、永遠に残る記憶というものがあります。私にも私なりのものがあるのです！　選ばなければならない誰かとの間で、何に決着をつけなければならないというのですか？　ロジャーへの愛情は選択の問題ではなく、私という存在の不可欠な一部なのです！」

ヒューバートの心は高揚した。彼女が愛らしいということ以外すべてを忘れてしまった。「ぼくが望むのは」彼は叫んだ。「君がお金も友人もないままでいてくれたらよかったということだ！　ロジャーが君を放っておいて、感謝というその恐ろしい重荷で窒息させずにいてくれたらよかったのに！　彼がくれた物は返してしまいなさい！　このぼくからすべてを持っていきなさい！　路頭に迷う？　路頭でぼくは君を見つけたはずだ。貧しくとも、美しく着飾った今の君と同じくらい愛らしく、しかも千倍も自由な君を！」彼は彼女の片手をつかみ、抗いがたい情熱を込めて彼女の目を見つめた。苦悩と喜びが、同時にノラの心を捉えた。まるで、喜びが突然飛び出してきて、入口で花開いた繊細な花々を踏みつぶしてしまったかのようだった。しかしヒューバートは叫んでいた。「愛しています！　あなたを愛しています！」すると喜びが言葉を奪ってしまった。彼女は聞こえるように話すことができなかった。しかし、すぐに努力する必要がなくなった。使用人が彼女宛の短信を持って急いで入ってきたのだ。彼女は身ぶりで合図してヒューバートに開けてもらった。彼は読み上げた。「ローレンス氏は衰弱しています。おいでください。馬車を寄こします」ノラに声が戻ってきたが、叫び声だった――「彼が死んでしまう、死んでしまう！」

あっという間に、彼女は肩掛けに包まれ、ヒューバートとともに医者のクーペ型馬車(85)に腰かけていた。しばらく後には、医者がロジャーの部屋のドアのところで二人を出迎えていた。二人は中へと進み、ノラはまっすぐにベッドの方に向かった。ヒューバートは一瞬立ち止まり、彼女が枕元で膝から崩れ落ちるのを見た。彼女は肩掛けを激しく後ろに放り出した。両腕を解放するためであるかのようだった。そして両腕を伸ばして友人に抱きついた。ヒューバートは隣室にそのまま入っていった。ドアは開け放たれていた。その部屋は暗く、もう一方の部屋には夜灯が灯されていた。しばらく立ったまま耳を澄ませたが、何も聞こえてこなかった。それからゆっくりとあちらへこちらへと歩き始め、敷居のところを通り過ぎた。見えたのは、ノラのドレスの輝く裾がベッドの方に向かって絨毯の上に広がっている様子だけだった。もっと見たいと激しく思ったが、見すぎるのも怖かった。時々ささやきが聞こえたように思った。これがしばらく続いた。その後、医者が入ってきた。奇妙な、医者らしからぬ微笑みを浮かべていた。「あの若い女性は学校では教わらないような治療法を知っています」医者はささやいた。「彼には彼女だと分かりました。少なくとも今夜は大丈夫です。半時間前は全く脈がなかったのですが、これで脈を打ち始めました。私は一時間したら戻ってきます」医者が出て行くとルシンダがやって来て、使命感に燃えて、ヒューバートの面前でドアを閉めた。彼はしばらく立っていたが、侮辱され、敗北したかのような不条理な感覚に陥っていた。それから彼はまっすぐに戸外へと歩き出た。しかし翌朝、朝食の後でもっと寛容な気持ちになり、戻ってきた。ちょうど医者が立ち去るところだった。「名裁判官(86)が裁きにいらっしゃったのです」医者は断言した。「私は全くもって、彼女が救ったのだと信じています。二週間もすれば起き上がることができるでしょう」

ヒューバートは、この奇跡を起こした後でノラがキース夫人のもとに戻ったことを知った。彼女がどのような秘策を用いたのか、彼には想像するしかなかった。いまだに、至上の喜びを寸前で逃したことが甚だしく残念だった。しかし、その喜びをつかむ時間はまだあるかもしれない。それに、ノラの神秘的発露の残照を一目見たいという切迫した欲求も感じていた。若い娘と二人きりで会えることを期待してキース夫人の住居に赴いた。しかし折もよく、年長の女性が客間に陣取っていて、彼女が早々に、ノラは「見守り」で疲れていてまだ自室から出ていないと告げた。そこでヒューバートが陰うつとしていたとすれば、キース夫人は嬉々としていた。今こそ、彼女が約束の説教をする好機だった。彼女は見事な一節を添える事実をちょうど手に入れたところだったのだ。

「私のことをお節介な世話やきだと思うでしょうね」彼女は言った。「私自身は自分のことを慎み深さのお手本だと思っているのですが。ノラに恋をしているのかどうか、簡潔に答えてちょうだい」

このように唐突に課題を突き付けられて、ヒューバートは一瞬、戦慄を覚えたが、平静を保った。瞬時に状況を測定し、状況は悪いと判断した。しかし、英雄的な洗練された振る舞いが救ってくれるかもしれないのなら、洗練された振る舞いをしようではないか。「到底、簡潔に答えることができるご質問ではありません」彼は明るい笑みを浮かべて答えた。「あなたに教えていただきたいくらいです！」

「そう」キース夫人は言った。「もうご自分で分かっていらっしゃるように思います。せめて彼女と結婚する覚悟があるか、教えてくださる?」

ヒューバートはほんの一瞬、躊躇した。「もちろん、ありません——彼女に恋をしているのか確信がないのですから!」

「では、あなたの気持ちが定まるのはいつなの? そしてその間、哀れなノラはどうなるのかしら?」

「それはキース夫人、ノラが待つことができるなら、あなたもきっと待つことができるでしょう」洗練された振る舞いが必要なのは彼だけではないようだ。

「ノラが待つことができる、ですって? 簡単におっしゃる。若い女性は美しい音を求めて試しにかき鳴らされるピアノのようなものですか? ああ、ローレンスさん、私が男性の身勝手さをこれほどに危ぶんだことがあったでしょうか! この件があなたにとってどのようなものであったかは、あなたが一番よくご存知でしょう。でも、ノラにとっては深刻なことだったのです」この言葉を聞いて、ヒューバートは片手で神経質に髪をすくと、窓の方に歩いて行った。「哀れな気取り屋!」キース夫人は独り言を言った。「聞く耳を持っているのはこの人の虚栄心だけ。地獄耳に違いない! もしノラに何不自由のない結婚を申し込むことができないのなら」彼女は続けて言った。「あなたに出る幕はありません。引き下がりなさい。静かに、すばやく、慎ましく。ノラは私にお任せなさい。私が傷を癒します。有益な傷だったことにしてみせます」

ヒューバートは、この威圧的な口調が脅しを意味しているということ、そして夫人が型どおりに話をしているということを感じ取った。虚栄心が疼いたが、分別が息を吹き返した。この二週間、クローゼットにしまい込まれていたのだ。彼は証人がいないことに感謝した。今回だけはキース夫人から教訓を授かってもいいだろう。彼はしばらく沈黙し、うつむいて考え込んだ。それから突然顔を上げて、潔く自分の行いが招いた報いを受け止めた。「キース夫人」彼は言った。「あなたはぼくに手を貸してくださった。心から感謝します。ぼくは思っていたよりも先に進んでしまった。認めます。ぼくは利己的でつまらない、あなたが非難されるとおりの人間です。言い訳をさせていただけるなら、原因はひとえにノラの愛らしさです。そのためにぼくはばかな真似をしてしまいました。良識の世界に生きているということを忘れてしまっていたのです」そう言うと、雄々しく帽子を手に取った。

キース夫人は、ちょっとした「騒ぎ」を覚悟していた。当てが外れて当惑したが、簡単に勝利を収めたことで調子づいた。それに彼女は、上の階にいる若い娘のことも考えた。輝く髪を櫛でとかしながら、姿見の中に良識など見てはいないだろう。彼女は重砲を前面に引きずり出していた。彼女は放つ決心をした。これほどの美徳に対して、彼女がこれほどに敬意を抱けなかったことは初めてだった。一瞬、室内用ドレスの蝶結びをもてあそんだ。「大変謙遜していただいたことに感謝しますよ」彼女は言った。「あなたを怖がることになる予定だったので、とても大きな途方もない事実の後ろに身を隠していたことにお気づきでしたかしら？　私は昨夜、ニューヨークからおいでのチャタートン夫人に会いました。ご存知のように大変おしゃべりな方ですが、的を射た話をなさいます。ある若いご婦人とあなたの婚約の話をなさったのです。黒い瞳の方ですわ――お名前を言いましょうか？」彼女が名前を言う必要はなかった。ヒューバートは顔を赤くし、青い目から冷たい怒りを発して彼女の前に立った。しばらく沈黙した後で、蔑むように彼女の前で指を振った。「困った方だ」彼は叫んだ。「ひどい趣味をお持ちだ！　あなたは気前よく振る舞ったのだろう。ぼくはそれに値するらしい」こう言うと、さっと頭を下げて立ち去った。

キース夫人は、このとどめの一振りを後悔した。事実上、ノラがこの若者の不興の犠牲者になってしまうことが分かった時には、一層後悔した。四日間、彼からは何の音沙汰もなかった。ノラは彼の不在を彼女なりに解釈しなければならなかった。ロジャーの回復さえも彼女を慰めはしなかった。ついに、二人の女性が昼食をとっている時、彼の挨拶状が持ち込まれた。「暇乞い」(87)と表書きされていた。ノラは黙って読むと、しばらくの間、悲しげなまなざしで目の前の相手を見つめた。「この件で私が感謝しなければならないのはあなたですか?」とでも問いかけているかのようだった。抗議の言葉がノラの口からほとばしり出そうになったが封印された。たとえ彼女の友人がヒューバートの離脱に関係していたとしても、その奇妙な唐突さには奇妙な動機があったものと思い至ったからである。彼女は食事に専念しているふりをした。しかし、自制心は急速に萎えていった。彼女は静かに立ち上がると自室に退いた。残されたキース夫人は羊肉料理を食べながら、若い女性が受けた苦しみと、全く何もないよりは残酷な影響をもたらそうと考える男の計り知れない利己主義について考え、道徳的教訓を汲み取ろうとしていた。この後一週間、ノラはひどく体調を崩した。病床を離れたその日に、ヒューバートから短信が届いた。

ニューヨークにて

親愛なるノラ

ぼくからの便りを待っていたことだろう。しかし、ぼくはこれまで書かなかった。自分が望むようには書けないし、他人が望むようには書きたくないからだ! ぼくは突然ボストンを離れたが、よく考えずにそうしたのではない。当面、ここに住むつもりだ。ぼくがそちらで過ごした一か月は、ぼくの人生で最良の思い出の一つになるだろう。しかし、終わるべき時に終わった! ぼくのことを少しは覚えていてほしい――何と言えばよいのだろう? ――ぼくのことは忘れてくれ! さようなら! 今朝医者から、ロジャーの体調がよくなっているとの知らせを受けた。

ノラはこの手紙を、古代の敬虔な乙女がデルポイの神託(88)の使者をもてなす時はこのようであったろうと、人が想像に描くような様子で扱った。あいまいで、不吉でさえあった。しかし、神聖なほの暗さの奥深くに、燃えさかる真理の粒子が輝いているように思われた。彼女は手紙を化粧道具入れにしまうと鍵をかけ、考え、待った。程なくして趣の異なる信書が届いた。彼女のいとこ、ジョージ・フェントンからのもので、同じくニューヨークから出されていた。

親愛なるノラ

ぼくは君の帰国を新聞を通じて知るしかなかったよ。一か月前、汽船の乗船者リストの中に君の名前を見つけた。だが、君が素晴らしい人や物に出会ったからといって、君の心からぼくが完全には追い出されていないことを願う——少なくともぼくが誰であるかは覚えていてほしい。昨年二月に出したぼくの手紙に対する君の返信を受け取った。その後すぐに手紙を書いたのだが、無駄だったようだ！　君はぼくの手紙を結局受け取っていないかもしれない。君のイタリアの住所を解読するのがやっとだったのだ。ぼくの学のなさを許してくれ！　君の写真はいつも喜びをもたらしてくれる。君は本当にあんなに立派になったのかい？　君が以前どれほどきれいだったかを知っている人間にとっても信じがたい。それに君が今もとても善良に違いないということも分かっているよ。この前の手紙で、ぼくがくず鉄を再利用する会社の株式を手に入れたことを知らせた。でも、君にとってはくず鉄なんかどうでもいいことだろうね？　ひどく汚くて、君みたいな立派な女性との話題としてはふさわしくない。それでも、鉄の切れ端——古鍵や古釘なんか——があれば、どんな小さな寄付もありがたく受け取るよ！　ぼくたちはそこに金脈があると思っている。そうでなかったら、ぼくはまたさすらうことになる。この事業に失敗したらテキサスに行こうと思っている。まずは君に会えるといいな。ローレンス氏に頼んで、一週間ほどニューヨークに連れて来てもらったらどうだろう。昼間に君を訪ねることはよい考えとは思えない。でも、君のホテルの周りをぶらついて、君が出入りするのを見ることはできるだろう。ローレンス氏は相変わらず、ぼくのことが大好きなのかい？　気の毒な人だ。気楽にやろう、と彼に伝えてくれ。ぼくは二度と彼を困らせることはないだろう。豪華な生活の只中で、君はいまだに孤独なのかい？　周りの人間が、結局のところ、君とは違う種類の人間だと感じることはないかい？　君には彼らと意見を戦わせてほしい。一日くらいは友のない孤独や自由を経験してほしい。そうすれば、ここニューヨークで、ちりまみれの鉄置き場に、君の本来の保護者である哀れな男がいるってことを君が思い出してくれるかもしれないからね。

第八章

ロジャーは順調に回復していた。ある朝、元に戻りつつある感覚と戯れながら気持ちよく横たわっていると、陽光の中、一人の女性が窓辺に座っていることに気がついた。本を読んでいるようだった。ロジャーは漠然とルシンダだと思った。しかしやがて、ルシンダは読書が大好きというわけでもなければ、陽光を浴びているルシンダの豊かな髪が女王の冠のような形にまとめられているわけでもないことに思い至った。彼女は幻ではなかった。彼の視野は暗く乱れていたのだが、この姿はまばゆくて揺るぎなかった。目を半ば閉じたまま、気だるそうに、まぶたの隙間からその女性を見た。その時、少年時代の記憶の中から、「アラビアン・ナイト」[89]の楽しい記憶がぼんやりとよみがえった。その部屋は秋の陽光で金色に輝き、五色に彩られた宮廷婦人の個室のように見えた。自分自身も、麝香が漂うクッションにもたれかかる物憂いペルシャ人であるように思えた。そして窓辺の美しい女性は、シェヘラザードかバドゥーラ姫[90]のようだった。彼はしっかりと目を閉じ、小さなうめき声を上げた。この女性が動くかどうか知りたかったのだ。両目を開けると、女性は動いていた。ベッド近くに立って彼を見つめていたのである。しばらくの間、彼の混乱した凝視は、この女性が作り話のように美しいということ以外、何も教えてくれなかった。彼女は微笑み続けたが、しばらくすると、彼が当惑して見つめるだけだったので顔を赤らめた。その様子は、バドゥーラ姫でもシェヘラザードでもなく、ノラのようだった。この時以後、彼女がいつもそばにいることが、彼の回復には欠かせなくなった。体力をつける以外のことは禁じられていた長く空虚な時間は、彼女の美しさを思うことで満たされた。時々彼は、この印象は、激しい欲求を抱えた男にありがちな楽観主義にすぎないのだろうかと考えた。そのような時、彼はルシンダに疑問を投げかけ、そのルシンダは頭を振ると、年配者らしく茶目っ気たっぷりに含み笑いをしたものだった。「元気になるまでお待ちになって、ご自分でご判断なさいませ」彼女はこのようにも言った。「キース夫人のお住まいに行って、あの女性をお訪ねなさいませ。その後であなたのお考えを私に教えてください」彼は胸を高鳴らせながら回復していった。幸せに直面することこそが恐ろしくなって、彼はずっと回復期のままでありたいと思ったことだろう。しかしついにある日曜日、室内用ガウンを脱ぎ捨てると、起き上がり、衣服をまとい、気持ちを落ち着けた。この努力はもちろん食欲を旺盛にしたので、彼は精力的に昼食に取り組んだ。ちょうど食べ終わって、小卓がまだ肘掛け椅子の近くに置かれている時にノラが現れた。教会に行った後で、教会からの長い道のりを歩いてきたところだった。初冬にふさわしい暗色の贅沢な服を着ていた。美しい女性たちには大層似合うのである。しかし顔には活気がなかった。青ざめ、疲れていた。ロジャーがそう伝えると、礼拝のせいで頭痛がするのだと言った。頭痛を和らげるため、威勢よく闇雲に出発し、道を間違え、あちらへこちらへとさまよったのだ。とはいえ彼女はそこにいた。無事に元気にお腹を空かせて。彼女はロジャーの昼食の分け前にあずかりたいと頼み、ボンネットを脱ぐや、彼の食卓で惜しみなく供せられた。彼女は大いにむさぼるように食べ、自分の食欲について軽口をたたいたりしているうちに、顔色もよくなっていった。ロジャーは椅子の背にもたれ、彼女を見つめ、ヤマウズラの料理を切り分け、あれこれと差し出してやった。要するに恋に落ちていたのだ。これは全く備えていなかったかのように自然に起きた。彼女の美しさが一晩で花開いたとすれば、彼の情熱も一日で花開いたのである。やがて彼女はフォークを置いて椅子に深く座ると、腕を組み、親しみの込もった、深い意味はないが満足そうな微笑みを浮かべて彼に向き合った後、コップを持ち上げると、頭をのけぞらせ、白い喉元を見せると、コップの縁越しに彼をちらっと見た。その間彼は、指輪のないふくよかな手と、曲げられた小指とに目を留め、自分が再び元気になったと感じた。彼女は、化粧台の上の道具類や、炉棚の上の雑多な小物に何となく触れながら、部屋を歩き回った。彼女のドレスからは当時流行の輪飾りや花綱飾りが外されていた。その裾が衣擦れの音をさせながら絨毯の上を引かれていく様子は壮麗で淑女然としており、この自宅訪問の価値を高めるように思われた。「あちこちにうっすらとほこりがかかっています」彼女は言った。「もっと早く戻ってくるべきでした。あなたが招いてくれるのを待っていたのです。でもその気がないようだから、自分で自分を招きます」

ロジャーは一瞬、何も言わなかった。それから顔を赤らめて言った。「君を招くつもりはない。君に居てほしくないんだ」

ノラは目を丸くした。「居てほしくない、ですって？　理由を教えて！[91]」

「君には客人として居てほしい。でも――」こう言うと彼は口ごもった。

「住人としてではないのね？」彼女は快活に受け止めた。「私を追い出すの？」

「いや。君を引き取りたくないんだ――もうしばらくは。理由があるんだよ」

ノラは考えながら、まだ微笑んでいた。「私に天使ほどの忍耐力がなかったら」彼女は言った。「とても薄情だと思うでしょうね。理由を言っていただけませんか？」

「今はだめだ」彼は答えた。「でも心配はいらない。時が来ればすべて丸く収まるのだから！」しかし数日後、その理由をキース夫人には打ち明けた。夫人が午後遅くに快気祝いに訪れた時のことである。彼女はほとんど姉のような愛想のよさを披露し、それはいまだにたゆたう媚態の香辛料によって高められていた。しかし彼にはどういうわけか、彼女が口を開くと、まるで彼女が老女で、自分はいまだに若者であるかのように感じられた。二人がずっと恋愛関係にあるというのが風評のようだった。「ノラが伝えると思いますが」彼は言った。「彼女をもう少しあなたのところに置いていただきたいのです。あなたに対するぼくの敬意を示すこの上ない証です。というのも、ぼくは彼女に恋をしているのですから」

「あら！」彼女は叫んだ。「これは興味深い」

「彼女には自分の意志でぼくを受け入れてほしいのです。他の誰かを受け入れる場合と同じように。そのためには、ぼくは私事一切において彼女の後見人であることをやめなければなりません」

「彼女自身、被後見人の立場にあることを忘れなければなりません。もしあなた方二人の間に何か感傷的なものが生じる可能性があるのなら――少なくとも忘れかけていなければ。率直に言わせていただくと」彼女は続けた。この言葉にロジャーは少し顔をしかめた。というのも、彼女が率直になるということは、多少辛辣になるということだと知っていたからである。「あなたが彼女に恋をするのはもっともです。あなたが最初ではありません。怖がらないで。あなたにも可能性は十分にあるのですから。肝心なのは、彼女がほんの少しでもあなたに恋をするということです」

彼は物悲しく謙虚な様子で頭を振った。「それは期待していません。少しはぼくのことを愛してほしいですが、ぼくには彼女の想像力に訴えるものがありません。状況はどうしようもなく不利です。彼女が恋に落ちるとすれば、ぼくとは可能な限り似ていない男にでしょう。それでも、彼女が労せずに、ぼくを夫と考えるようになってくれることを強く望みます。ぼくの望みは」彼は訴えるような目で叫んだ。「彼女がそうすることが適切だと何となく思ってくれることなのです。結局のところ、彼女にとってぼくのような夫になれる者がいるでしょうか？　ぼくは美男子でもなければ賢くもない、才能豊かでもないし、著名でもない。

彼女は幾多のそのような男たちの中から選ぶことができるでしょう。確かに彼らは素晴らしい恋人になるでしょう。しかし、いいですか、『夫』ですよ、夫。それが問題なのです！」こう言うと、彼は拳で膝をたたいた。「彼らは、ぼくがしてきたように彼女を理解し、彼女を見つめてきましたか？　彼らの数か月は、ぼくの年月と比べればどれほどのものでしょう？　彼らの誓いなんて、ぼくが行ってきたことに比べればどれほどのものですか？　キース夫人！」――そう言うと、証人として召喚するかのように、彼女の片手を握りしめた――「ぼくは彼女を幸せにすると誓います。あなたが言いたいことは分かります――女性の幸せは、想像力が手を貸さなければ何の価値もないということでしょう。そうですね、恋人としてもぼくは絶望的ではないかもしれません！　それに率直に言って、他の条件が同等なら、ノラには貧しい男とは結婚してほしくありません」

キース夫人がこの言葉が暗示することについて口を出した。「では、あなたは裕福な男というわけですね？」

ロジャーはハンカチを折りたたみ、意味深にためらいながら膝を軽くたたいた。「ええ、ぼくは裕福です――そう言ってよいでしょう。ぼくは裕福です！」彼は熱意を込めて繰り返した。「ぼくはやっとこう言えるのです」一瞬の間を置いた後、図らずも皮肉な調子で言った――「あなたがぼくの求婚を断った時、まんざら乞食というわけではなかったのです。あの時以来、これまでの六年間、貯蓄し、節約し、計算してきました。決意がぼくの知力を磨き、運もまた味方してくれました。多少の投機をし、株を取り引きしてあれこれと動かし、今は妻となる人にかなりの財産を差し出すことができます。とても静かに進めてきたので世間の人は知りません。しかしノラが、その気があれば見せてくれるでしょう！」キース夫人は顔を赤らめて考え込んだ。遅まきの後知恵に没頭していたのだ。「こんな風にあなたと話をしていることが奇妙に思えます」ロジャーは続けた。このように自分の軌跡を略述したことで陽気になっていた。「P――からお送りした私の手紙を覚えていらっしゃいますか」

「激怒して破り捨ててはおりません」彼女は答えた。「先日、偶然に見つけました」

「とても奇妙ですよね、ぼくがあれを書いたなんて」ロジャーは認めた。「ですが、誓いを銘記しておきたいという願望が突然わき起こった時、友人が必要でした。親友としてあなたを頼ったのです」キース夫人は一度うなずいてこの栄誉に応えた。かつて自分は間違いを犯したのだろうか？　彼女はすぐに、ノラには同じ過ちを繰り返させまいと決意した。友人の家を出る時の夫人の握手は鷹揚だった。彼女を当てにしてよいと請け合ってくれたように思われた。

　それから程なくしてロジャーが夫人の客間に登場した時、夫人はどのように事を運べばよいのか、たくさんの心得を授けた。しかし、彼の行動の遅さに夫人はいらだった。彼は慎重すぎたのだ。彼がこの駆け引きに加わるのは夜だけだった。日中はノラの自由にさせてやり、総じて、単に感受性が豊かな他人と同じ程度にしか傾注しなかった。観客にとっては、若い娘と彼との現在の関係は多少不可解だった。とはいえキース夫人は、ハムレットが言うところの「ほのめかすような言い回し」[92]どころではなく、二人の関係に関わる期待を大いに周囲に広めた。ロジャーは何度となく、ノラが彼の真意に思い至ったかどうか考えた。時々、彼女には、感傷のお化けを追い払う必要から生まれたような、ある種の神経質な気まぐれが見られるような気がした。そしてもちろん彼は、このよそよそしさが必要となった原因を明らかにしようと努力した。彼女と言葉を交わすことはこれまでのところはほとんどなかったし、他の人との会話に口を挟むことも決してなかった。しかし、彼女をあらゆるところから一心に見守り、彼女の言葉をざわめきの中から聞き分けた。時々彼女は、何かを伝えようとするかのように彼を見た。彼女は何を自分に伝えたいというのだろう？　推察を試みて、ロジャーは彼女が恋をしているという結論に至った。しかし、突き止めようと手を尽くしても、彼女の恋の相手は見つからなかった。居合わせている人間ではなかった。居合わせている者たちはみんな同様に、弾を無駄にしていた。その敵は、出し抜いた上に、砦の奥深くに隠されてしまったのだ。彼は取り乱したようにキース夫人に訴えた。「恋の病——恋の病という言葉に尽きます」彼はうめいた。「それについては、詩人の言葉を読んでずっと知っていましたが、今は現実です。哀れな少女は自分の役割をきちんと果たしています。しっかりとねじを巻き上げています。ですが今にばねははじけ飛び、時計は止まってしまうでしょう。なんてやつだ！　こうして座って見ているよりも、その男が彼女を連れ去ってしまう方がましです」彼は友人が厄介な情報を持っていることを察知した。「全部話してください」彼は言った。「隠すことはありません」

「とうとうお気づきになったのですね」彼女は答えた。「お気づきになるのではないかと恐れていました。そう！　その人は身近にいます。よく考えてみてください。見当がつきませんか？　ローレンスさん、あなたは神々しいほど単純ね。あなたのいとこのヒューバートはそうではないわ」

「ヒューバート！」ロジャーは目を見開いておうむ返しに繰り返した。顔がひきつり、目がきらりと光った。やがて彼はうなだれた。「ああ、何ということだ」彼は言った。「ぼくはすべてをヒューバートのためにしてきたのでしょうか？」

「そんなことにはなりません！」キース夫人が鋭く叫んだ。「彼女はあなたと結婚しないかもしれません。ですが、まかり間違っても、彼とは結婚させません！」

ロジャーは片手を夫人の腕に置いた。その手は最初は重々しかったが、やがて優しげになった。「ああ、彼女は幸せにならなければなりません、どんな犠牲を払っても。ヒューバートを愛しているのなら、彼と結婚しなければなりません。私は収入面を整えましょう！」

キース夫人は彼の手の甲を扇で強くたたいた。「うわ言は片付けておしまいなさい！　ご自分のお金は手元にしっかり持っておいて、ノラ嬢と結婚するのです。私にお任せなさい！　あなたがご自分の権利を尊重せずとも、少なくとも私は尊重します」

「権利？　ぼくが何の権利を持っているというのです？　ぼくは彼女を放っておけばよかったのかもしれません。こんなひどい形で彼女の人生を定める必要はなかったのです。だがヒューバートは幸せな男です！　彼は知っているのですか？　あなたが彼に手紙を書いてくれますね。ぼくにはできません！」

キース夫人は響き渡るように笑い始めた。「知っているか、ですって？　あなたには驚きます！　電報で知らせた方がよいのかしら？」

ロジャーは目を見張り、顔をしかめた。「では、彼は感づいているというわけですか？」

キース夫人は目を丸くした。「それでは」彼女は言った。「最初から始めましょう。あなたのいとこの話をしようとすれば、底知れない淵をのぞき込むことになります。その淵には大したものは入っていません。本当です。でも深い淵です。あなたのいとこはペテン師です、まさしく。失礼を承知で言わせていただきますよ。彼はもちろん、ノラに関わるあなたの計画を知っていたのでしょう？」ロジャーはうなずいた。「もちろん彼は知っていました！　ですから、あなたの力が全く及ばない間に、思い切ってやってみたのです。彼は迅速でした。そして、ノラが彼に恋をしているとすれば、その理由は彼が知っています。彼には、自分が彼女と結婚できないこと、結婚するべきでもなく、結婚するつもりもないことが分かっていました。それでも彼女に求愛したのです。暇つぶしのために。愉快に、やがて時間が過ぎ去りました。もちろん私は用心していなければなりませんでした。そこで、事の成り行きを知るやいなや口を出しました。それも適切に口を出したのです。彼はペテン師ですが愚かな人間ではありません。彼にはそれで十分でした。彼は言い訳をしましたが、つまらない言い訳でしたよ！　彼のことをどのように捉えればよいか、いずれ私にも分かるでしょう」

ロジャーは悲しそうに首を振った。「残念ながら、それほど簡単に解決することではありません。おっしゃるように、ヒューバートは深淵です。深さを測り得たことは一度もありません。それでも、二人がお互いを愛しているという事実に変わりはないのです。つらいですが決定的です」

キース夫人は我慢できなくなった。「勇敢に振る舞おうとしないで。あなたがだめになりますよ」彼女は叫んだ。「あなたは男性としては最高の方ですが、結局のところ人間です。そもそもヒューバートは彼女を愛していません。彼が愛するのは自分自身だけです。ノラは自分の幸せを、最良の女性たちがこれまでに見出してきたようなところ、つまり、健全で良識ある結婚の中に見出さなければなりません。彼女にヒューバートと結婚することはできません。彼は別の人と婚約しているのですから。そう、私はその事実をつかんでいます。ニューヨーク在住の若い女性で、ここ数年、彼と断続的にお付き合いしているのですが、彼女の方で彼を手放すつもりはありません。彼女には楽しんでほしいものです！　彼を哀れむ必要はありません。彼女はノラではありませんが、彼のことが大好きですし、お金も十分に手にすることになります。ですからヒューバートのことはお忘れなさい。あなたの方では難局を打開するのです！　彼女は今、少し感傷的になっています。でもあの年頃はどのような感傷も似たようなものです。それにね、あの娘には良心があるはずなのです。それを示す機会を与えましょう。賢者は一を聞いて十を知る、と言うでしょう！」

このように促されて、ロジャーは行動することにした。翌日は日曜日だった。女性たちが教会にいる間に、二人の客間に陣取った。ノラが一人で入ってきた。キース夫人は口実を作って自室に上がり、厳かに待機した。「お会いできてうれしいわ」ノラが言った。「あなたととても話がしたいと思っていました。私の観察期間は終わっていないの？　まだ戻ってはいけないの？」

「その件で」彼は答えた。「君と話をしに来た。観察期間はぼく自身を観察するためのものだった。十分な長さだっただろうか？　まだぼくを愛してくれているかい？　ぼくのところに戻ってきてほしい――戻ってきてくれないか、妻として」

彼女は、彼が話すのを、澄んだ落ち着いた瞳で一心に見つめていたが、最後の言葉を聞いて吹き出すと、思い切り笑い始めた。しかし彼の顔が真剣そのものだったので、次第に顔が赤らみ、笑いも止まった。「あなたの妻ですって、ロジャー？」彼女は優しく尋ねた。

「ぼくの妻だ。プロポーズしているのだよ。愛するノラ、そんなに信じられないことかい？」

彼の究極の真意に対して、どういうわけか彼女の耳はなおも閉ざされていた。まだ冗談として捉えていたのだ。「それが、私たちが一緒に住むための唯一の条件なの？」彼女は尋ねた。

「唯一だ――ぼくにとっては！」

彼女は彼を見て目を合わせ、なおも考えを探ろうとしていた。すると彼の情熱は、なおも情け深いままではあったが、彼女の率直な疑念を前にしてたじろいだ。「ああ」彼女は微笑みながら言った。「大人になることはなんて残念なことなのかしら！」

「そう」彼は言った。「君が成長したので、それを最大限に生かさなければならない。考えてみて、ノラ、考えてみてくれ。ぼくはそれほど年を取ってはいない。ぼくたちが出会った時、ぼくは若かった。君はぼくのことをよく知っている。君は心安らかでいられるだろう。この提案は物事をずっと簡単にしてくれるのだよ。少なくとも考えてみる価値はある」ひたすら優しさを求めて、このような哀愁を帯びた調子で彼は続けた。「奇妙に思えるに違いない。しかし、ぼくはこの結婚を提案する！」

ノラはショックでほとんど愕然としていた。このように恋人として奇妙に新しく登場してきたことで、彼女には、彼が友人としての輝きを失ったように感じられた。彼女の恋がうまくいっていない今、彼女は強く友情を必要としているというのに。彼女は当惑してしばらく黙っていた。「ロジャー」やがて答えた。「昔と同じようにあなたを愛させてほしいの。なぜ変わる必要があるの？　昔のままであることほど、幸福で心安らかなことはありません。お申し出に心から感謝します。あなたはすでにあまりにも多くを私に与えてくださいました。どなたでも気に入った女性と結婚してください。私はその方の侍女になります」

彼は彼女と目を合わせることができなかった。彼は自分の運命を自分で育て上げてきたのだ。機械的に帽子を取り上げ、無言で向きを変えた。彼女はすぐに、よく分からないままに彼を見た。それからこれほど唐突に別れるのは嫌だったので、彼の首に腕を巻きつけた。「私のことを薄情だと思わないわね？」彼女は言った。「この世であなたのためにできることは何だってするのだから」――「あのこと以外は」という言葉は口に出されなかったものの、ロジャーには聞こえた。長年の夢が打ち砕かれた。吐き気がした。口もきけなかった。「私を許してくれるわね？」彼女は続けた。「ああ、ロジャー、ロジャー！」そう言うと、愛情から生じる奇妙な矛盾だったが、頭を彼の肩にもたせかけた。彼は一瞬、抱いてきた希望と同じくらいしっかりと彼女を抱き、その後で、その希望を断念した時と同じくらい突然に彼女を放した。彼女が気づいた時には彼は立ち去っていた。

ノラは長く息を吸った。すべてがあまりにも急に去来したので当惑していた。これが「時機」と呼ばれるものだったのだ。つかんでいたらどうなっただろうか？　彼女は自分が賢明だったと考えて、安堵のようなものを感じた。自分が残酷であったとは思いもしなかった。窓から、ロジャーが通りを横切り、日の当たる坂道を上っていくのを見つめた。ノラが見ている時、二人の女性が彼のそばを通り過ぎた。友人だった。しかし彼は会釈をしなかった。突然、ノラの考えが深まり、この光景が不吉な意味を持った。自分が間違いを犯したとすれば、恐ろしい間違いを犯したのだ。彼女にはそのことを考える勇気がなかった。自室に上がって自分に向き合おうとした。玄関ホールを通り過ぎる時、キース夫人が開いたドアのところにいるのに気がついた。夫人は片腕を彼女の腰に回して部屋の中に引き入れ、明るい方に連れて行った。「何かあったのね」好奇心いっぱいに彼女を見ながら言った。

「ええ、結婚を申し込まれました。ロジャーから」

「そう、それで?」キース夫人は彼女の表情に困惑した。

「優しい方でしょう? それが必要だと思うなんて! すぐに解決しました」

「解決した、ですって? どのように?」

「それは――それは――」そう言うと、ノラは一層決然とした様子で微笑み始めた。想像力が警告したのだ。「お断りしました」

キース夫人は、ほとんど悲劇的とでも言えるような身ぶりで彼女を放した。「お断りした? 困った娘ね!」この言葉は発言者の利害を超えた憤りを帯びており、この発言者にはとても珍しいことだったので、ノラの良心が暗示を汲み取った。

彼女は真っ青になった。「私は何をしたのでしょうか?」彼女は懇願するように尋ねた。

「何をしたか、ですって? あなたは向こう見ずで残酷な行為をしたのです! 少しお待ちなさい」そう言うと、キース夫人は急いで引出しを探り、開かれた手紙を持って振り返った。「それを読んで反省なさい」

ノラは手紙を手に取った。古く、もろくなっていて、インクもあせていた。日付に目を走らせた――ノラが学校に入った最初の年だった。一瞬にして最後の文章まで読んでしまった。「完璧な妻を得ることができない場合は、私自身の責任です」もう一瞬後には、その重い意味が彼女を打ちのめした。その決定的な閃光が、これまでの長い年月を照らし出した。彼女は、ロジャーの、うなだれて茫然自失した頭を通りに見た気がした。キース夫人は自分の所業が怖くなった。ノラは手紙を落とし、目を見開き、口を開けて、真っ青な顔で立ちつくしていた。哀れな若い顔は恐怖で生気を失っていた。

第九章

ノラは後年、あの日曜日の午後をいかにしてやり過ごしたのかしらと、何度も思い返した。驚愕と悲嘆の渦を経た後でようやく、決意、啓示、行動に及んだ。キース夫人の、償いのために愛撫しようとするかのような漠然とした試みから免れ、半ば盲目的に自室に向かうと、座り込み、自分の苦悩に真っ向から向き合った。ここで確かに、晴れ渡った空から雷鳴がとどろいた。友人の打ち明け話が次第に大きくなって全容を現すまでには時間を要した。彼女は一時間ほど、半ば呆然と座っていたが、その間それが天高く登り、何か破滅をもたらす巨大な太陽のように自分を睨め付けるのを見ているようだった。やがて彼女は泣き始め、涙を流した。途方もなく大きな苦痛が心臓をほとばしり抜け、むせび泣きとなって外に出た。物事の見え方が丸っきり、ぞっとするほど変わってしまった。突然、彼女の無垢な過去に恐怖が出現して影を投げかけ、未来を空虚な闇に変えたかのようだった。残酷に欺かれ、傷つけられたように感じた。不当に扱われたという感覚が、差し当たり、不当な扱いをしたという考えを飲み込んだ。彼女には憤慨する強さはなかったが、繊細な怒りはあふれんばかりに感じていた。ロジャーが、これまでずっとただただ素朴な慈善家だと思っていたロジャーが、私利私欲を隠し持つ二面性のある人物で、一役買って画策したに違いないということ、そして自分は闇の中で、幻と偽りを糧に生きてきたということ、これらすべてが耐えがたかった。最も耐えがたかったのは、真に忠実である機会を奪われてきたということとだった。なぜ彼は彼女が鎖に繋がれているということを教えなかったのか？　なぜ、彼女を連れ帰った時、条件を並べ上げて契約を結ばなかったのか？　彼女は約定どおりに契約を守っただろうに。彼の妻となるべく、修練しただろうに。そうであれば義務は義務だっただろう。感情は感情だっただろう。彼女の青春がこれほどみじめに空費されることはなかっただろう。頃合いよく自分の心をあきらめたことだろう。おそらく、良識にかない納得のいく鼓動の仕方を身に付けたことだろう。しかし今はもう、彼女の心はもっと美しい音楽に打ち震えてしまった。その旋律は彼女の両耳に永遠に響き続けるだろう。しかし、彼女の良心が行ったかもしれないことについて考えると、良心が今でも行うかもしれないことを彼女に考えさせた。彼女が苦しみの中で身をよじり、激しく問い続けていたところに、キース夫人がドアをノックした。ノラは化粧鏡の方を向いて涙の跡をぬぐった。そこに立っていると、開いた化粧道具入れの中に入ったいとこからの最近の手紙が目に入った。それは、彼女が漠然と求めていた救いの手を差し伸べていた。部屋を横切ってドアを開けた時には、彼女はこの救いの手をありがたく迎え入れていた。そして、キース夫人が穏やかながらも切迫した様子で発した、「ねえノラ、あなたのそばにいさせてくれない？」という言葉に対して重々しく頭を振った時には、その救いを情熱的に自分の手中に収めていた。「一人でいたいのです」彼女は言った。「ですが、ありがとうございます」

六時を回っていた。キース夫人は夜の外出のために盛装していた。毎週日曜日に義母と夕食を共にすることが彼女の優雅な習慣になっていた。そのためノラには、もし友人がこの放免通告を受け入れたら、数時間は一人きりになれることが分かっていた。

「私にできることはないの？」キース夫人はなだめるように尋ねた。

「ありません。ご親切にありがとうございます」

キース夫人は彼女を見て、これは痛烈な悲しみからくる皮肉だろうかと考えた。しかし、この少女の顔に浮かんだある種の冷ややかな静かさは動揺の上にあるものなので、彼女が賢明な決意をしたことを暗示しているように思われた。そして実際、ノラは今や決意の翼に乗って崇高な高みへと舞い上がろうとしているところだったので、キース夫人がもたらした不快な事実も瑣末なものとみなした。キース夫人が彼女の両手を取った。「彼に一筆お書きなさいね」彼女は優しく促した。

ノラはうなずいた。「はい、一筆書きます」

「でしたら、私が戻ったら、すべて終わっていますね？」

「はい――すべて」

「それでは、神の祝福を祈ります[93]」この神学的な挨拶の後に、二人の女性はキスをして別れた。ノラは化粧道具入れのところに戻っていとこの手紙を読み返した。手紙は明らかに友情に満ちていて、慣れ親しんだ調和のすさまじい静寂の中で、耳に聞こえてくるほどに鳴り響いているように思われた。「君には一日くらいは友情[94]や自由を経験してほしい――君の本来の保護者である哀れな男より」これは実に、自然の声、宿命から生じる優しい声だった。いとこがその場にいれば、ノラはその両腕に身を投げかけただろう。彼女は書き物机の前に座り、両手で頭を抱えて、激しい決意に目まいを覚えながら、考えるために気持ちを落ち着かせた。自由に満ちた一日がついにやって来た。自由に満ちた一生が目の前に迫っていた。というのも、読者も推測されるように、直ちに退いてその場を離れることが容赦なく迫られていたのだ。それが実行されなければ、もっと深刻な問題が生じるだけだろう。これまでの関係では解決はあり得ない。彼女がロジャーと再び言葉を交わすことがあるとすれば、完全な独立を得てからである。あのような息苦しい施し物は振り捨てなければならない。彼女を買収して奉仕させるためのものだったが、彼女は実にみじめにも、その務めを果たすことができなかった。その失敗をもはや問題にする気はなかったし、自分の決意を考え直す気力もなかった。もしこれらが妥当性を欠いているようであれば、私の語り方が下手だったということになる。過ちの根源はもっと深いところに、彼女が朝に拒絶の言葉を発するよりもずっと以前にさかのぼったところにあった。ロジャーと彼女はその失敗を二人で分かち合っていたが、二人にとって重荷になっていた。

彼女はキース夫人に約束したとおりに「一筆」書いた。すばやく書き、書き改めることもしなかった。その後で別にキース夫人にも書くと、折りたたみ、宛名を書いて自分の化粧机の上に置いた。今はっきりと、日曜の夕方にニューヨーク行きの列車があると聞いたことがあるのを思い出した。急いで階段を下り、新聞の中に列車の広告を見つけ、その列車が八時に出発することを知った。使用人の目もなかったので、見咎められることなく出発できるだろうと安堵した。彼女は借り物の所有物に朗らかに別れを告げた。働かずに得た報酬であり、役に立たない餌食だった。教会に着ていったドレスから古びた黒い絹の服に着替え、最小限の必需品数点を小さな旅行かばんに入れ、数ドルだけを残して、すべて財布から出した。それからボンネット、肩掛け、ベールを身に付け、手に旅行かばんを持って通りに出て行った。自分が進むことになる形と同じ形で始めるつもりだった。そのため駅には倹約して徒歩で向かった。幸いにも駅は遠くなかった。冬の闇の中、息を切らせて、しかし何事もなく駅に到着した。進むにつれて、子どもの頃のなつかしいボヘミア風の気質が自分に感じられるように思われた。彼女はもう一度、父の娘になっていた。切符を買い、列車内では順調に席を見つけた。ある意味で残念だったのは、実に、自分のこの偉大な行為がこれほど簡単に行うことができるものだということだった。しかし列車が、長くまんじりともしない夜の時間をがたがたと音を立てながら不気味に進むにつれて、困難が色濃く感じられてきた。自覚している決意自体が重苦しかった。ロジャーが悲嘆にくれる光景は浮かぶたびに一層痛切になった。そして、自分が列車で猛然と向かいつつある巨大な未知の世界には漠然とした恐れを感じた。しかしできることは他にはなかった——他には何も。こう繰り返すことで、彼女は心に浮かんだ疑念を鎮めた。奇妙なことに、夜が過ぎ去り、すさまじい音を伴った列車の揺れに合わせて心臓が鼓動するように感じているうちに、なぜかロジャーに対する哀れみが増した。彼を憎むことができれば限りない安らぎを得ることができただろうに。愛情は衰えることなく彼女の心に押し戻され、そこで大きくなり、悩ましいほどに疼いた。だがロジャーを憎むことができないとしても、少なくとも彼女は自分を責めることはできた。これまでの六年間に起きたあらゆる出来事が、この新たな光のもとで鮮烈な意味を帯びたように思われた——いわば彼女自身の先見の明の欠如が罪になるような意味である。彼女は償いについて考え続け、かつての校長、マレー先生に手紙を書こうと決意した。先生の学校で少女たちに音楽を教えさせてもらえないか頼むためである。片手にはいとこの手紙を握りしめたままだった。しかしロジャーのことを考えていなかった時でさえ、必ずしもフェントンのことを考えていたわけではなかった。ヒューバート・ローレンスに、かつて彼が望んだように、貧しく孤独な彼女に会えるのだと伝えることができると考えていたのだ。

朝方、彼女は疲れて眠りに落ちた。そして騒がしさと列車の停止で目覚めた。到着したのだ。まだ七時だったので、二、三時間を持て余すことになると知って動転した。ジョージが十時より前に仕事場にいることは考えられない。それまでの時間が恐るべきもののように思われた。冬の朝の薄闇がまだたゆたっていることが、彼女の動揺を大きくした。しかし、他の乗客に続いて移動し、通りに立った。幾人もの貸馬車業者が彼女に一気に押し寄せた。一人のおどけた紳士が、葉巻に火をつけ、一緒に馬車に乗らないかと尋ねてきた。

彼女はこの喧騒から逃れ、人目につかないようにと祈りながら、通りを足早に進んだ。困難が降りかかり始めた今、勇敢に立ち向かわなければならないと厳しく自分自身に言い聞かせた。しかし、街角の、まだ消されていない街灯の下に立ち、始まったばかりの街のざわめきに耳を傾けているうちに、実に不合理ながら、気が滅入っていくのを感じた。背後ではオランダ人の食料雑貨商が店を開け始めていた。横には大きなゴミ入れが置かれていて、彼女がその場にとどまっていると、薄汚れた袋を背負った老女が一人やって来てその中を棒でつついた。また、警官が一人、厚手の服に身を包んで、舗道をまっすぐゆっくりと歩いてきて、彼女のほっそりとした姿に無表情な堅苦しい視線を投げかけた。なんて恐ろしくて汚らしい世界なのだろう！　彼女は怖くて、ただただ歩き続けることしかできなかった。幸いにもニューヨークの北部の地域では道に迷うことはまずなかった。それに彼女には、南に向けて右側を歩き続ければ、約束の安全な場所に着くはずだと分かっていた。通りは汚らしく評判も悪いようだった。家々はみすぼらしく不気味だった。時間をつぶすために小さな店の陳列窓の前で立ち止まっていると、中の物が醜い姿で、彼女の不自然な上品ぶりをあざけっているように思われた。それは手放さなければならないものだった。やがて疲れと空腹を感じ始めた。というのも、前日の朝以来、何も食べていなかったからだ。彼女は「レディーズ・カフェ」(95)と青い板に金文字で刻まれた看板を窓に掲げている店に思い切って入っていった。店名のとおりと言うべきか、古くなったパイや、薄葉紙で作られた古くさい花綱飾りが陳列されていた。おずおずと紅茶を一杯注文すると、だらしない身なりの、髪が乱れ、目が腫れあがった若い女がもったいぶった態度でじろじろと見ながら運んできた。紅茶はまずかったが、ノラは一飲みにした。状況を複雑にしないためである。若い女は彼女のテーブルに来て座り、彼女の旅行かばんを触り、いくつか簡単な質問をした。その一つが、上に行って横になりたくないかというものだった。「一ドルだと思うよ」自分の偉業を締めくくるにあたってこの人物は言った。紅茶のことである。ノラはその後、広場に行き着いた。広場には、木々や凍った噴水、ベンチが置かれた一角があった。噴水の氷は急速に溶けつつあった。彼女はその一角に入ってベンチの一つに座った。他のベンチのいくつかにはみすぼらしい男たちが、空腹のために不機嫌そうに座っていた。両手をポケット深くに突っ込み、体を温めるために足を揺らしていた。彼女は、彼らの陰うつとした無為な時間の過ごし方にかすかな連体感を覚えた。しかし、彼らがみんな男で自分だけが女であるという事実が、彼女の孤独を一層深めるように思われた。ついに九時になった時、彼女は十番街のジョージの住所に向かった。そこは倉庫群や製材置場、彼女が聞いたこともない商品の卸売取引所があったり、舗道から引き込まれてきたおびただしい数の荷車が置かれていたりするような界隈だった。「フランクス・アンド・フェントン」と書かれた大きな白黒の安っぽい看板が見つかった。その下は路地で、路地の先に小さな事務所があった。裏手の管区へと続く地域と通じているように見えた。事務所は開いていた。みすぼらしい身なりの小さな少年が、ほうきで掃除をしているところだった。この少年が、フランクスもフェントンもまだ来ていないが、そうしたければ、事務所の中に入って待ってもよいと教えてくれた。彼女は隅に座り、憶測に身震いしながら部屋に目を走らせた。のろのろと進むこの合間を、いとこの形跡を明らかに示すもので埋めようとしたのである。しかし、机、暖炉、鉄の金庫、椅子、インクのしみがついた汚い壁は、たくさんの数字の列と同じくらい、空疎で人間味に欠けていた。やがてドアが開いて男が一人現れたが、フェントンではなく、恐らくはフランクスであった。フランクス氏は小柄で貧弱な男で、顔色は白っぽく、薄い碧眼で、薄く黄色っぽい頬ひげを生やし、何か神経性の病気を患っているように見えた。彼はうなずき、つまずき、腕や足を痛々しいほど滑稽にやたらと動かした。額は大きく盛り上がっていて、ゲーテやニュートンのような人物に備わっていれば誉れとなっただろう。しかし、哀れなフランクス氏はせいぜいが隠れた天才というところだった。見たところ、とても愚鈍な人物だった。彼はノラの用向きを知ると、自分のビジネス・パートナーは（彼は

「パードナー」と発音した)、商用でウィリアムズバーグに行ったため、正午まで戻ってこないだろうと伝えた。その間、何か自分にできることはありますかい?(96) ノラは緊張からの解放がまた先延ばしになると知って落胆した。しかしフランクス氏にお礼を言い、このまま事務所の片隅に座って待たせてくれるように頼んだ。彼女がいることで彼の動揺は倍加したようだった。彼女はそのまま一時間ほど、彼が机に座って忙しく働きながら不自然に肩をすくめたり突然身を震わせたりする様子を、痛ましいが目を離すこともできずにじっと見つめていた。実に、哀れなフランクス氏にとっては、計算書の女神はいつも若い女性というわけではなかったのに、今、苦悩によって三倍も美しさを増した若い女性が、すぐそばに分別よく座っていたのである。ノラはなぜジョージがこんなにふがいない共同経営者を選ぶことになったのか考えた。その結果、彼の資金不足がフランクス氏の頭脳不足に密かな親和性を見出したのだろうと推測した。気が高ぶっていたので、容赦のない強烈な考えが生じてきて、この二人の関係には何かいかがわしいものがあると気づいた。時々、フランクス氏が椅子に座ったままで向きを変え、活気のない目で彼女を厳かに見据えた。まるで彼に対して自分の話をする特権を彼女に与えようとするかのようだった。そして、彼女がその特権を行使しないことが分かると、自分の台帳に向き直り、気分を害したかのように少し鼻を鳴らすと、再び奇妙に体を動かし始めるのだった。午前の時間が徐々に過ぎるうちに、「関係者」と呼ばれる類の様々な紳士が入ってきてフェントンを出すよう求めた。フランクス氏にはほぼ何も求めていないような口調だった。幾人かは傾いた椅子にしばらく腰を下ろし、楊枝を口にくわえ、ひげを撫でつけながら、半ばうんざりしたようなにやにや笑いを浮かべて、大変に秘匿性が高いと思われる、フランクス氏が被ってきた不当な扱いに関わる打ち明け話に耳を貸した。そのうち一人は出て行く時にノラに目くばせをした。まるでこの会社の二人の社員の関係が露骨なまでの冗談になっているので、若く美しい女性も楽しめるだろうとでも言わんとしているかのようだった。やがて、再び半時間ほど二人きりになった時、フランクス氏はぴしゃりと会計簿の大きな皮の両表紙を閉じると、両腕に頭をうずめてしばらく座っていた。それから突然立ち上がると若い娘の前に立った。「フェントン氏はあなたのいとこは詐欺師ですよ！　あそこの帳簿で証明できます！　それなら言わせてもらいますが、あなたのいとこだと言いましたね、お嬢さん？　素敵な帳簿です！　私のお金はどこにあるのでしょうか？　私がこの最低なペテン業につぎ込んだ三万ドルですよ。その成果はどこにあります？　私はかつがれたんですよ――まるで私がまだ十分には愚かでないかのようにね」目に涙をにじませ、恨みによる苦しみを込めて足を踏みつけた。それから頭に帽子をぐいと押し付け、驚いているノラに返事をする時間も与えずに、一目散にドアから飛び出して路地を上っていった。ノラには、彼が通りの上や下に目を走らせる様子が窓から見えた。まだ彼が立ち、彼女がそれを見つめている時に、突然ジョージが通りをやって来た。フランクス氏の激情は、突然、霧散したようだった。相棒の握手を受け入れ、頭を事務所の方に動かした。ノラがそこにいることを伝えるかのような仕草だった。一方、驚いたことに、ジョージはここで窓の方に目を向けることなく、通りを引き返した。しかし数分後、彼は再び一人で現れ、もう一瞬後にはノラの前に立っていた。「さて！」彼は叫んだ。「では、来たんだね！」

「ジョージ」彼女は言った。「あなたの言葉を文字どおりに受け取ったの」

「ぼくの言葉？　ああ、そうか！」ジョージは勇ましく叫んだ。

彼が変わったことに気づいたが、よい方向にではなかった。前よりも大人びて、身なりはよくなり、羽振りもよさそうだった。しかしノラは彼を見て、自分の想像力を当てにしすぎていたと感じていた。彼の方は彼女を頭から足先までじっと眺めて、すぐに簡素な服装と青白い顔に目を留めた。「一体、何があったの？」彼はドアをひと蹴りで閉めながら尋ねた。

ノラはためらった。言葉と一緒に涙が出てきそうだったからである。

「君は病気だ」彼は言った。「あるいは、病気になりかけている」

この恐ろしい考えが自制心を取り戻させてくれた。「ローレンスさんのところを出てきたの」彼女は言った。

「そのようだね！」ジョージは言った。興味と不満との間で揺れていた。少し前に共同経営者が、若い女性が事務所にいて、彼のいとこだと言っていると伝えた時、彼は即刻、警戒態勢に入った。状況は繊細だった。そのため、すぐに進み出る代わりに、二十ヤード離れたところにある緑のベーズ生地が張られた出入り口の後ろに退き、「少しひっかけて」、敏速に考えたのである。彼女は自分の言葉を真に受けたのだ。それは彼女が告げる前に分かっていた。しかしこのようなことになるとは、何と忌々しいことを書いてしまったものか！　自分が意図したのは、彼女の世話を引き受けるという招きではなく、ある種、投機的な「探り」を入れることだった。しかしフェントンは生来、実際に行動を起こすことができる者に対して共感を抱く人間だった。その上、直感的に、ノラの揉め事からどさくさ紛れに利を占めることができるようにも感じていた。「今回は何があったの？」彼は尋ねた。「口論したのかい？」

「あれを口論なんて呼ばないで、ジョージ！　彼は相変わらず、いえ、以前に増して優しいわ」ノラは叫んだ。「だけどあなたはどう思うかしら？　彼は私に結婚を申し込んだの」

「ああ、ぼくは彼がそうするだろうと君に言ったよね」

「あなたを信じていなかったの。あなたを信じるべきでした。でも、それだけではないの。問題は、何年も前に、そうするつもりで私を引き取ったということなのよ。その目的のために私を育てたの。私のためにしてくれたことは全部、その条件のためだった。私は借りを返すために彼の妻にならなければならないのよ。そんなことは夢にも思わなかった。私が成長した今、ついに彼は自分の権利を主張している。でも、私には無理、無理なの！」

「無理なんだね？　それで彼のところを出たわけだ！」

「もちろん彼のところを出たわ。それだけはしなければならなかった。受け取ったら与えなければならない。私には彼が望むものを与えられないし、これまで受け取ったものを返すこともできない。でも、もっと受け取ることを拒むことはできます」

フェントンは机の端に座り、足をぶらぶらさせていた。腕組みをして陽気に口笛を吹き、目を輝かせてノラを見つめていた。「なるほど、なるほど」彼は言った。

自分の身の上を話したことで、彼女の血色はよくなり、美しさは増していた。「だから私はここにいるの」彼女は続けた。「私には自分が恐ろしいほど一人ぼっちで、家もなく、無力だということは分かっています。でも、これまでの生き方に比べたらとても幸せよ。私がこれまでずっと満たされて生きてきたのは、私が彼を満たすことができると考えていたからなの。でも、私たちはお互いを全く分かっていなかった。彼は私に計り知れない幸せを与えてくれた。それは分かっています。それに彼も私がそれを分かっているということを分かっています。彼は分かっていると思わない、ジョージ？」抑制しながらも激しく彼女は叫んだ。「妹や友だちになることはできたでしょう。でもあなたがこうしたことすべてを理解してくれるとは思っていません。私が納得しているというだけで十分。私は納得しています」哀れな少女は激しく繰り返した。「もう私は何の幻想も持っていません。私は大丈夫、ジョージ。自分で生活費を稼いでいくつもりです。教師になることができるはずよ。音楽が得意なの。それに何よりも働きたい。すぐにでも仕事を探すつもりです。この間にも、マレー先生に手紙を書いていたかもしれません。でもあなたに会いたくてたまらなかったの。あなたのところに来ることだけが私にできる唯一のことでした。でも、長い間あなたに迷惑をかけるつもりはありません」

フェントンにはこの情熱的な発言の意味を十分に理解することはできなかったようだ。というのも、ノラの決意がこの上なく純粋であることに率直に感嘆していたので、警戒心がすぐに圧倒されてしまったのだ。彼は大きな音を立てて膝をぴしゃりと打った。「ノラ」彼は言った。「君は素晴らしい女性だ！」

一瞬、彼女は黙り、考え込んだ。「お願いだから」やがて彼女は叫んだ。「このようなことを簡単に、得意げに、無鉄砲にしたと私に感じさせるようなことは言わないで！　本当に、私は決して勇敢ではありません。疑いや不安でいっぱいなの」

「君は並外れて立派だ。それは確かだ！」フェントンは言った。「ぼくなら君を失うよりも君と結婚したいだろう。気の毒なローレンス氏！」ノラは黙って向きを変えると窓辺に歩いて行った。すると窓は一瞬、彼女の目には、詩人の「光りを放つ枠[97]」になった。「君も同じくらい彼を愛していると思っていたよ！」彼は不意に付け加えた。ノラはやっとの思いで振り向いたが、顔は赤くなっていた。「仮に今、彼が君のところに来て」彼は続けた。「ひざまずき、懇願し、嘆願し、取り乱し、そういうあらゆることをしたとして、それでも彼のことを拒むのかい？」

彼女は両手で顔を覆った。「ああ、ジョージ、ジョージ！」彼女は叫んだ。

「当然、彼は君を追いかけてくるだろう。それほど簡単に君を手放さないよ」

「そうかもしれない。でも自分の道を進ませてくれるように真剣に頼んだの。ロジャーは取り乱したり激怒したりする人ではありません。とにかく、彼に今会うつもりはないわ。一年経ったら考えます。彼の一番の望みは、もちろん私が苦しまないことだと思います。私は苦しむつもりはありません」

「もちろん、ぼくがそんなことにならないようにするよ！」フェントンが熱意を込めて叫んだ。ノラは弱々しく厳粛な微笑みを浮かべると、訴えかけるように沈黙したまま彼を見つめて立っていた。彼は彼女の視線の下で、自分の考えに押しつぶされそうになりながら顔を赤らめた。彼の考えは概して、繰り返し現れる問いへと変換された。「ここから自分は何が得られるか？」妙案がひらめくのを待っている間、彼はいささか安上がりな騎士道的振る舞いによってその場を逃れた。「ところで、お腹が空いているだろう」

「いいえ、お腹は空いていません」ノラは言った。「でも疲れました。泊まるところを探してもらえませんか——静かなホテルに」

「ああ、十分に静かな場所を見つけてあげるよ」彼は答えた。しかし同時に、彼女が夕食をとらなければ、自分の責任のもとで彼女を病気にすることになると主張した。二人は事務所を後にした。彼が貸馬車を呼び止め、二人はブロードウェイ通りの北部へ向かい、そこでまもなく申し分のないレストランに身を落ち着けた。しかし全く食欲旺盛な食事にはならなかった。ノラが朝に感じた空腹は激しさを通り越していたし、フェントンの方は、彼の言い方によれば、腹は減っていなかった。ノラの頭は痛み始めていた。ボンネットを脱いで小さなテーブル越しに彼と向き合って座り、疲れたように壁にもたれた。料理は放置され、腕は組まれ、輝く目は見開かれて不確かな未来を探っていた。彼は彼女がいかに美しくなったかをつぶさに眺めた。しかし、彼女の美しさにも増して一層強く彼の心を打ったのは彼女の精神力だった。これは彼自身が手を出そうとは一切思わない世界に属していた。しかし、別種の人間の中にある、そのような良心という贅沢を彼は自ら賞賛したのである。男であれ女であれ、その時、その場で「行動する」能力は彼が最も好ましく思うものだった。ノラはためらったりくじけたりはしなかった。自分で選択し、その結果、そこに座っていたのだ。彼にとっていらだたしかったのは、自分自身は、そのような少女がその男のために背水の陣を敷くような種類の男ではないと感じていることだった。というのも、彼女の美しく放心状態にある両目を横目で見ているうちに、彼女が友人を拒絶した背景には、有利な面だけでなく不利な面もあると確信したからである。気の毒なロジャーにはもっと幸せな競争相手がいるのだ。彼女の冒険を牽引してきたのは、愛であって無関心ではなかった。フェントンは、我々にも分かってきたことだが、彼の都合次第で、自分の思いどおりにするために非道な行為ができる人間だった。「君は一部しか語っていない」彼は言った。「しかし君の目が残りを語っている。ロジャーの妻になるつもりはないが、未婚で死ぬつもりもないのだろう」

ノラは顔を赤らめたが、答えは簡潔だった。「それを言わないで」

「ノラ」彼は言った。「ぼくは心から君の秘密に敬意を払うよ」しかし実のところ、彼は半分程度にしか敬意を払っていなかった。彼女の美しさと、とても卑しい男さえをも駆り立てるかもしれない女性的な魅力とに触れてかき乱されてはいたが、彼は強烈に屈辱を感じていた。彼女の愛情が自分を素通りし、かろうじて服の裾に触れる程度であるのを感じたからである。彼女の行動は素晴らしく立派だが、彼を利用していた。冷酷で世間ずれしたいとこを、感情のない踏み台として利用していた。このような考えは彼女の魅力を賞賛する気持ちをかき立てたが、心遣いの方は削ぐことになった。店を出るために立ち上がった時、ノラは放心状態の目であっても彼をしっかり観察していたのだが、いとことしての関係は名ばかりのものへと変わってしまったと感じていた。ジョージは、以前より成熟した目には痛ましいばかりの失望だった。彼の顔は、会った瞬間から、信頼を撤回するようにと彼女に警告を発していた。十六か月前に若々しく情熱的に別れて以来、変わってしまったのは自分と彼のどちらなのだろうか？　その間、自分は生きたことで磨かれたが、彼の方は低俗化してしまった。自分は世界を見てきた。よりよい物やよりよい人を知った。ヒューバートを知り、これまで以上にロジャーのことを知った。しかし手袋を身に付けた時、疲れて気難しくなっていると思い至って慄然とした。粗野で無頓着でありたかった。夕食をたっぷり食べ、喜んでジョージの腕を取ることができればよいのにと思った。そして、彼女の自信の流れが緩慢になるにつれて、言葉も穏やかにこぼれ落ちるようになった。「ねえ、ジョージ」彼女は必死に朗らかな微笑みを浮かべようと努力しながら言った。「私をどこに連れて行くつもりなのか教えて」

「これはこれは、ノラ」彼はにやにやと強張った笑いを浮かべて言った。「ぼくは柔らかい綿の上に横たえなければならない宝石を手にしているかのように感じている。大事なのは十分に柔らかいかどうかを確かめることだ」ジョージその人にはあるいは我慢できるかもしれない。しかし、彼の友人たちに対する恐怖が募ってきた。その中にはおそらく、フランクス氏と談笑しに来ていた「関係者」と同種の女性たちもいるだろう。彼が自分を彼の友人に引き合わせないように祈った。「ぼくは素敵なことがしたいんだ」彼は続けた。「全くもって女王を扱うように君を扱いたいんだよ！　君を一人ぼっちでホテルに放り込むことはできないし、君と一緒にホテルに泊まることもできない――そうだろう？」

「気難しいことを言える立場にはないけれども」ノラは言った。「私は一人で行くことは嫌ではないわ」

「いや、いや！」彼は手を振り回して叫んだ。「自分の妹のためにしてやりそうなことを君にするつもりだ。ぼくは立派な紳士ではないが、何が適切かは分かっている。ぼくは部屋貸しをしている女性の家に住んでいる――小柄でとても素敵な女性だよ。彼女とぼくとはとても仲のよい昔なじみだ。きっと彼女を好きになるよ。家庭が与えてくれるはずの安らぎ、そういうものをすべて与えてくれるだろう」

ノラは落胆したが承知した。二人は再び馬車に乗り込んだ。しばらく走ると、三流の上流階級とでも呼ぶ人がいるかもしれないような褐色砂岩が張られた住宅に着いた。その家は安っぽい密集した通りに立っていた。すぐに、けばけばしい小さな居間で、ノラはジョージの言う小柄で素敵な女主人に紹介された。名前をポール夫人といった。ノラが安心できるほどには素敵に見えた。若く色白で、ふくよかで顔立ちも整っていた。髪は無数の巻き毛にされていた。短いつき合いにしては少し馴れ馴れしすぎるかもしれなかった。しかし結局のところ、とノラは考えた。今の自分は何者だろう、そのことに不平を言うことなどできようか？女性二人が上の階に行ってしまうと、フェントンは帽子をかぶり——帽子なしには全く考えることができなかった（ノラ宛の最後の手紙は、ビーバー帽が鼻筋に乗った状態で書いたものだった）——狭い玄関をゆっくりと歩き回った。葉巻の端をかみながら、両手をポケットに入れ、目は地面に向けていた。十分ほどしてポール夫人が再び現れた。「さて」彼女は叫んだ。「これは一体全体、何なの？」

「お金だよ、そんなに大声を上げないでくれないか」彼は答えた。「こっちに来てくれ」二人は居間に入り、ドアを閉め切って、二、三時間とどまっていた。やがてフェントンが出てきて、家を後にした。彼は穏やかに鼻歌を歌いながら通りを歩いて行った。黄昏時だった。街角の、明かりが灯された街灯の下で足を止め、しばらくあちこちに目を走らせた後、物悲しそうに長々とため息をついた。こうして罪悪感を和らげた後、仕事に取りかかった。時計を見た。五時を指していた。客を乗せていない貸馬車がそばを通り過ぎた。呼び止めて乗り込むと、偉大なる金言を吐き出した。「経費なんてくそったれ！」彼の仕事は、次々と最高級ホテルのいくつかを訪れることだった。彼の推論によれば、ロジャーはノラを追って直ちに出発し、ボストン発の始発列車に乗り込んだことだろう。そしてニューヨークには一時間以上も前に到着しているだろう。フェントンにできることはもちろん、公算に基づいて前進することだけだった。しかし公算によれば、私が触れたホテルのいずれかでロジャーが見つかるはずだったのだ。フェントンは彼なりにニューヨークを知っていた。そして、ロジャーについて自分が知ることを考え合わせた結果、ロジャーはそれらの中でも「最も閑静な」ホテルに滞在していると考えた。実際そのホテルで、書き込まれたばかりの彼の名前を見つけた。

しかし彼には時間を与えてやろう。自分にも時間が必要だ。しばらくロビーの長椅子の一つに座って長い脚を伸ばした。やがてロジャーが現れた。廊下を憂うつそうに歩いていて、目は足元に向けられていた。一瞬、フェントンには彼だと分からなかった。青ざめて顔つきは重々しかった。苦悩がすでに彼を憔悴させていたのだ。フェントンは、彼が通り過ぎる時、人々が彼を凝視する様子を見守った。彼は街路に面した出入り口へとゆっくりと歩いて行った。そこでフェントンも、見失わないようにと彼を追いかけ、一瞬、彼の背後で足を止めた。ロジャーが突然振り返った。相手が近くにいることを本能的に察したかのようだった。そこで二人は相対した。生気がなかったロジャーの両目がこの時ばかりは雄弁になった。彼の両目は燃えさかる石炭のように輝いた。

第十章

キース夫人の義母という閑職を享受している善良なご婦人は、その特別な日曜日、とりわけ退屈な夜を過ごした。息子の未亡人は憂うつそうでうわの空だった上に、早々に帰宅してしまったのだ。キース夫人が自宅に着いて最初に尋ねたのは、ノラが自室を出たかどうかだった。一人で日没後に家を出て行ったと知ると、キース夫人は漠然とした憶測に心を乱しながら、誰もいない部屋へと向かった。部屋ではもちろん、すでに言及した二通の置き手紙を速やかに手にした。瞬時に自分宛の手紙を読んだ。うろたえてはいたが、それでも聡明さを讃えたいという衝動を抑えることができなかった。「ああ、役者が勝手に動き出したのだわ！」彼女は考えにふけった。「良識のある娘の過ちが、まさにその娘を引き立てるのだわ！」ロジャーが今日ノラを望んだなら、翌日はその願望がどの程度になっているか誰に分かるだろう？　しかし彼には明日を待つまでもなく、願望に一層の磨きがかかる思いをさせてあげよう。夜分にもかかわらず、キース夫人はもう一方の手紙を携えて彼の住居に向かった。このような時にはこうする方が彼を呼び寄せるよりも親切だと考えたのだ。ロジャーには、手紙は短くとも含蓄に富んでいるように思われた。「親愛なるロジャー」手紙は次のように続いた。「今日の午後、長年の秘密を知りました――私たち二人が幸せになるには遅すぎました。私は不思議にも何も分かっていませんでした。あなたが寛容すぎたのです――断固として厳格であるべきところで寛大だったのです。今日のこの日がもたらすものを、夢にも思っていませんでした。今すぐあなたのもとを去らなければなりません。私にできることは他にありません。今はあなたが私にとってどんな存在でいてくれたのかについて感謝する余裕はありませんが、いずれは感謝して生きていきます。親愛なるロジャー、結婚して、あなたの子どもを私のもとに送って、私に教育係を務めさせてください。私は教師になって生活していくつもりです。私に家族がいることはあなたもご存知でしょう。ですから今夜ニューヨークに行きます。私はひざまずいてこれを書いています。あなたが幸せになることを切に願いながら。そのうち、私が自分らしさを取り戻すことができた時には、私たちはこれまで以上によい友だちになるでしょう。どうか、どうか、私を探さないでください」

キース夫人は長い間、ロジャーと一緒に座っていた。彼女が知る限りで初めて、ロジャーが激しているところを目にした——恐怖、自己批判、そして空しい罵りの言葉とで激していたのだ。「彼女の言葉どおりにお受け取りなさい」彼女は言った。「彼女を探さないで。少しばかり世間にぶつからせておあげなさい。そうすればいずれあなたを受け入れますよ」

この人生哲学はロジャーにはあまりに冷静すぎた。家で座したまま、ノラが世間にぶつかるままにしておくなど彼が受け入れられる域を超えていた。「彼女がぼくを受け入れようと受け入れまいと」彼は言った。「連れ戻さなければならない。ぼくには彼女に対して道義的な責任がある。なんてことだ！　彼女があの恐ろしい都市を、半いとことかいうあのごろつきの指南を受けてさまよっているなんてことを考えてみてください！——彼女は彼のことを『家族』などと呼んでいるのです！」彼は当然、ニューヨーク行きの始発列車に乗った。どこから始めて、どこを探すのかは難問だった。しかし、ぐずぐずとためらうのは苦痛だった。進むにつれて、彼女に降りかかったかもしれないことを考えて恐ろしい幻想に苛まれた。以前には全く彼女を愛したことなどなかったように思われるほどだった。

フェントンを見て誰であるか分かると、人物自体は憎むべき存在であったが、ロジャーの不安は和らいだ。何も手がかりがないよりましだった。「ぼくに知らせることがあるだろう！」ロジャーは叫んだ。「彼女はどこだ？」

フェントンは相手をゆっくりと見回して、愉快にも今は自分の方が優勢だと感じた。「落ち着いて」彼は言った。「場所を移した方がよいのではありませんか？」この言葉を聞いて、ロジャーは渾身の努力で相手の腕をつかみ、自分の部屋に連れて行った。「読みが当たりましたよ」ジョージは続けた。「ぼくは愚かではありません。あなたは以前、ぼくがそう見えるようにしようとしましたけどね」

「彼女はどこだ——それを教えろ！」ロジャーは繰り返した。

「いいですか」フェントンは広々とした優位な立場に身を落ち着かせて言った。「ぼくがあなたの願いを聞き入れるためにここに来たのだとすれば、あなたはぼくの好きにさせなければならない。ぼくが、あなたに会うこと自体がうれしくて大急ぎでやって来たとは思わないでください。まずはいとこのために言いますが、彼女はぼくがここに来たことを知りません」

「ぼくを苦しめたいだけなら」ロジャーは答えた。「そうはっきりと言うがいい。彼女は元気なのか？　彼女は無事なのか？」

「無事か？　この街で最も無事な人ですよ！　居心地のよい家で、母性的な保護を受けているのですから！」

ロジャーはフェントンが自分の苦悩をもてあそんでいるのではないかと考えた。彼が提供している母性的な保護のことを考えて背筋が凍った。しかし、尊大に振る舞って損をしないよう、自分を戒めた。「ご親切には大変感謝する。あとは彼女に会うだけだ」

「会うだけ、そのとおりです！　あなたはとても察しがいい。彼女はとりわけあなたに会うことを嫌がっているのですから」

「あるいはそうかもしれない！　しかし、それは彼女が言うべき言葉だ。拒絶は彼女の口から聞きたい」

フェントンは、厚かましく、いたぶるように彼を見た。「もう十分に拒絶されたとは思わないのですか？拒絶されることを楽しんでいるに違いありません！」

ロジャーは罵りの言葉とともに顔をそむけたが、いらだちを抑え続けた。「フェントンさん」彼は言った。「君がここに来たのは、無駄話をするためでも、ぼくに短気を起こさせるためでもないだろう。このとおり、やけっぱちの男を前にしているわけだ。さあ、ぼくを存分に利用するがいい！　自ら進んで、喜んで、巻き上げられてやろう！　君がぼくを助けるにしても、見返りなしではないのだろう。条件を言え」

フェントンはたじろいだが抗議もしなかった。ただ少しばかり、威張り散らす贅沢を味わうことにした。「さて、お分かりのように」彼は答えた。「ぼくのお手伝いには幾ばくかの価値がある。どれくらいの価値があるか説明しましょう。あなたには見当もつきませんよ！　ぼくは事の顚末を知っているのです。ノラがすべてを話してくれました――すべて！　ぼくたちは随分話したのでね。ぼくが知っていることを少し教えてあげましょう――自分本位であればご容赦を！　あなたは彼女にプロポーズした。彼女はそれを断った。あなたは彼女にお金、贅沢、地位を差し出した。彼女はあなたのことを理解しているし、あなたのことが大好きですが、それでもきっぱりと断った！　さあ、よく考えてみてください」

敵がこのような神聖な秘密を冒涜するのを目の当たりにして、ロジャーは吐き気を催した。彼は抗議した。「ぼくはよくよく考えた。もう十分だ。君がぼくに教えられることは何もない。彼女の愛情には」彼はこの話を終わらせるために頑なに付け加えた。「先約があったのだ」

「そのとおり！　それが問題を複雑にしているのです。かわいそうなノラ！」こう言うとフェントンは口ひげをねじった。「想像してください。ぼくのような立場の男が、女性に対してどのように感じるかを――『あの』女性に対して！　もしそいつが報いる場合は、それは愛情、情熱、何かそのようなものによってです。でもよくある話だ！　しかし、そいつが同類のものでその女性に報いないのなら、あるいは哀れにも報いることができないのなら、それは――それは――誓って」フェントンは膝を平手で打って叫んだ。「騎士道精神によってです！」

しばらく、ロジャーにはこの言葉の驚くべき趣旨を理解することができなかった。それから突然、彼にも分かり始めた。「ぼくの理解が正しければ」驚嘆で穏やかになった声で尋ねた。「君がその男だということなのか？」

フェントンは椅子に座ったまま姿勢を正した。「そのとおりです。ぼくがその男です――その、幸せで不幸せな男はぼくなのです。忌々しいが、悪いのはぼくではありません！」

ロジャーは目を見張って立っていた。フェントンはロジャーの目が自分の心の奥底までを見通しているのを感じた。「失礼だが」やがてロジャーは言った。「この驚くべき主張を裏付ける証拠を少しでも示してくれないか！」

「証拠？　証拠は十分にあるのではありませんか？　若い娘が、家、友人、財産、そして――そして評判をも手放して世の中に飛び出し、ある男の腕の中に身を投げ出したということが十分な証拠であるように思えます。しかし、ぼくの言葉を信じたくないなら構いません！　確かに、ぼくはこの問題について考えすぎているのかもしれません！　ぼくはノラを心から賞賛しています。彼女が踏みしめた地面を崇拝します。しかし正直、彼女を恐れています。ぼくには善良すぎるのです。彼女にはぼくよりも立派な紳士がふさわしい！　別にあなたのことを言っているのではありません。しかし彼女によくしてきたので、あなたには権利があります。その権利はある程度無効になりました。でもあなたはもう一度主張したいと望んでいる。そこに今ぼくが立ちふさがっているというわけです。ぼくにその気があれば、いつまででも立ちふさがっているかもしれません！　忌々しいが、ぼくは聖人の役を演じています。ぼくの問題を解決し、あなたの問題も解決するためにぼくが言うべき言葉は一言しかありません。というのもぼくには気に入っている女性がいるのです。いとこのように若くも美しくもないですが、それでも、より良心にかなう結婚ができる女性です。ぼくが与えることができる以上のものを彼女は求めないからです。それでも、ぼくには保証できません。男は週決めで聖人になるわけではありません。美しい少女が涙で潤んだ目でじっと見つめながら座っていたら、良心なんて吹き飛んでしまうでしょう！　ああ、この責任はすべてあなた自身にあるのですよ！　一年半前、あなたがぼくを詐欺師扱いしなければ、ノラはぼくを友だちのように扱うことで満足したでしょう。しかし女性は無法者が好きなのです。あなたはぼくを追い出し、ノラの心はぼくに付いてきました。以来ずっとぼくを追いかけてきたのです。ぼくは醜い顔でここに座っていますが、ノラの心を手にしています。先ほども言ったように、それをどうすればよいかはよく分かりません。あなたは調停を提案し、ぼくはあなたに条件を尋ねます。愛される男は耳を傾けてもらえる男なのです。明日ぼくがノラにこう言ったとしましょう。『ねえ君、君は過ちを犯した。君は間違ったところにいる。まっすぐにローレンス氏のところに戻るんだ。その後でぼくたちの話をしよう！』そうすると、彼女はあの美しい目でしばらくぼくを見つめ、ため息をつき、背信罪で裁判にかけられて監獄に送り返される王女のように勇気を奮い起こして――あなたの扉へと進んでいくことでしょう。彼女が一旦中に入ってしまえば、後はあなた自身の問題です。これがぼくにできることです。さて、あなたには何ができますか？　さあ、気前よくお願いしますよ！」

フェントンは大声で早口に話した。自己嫌悪に打ち勝つためであるかのようだった。ロジャーはこの嘘と厚かましさ、貪欲の織物に驚嘆して耳を傾けていた。そしてとうとう、フェントンが話を中断し、ノラその人が身震いをして背を向けるのを見たように思った時、彼の嫌悪感が噴出した。「あきれたな」彼は叫んだ。「君は度を越している。多くを求めすぎだ。ノラが君に恋をしているなどと――まともに嘘をつくだけの技量もない君に！　彼女が病気だとか、行方不明だとか、死んでしまったとか言ったらどうだ。だが彼女が嫌悪を感じることなく君を見つめることができるなんて言わないでくれ！」

フェントンは立ち上がり、しばらく立ちつくした。無駄に自分をさらけ出してしまったことに怒って睨み付けた。一瞬、ロジャーは乱闘になることを覚悟した。しかしフェントンは握り拳よりも過酷な復讐をすることができると考えた。「よろしい！」彼は叫んだ。「あなたが選んだのだ。ぼくはあなたの言葉は気にしない。あなたはせいぜいがくだらない人間だが、不愉快な事実にいらだっている時には、当然ながら二十倍もくだらない。しかし悔い改めないほどの愚か者ではないだろう！」こう言うと、フェントンは読者が想像されるよりも幾分勇ましく部屋を出て行った。

ロジャーにとって、先般の、キース夫人との徹夜は全くもって憂うつだった。しかし、眠れない夜はさらに苦しみを一層深める様々な可能性を彼に見せつけた。フェントンの言葉を振り払ったが、その言葉は再び攻撃位置に戻ってきた。一旦、自分を苦しめる方へと門が開かれると、悪魔の軍勢がこぞって入ってくる。彼は朝までにすっかり、フェントンを実際のフェントン以上の悪者に変えてしまっていた。彼自身の愛情に選択の余地はなかった。そうであれば、ノラの愛情に選択の余地があろうか？　我々が愛するのは必然からであって義務からではない。そして、哀れな少女はこの人類共通の法則に従ったのかもしれない。朝、彼は疲れでしばらく寝入ったが、目覚めても心はかき乱されたままだった。もしフェントンの話が本当なら、そしてキース夫人に吹き込まれてヒューバートに対して抱いた疑念が不当なものであるなら、ヒューバートのところに行って苦悩を吐き出し、救いと慰めを求めよう。安らぎを得るために動かなければならない。ヒューバートの下宿はずっと北にあった。ロジャーは徒歩で向かった。天候は素晴らしかった。二月の幸福な一日で、五月の気配を掠め取ったかのような日だった——そのような日には、どのような悲しみも二倍になってしまう。冬が溶けて滴り落ちていた。あらゆる方向から、静かな陽光の中、引き上げ窓が開かれるのが聞こえてきた。向かい合う屋根の頂の背には、春を思わせる青色の丸天井がかかっていた。この広く晴れやかな街のどこに彼女は隠されているのだろう？　彼女を包み隠す通りや人込み、そして家々が忌まわしく思われた。彼女の声を聞くために無一文になることも彼は厭わなかっただろう。たとえ彼女の言葉が彼を破滅させたとしても。やっとヒューバートの住所に到着した時、突然、自分が危険にさらすものすべてが頭をよぎり、急に足を止めた。ヒューバートは結局、ヒューバート自体がライバルである可能性がある人物だった。希望の火を彼に手渡すのは愚かな所業ではないか！　そこで彼は重々しい足取りで五番街まで引き返すと、セントラル・パーク[98]に向かって進み続けた。公園をしばらく歩き回り、何も気に留めず、感じず、見ず、ただ日の輝きを睨め付け、あざけった。やがてベンチに腰を下ろした。外気の爽快な暖かさは、彼に吐き気を催させんばかりであった。しばらくすると、瞑想の霞を通して、二人の女性がすぐ近くで馬車から下り、彼が座っているベンチに近づいてくるのに気がついた——手近にあった唯一のベンチだったのだ。女性のうち一人はかなり高齢で、一見して弱々しかった。連れの女性の腕に寄りかかってゆっくりと近づいて来た。目の上には緑色の日よけをかけていた。若い方の女性は若さと美の最上期にあった。友人を独特の優しさで支えていた。ロジャーが場所を譲ろうと立ち上がった時、若い女性の顔に彼だと分かったことを示す動きが浮かんだことにぼんやりと気がついた。微笑みだった——サンズ嬢の微笑みだった！　わずかに顔を赤らめて、彼女は率直に彼に挨拶をした。彼は持てる限りの品位をもって彼女に応じたが、彼が話をしている間、彼女の目が自分の表情から苦悩を読み取っているのを感じた。「あなたを私のおばにご紹介する必要はありません」彼女は言った。「耳が不自由で、唯一の楽しみが日光浴なのです」彼女は向きを変え、この尊く弱々しい女性がベンチに身を落ち着けるのを手伝った。肩掛けを体に巻いてやり、この女性のちょっとした要求を、子どもが親に対するのと同様の気遣いで満たした。十分間ほどの世間話の後、互いにある種の聡明な視線を交わしたことでともかく救われ、ロジャーは、この感じのよい女性に癒しの才能のようなものを見出した。やがてサンズ嬢の方で、こうした同情に満ちた視線は言葉に変えられた。「とても具合が悪くていらっしゃるのかしら、ローレンスさん。それとも、とても不幸でいらっしゃるのかしら」

ロジャーは一瞬ためらった。彼の性格上、一部には慎ましさ、一部には哲学的信条から、泣き言を並べたくないというあの頑固な力に支配されたのである。しかし、サンズ嬢がそこに座って彼をじっと見つめている様子が、あまりにも友情の守護神のように思われたので、彼は簡潔に答えた。「不幸なのです！」

「そうなりはしないかと心配でした！」サンズ嬢は言った。「一年前にお会いした時、あなたの精神がこの世にはあまりにも高潔であるように思われました。あなたは私に権利を与えることになるようなお話をなさいましたね――興味を持つ権利とでも言いましょうか。少なくとも同情する権利とでも言えるような権利です」

「何をお話ししたかほとんど覚えていません。分かっているのは、ぼくの口が軽くなるのがもっともなほど、あなたを賞賛していたということだけです」

「あら、お話しになったのは別の方の魅力についてでした！　ご自分が献身してこられたお若い女性についてお話しになったのです」

「ぼくはあの時、夢を見ていました。今は目覚めています！」ロジャーはうなだれ、ステッキで地面をついた。突然彼は顔を上げた。彼女が見たのは彼の両目に涙があふれているところだった。「あなたは」彼は言った。「水底深くまでかき回しました！　ぼくを問いたださないでください。ぼくは失望と悲しみでまともではありません！」

彼女は彼の腕に優しく片手を置いた。「全部お聞かせください！　このまま立ち去り、私がお見かけした時と同じ姿で、自滅的な絶望に暮れていらっしゃるのを放っておくことはできません」

このように促されて、ロジャーは語った。彼女が耳を傾けてくれたことで、彼自身も自分の状況をより一層理解することができた。そうして話すうちに、自分の悲しみの表面的な無秩序は整理することができた。ノラの、彼女のいとこに対する恋慕という憂うつな事態について話す時になると、彼は率直にサンズ嬢の哀れみと聡明さにすがった。「そんなことがあり得るでしょうか？」彼は尋ねた。「信じられますか？」

彼女は眉を上げた。「忘れないでいただきたいのは、私がランバート嬢のこともあなたがお話しになっている男性のことも知らないということです。あえて判断を下すようなことはできません。私に言えることは、あなたのお話から受けた印象によって、女性というものに対する私の評価は低くなり――男性というものに対する評価は高くなったということです」

「ああ、ノラは例外で、フェントンも例外です！　ノラは天使です！」

サンズ嬢は困ったように微笑んだ。「あるいはそうかもしれません！　あなたは人間ですから、人間の女性を愛すべきでした。天使は自分の行いが正しいことを保証する善悪の判断力を持っています。ですから、天使は自分が望むことを行ってよいのです。仮に例外があるとすればヒューバート・ローレンスさんでしょう。先日の夜、お会いしました」

「それでは相手はヒューバートだと思うのですか？」ロジャーは悲しげに尋ねた。

サンズ嬢は華麗に笑い始めた。「天使にしては、ランバート嬢は地上での時間を無駄にしていません！ですが私に助言を求めないでください、ローレンスさん。少なくとも、今、ここではおやめください。明日、私に会いに来てください。あるいは今夜でも結構です。お話しになったことを後悔しないでください。少なくともあなたの悲痛な重荷は分かち合われたとお考えくださって結構です。このような時に、悶々とここにお一人で座っているのはあまりにみじめです」

これはロジャーには素晴らしい言葉のように思われた。この話者の口から発せられた言葉は、その効果を全く失わなかった。彼女は実に極めて美しかった。彼女の顔は、聡明な同情心によって和らげられてはいたが、彼の忍耐強さに対する優しい皮肉の微光を受けて輝いていた。自分は結局のところ、ばかばかしいほど忍耐強く、不器用なまでに情が深いだけなのだろうか？　サンズ嬢には心楽しくなるような豊かで芳醇な何かが備わっていた。一瞬、ノラが軽はずみな女子生徒のように思われた。彼は自分の周りを見回した。空虚な外気に漠然と問いかけ、安息を求めながらもなお、失うことをひどく恐れていた。彼はその場を離れ、くすんだ色の芝生をゆっくりと横切った。木の根元の、まばらに緑草が生えている小さな地面の上に、彼は不意に、その年最初のすみれを見つけた。彼はかがんで摘み取った。その柔らかく力強い色合いは友情の色だった。彼はそれをサンズ嬢のもとに持ち帰った。彼女はちょうど連れの女性と一緒に立ち上がり、馬車に戻る支度をしているところだった。彼は無言で彼女にそのすみれを差し出した。留針の先ほどしかない花である。彼の心臓が情熱的に鼓動し、彼が彼女に差し出すことができるのはこれだけだと告げていた。彼女は落ち着いた微笑みを浮かべて受け取った。花は彼女の濃い青色の目の下で、淡い色になったように思われた。「またお会いすることはありますか？」彼女は言った。

ロジャーは自分が額まで赤くなるのが分かった。いずれの手にも杯が差し出されているような幻想を抱いた――深い色をした幻のワインだった――不変性という苦い一杯を飲み干した。何か情熱的な本能が答えた――彼の見識、理性、美徳よりも深遠な本能――彼の愛情くらい深遠な本能だった。「今ではなく」彼は言った。「一年後に！」

サンズ嬢は顔をそむけて、しばらくの間、克己の彫像のように、じっと立っていた。それから、愛撫するように片腕を連れの女性の体に回して、「さあ、おば様」とささやいた。「もう行かなければなりません」全く耳の聞こえない女性に対するこの短い呼びかけが唯一、彼女が困惑していることを示していた。ロジャーは女性たちに付き添って馬車まで歩いて行き、二人が馬車に乗り込むのを黙って手伝った。サンズ嬢が愛情を込めて手際よく、自分の動きを連れの女性の動きに合わせる様子に目を留めた。彼が帽子を持ち上げると、友人は会釈を返した。彼の空想では、彼女の同情が倍加したようだった。彼女は彼がこの前に失ったものについては想像するしかなかった――しかし、彼が今失ったものはよく分かっていた！「彼女は素晴らしい妻になるだろう！」馬車が音を立てて遠ざかる中、彼は言った。数分間、立ちつくして馬車を見守った。その後、馬車が角で向きを変えた時、不意に、自分が無力で無為であるという、強く痛烈な感覚に襲われた。ヒューバートのところに行って問いただそう、懇願はしないにしても。

第十一章

ノラは、女主人から解放された後、ドアの鍵を回して、必要な動作を機械的に行った。気持ちが落ち着き、気が晴れたようだった。小さなかばんを開けて中の物を取り出し、雑然としていた身の回り品を整えた。インク入れを取り出すと、マレー先生に手紙を書く準備をした。しかし、何語と書き進まないうちに憂うつな考えに陥った。ジョージに再会して彼の人となりを見極めた今、急速に感じるようになったのは、ロジャーの保護と彼の保護とを取り替えたのは、まずもって、ロジャーに十分な敬意を払っていなかったからだということだった。しかし、このような考えから逃げるように手紙に専念し、早急なご返信をお願いします、と書いた。手紙を書いている間、時々、家の中を歩く足音が聞こえた。ジョージの足音だと思った。これがペンの進みを速め、懇願の熱意を強めた。書き終わったちょうどその時、ポール夫人が再び現れた。手には紅茶とトーストが載ったトレイを持っていた――この細やかな配慮をノラは拒むことができなかった。女性はこの機会に乗じて会話を始めた。ポール夫人による申し入れは、紅茶とトーストもそうだが、フェントンとの密談の結果だった。しかし彼の指図は、彼が披露した時には大変見事だったが、疑念からくるノラの鋭い眼光のもとで著しく価値を失っていった。ポール夫人はそれでも雄々しくベッドの上に腰を据え、この世で最良の慎ましい女性であるかのように、ふくよかで美しい両手をすり合わせた。しかし見れば見るほど、ノラはますます彼女のことが好きではなくなった。五分後には、彼女の整った冷たい顔、不自然な微笑み、小さなチュール(99)の縁なし帽、人工的な巻き毛が嫌でたまらなくなっていた。ポール夫人は彼女を「かわいい人」と呼び、手を取ろうとした。ノラは、次にはキスをしてくるのではないかと怖くなった。挑戦するように仰々しく、ノラは手紙の宛先にマレー先生の尊敬すべき肩書きを書いた。「これを出していただけませんか」彼女は言った。

「私にお渡しなさいな。私がやっておきますから」ポール夫人が言った。そして、すぐさま宛名を読んだ。「こちらはあなたが以前お世話になった校長先生ね。フェントンさんがすべて話してくれました」それから、一瞬手紙を裏返した後でこう言った。「一日お待ちなさい！」

「一時間たりとも待てません」ノラはきっぱりと言った。「私の時間は貴重なのです」

「まあ、そんな」ポール夫人は言った。「私たちは一か月でも喜んであなたのお世話をするわ」

「ご親切をありがとうございます。でも私は自分で生計を立てなければなりません」

「そんな話はしないで！　私は『自分で』生計を立てています——それがどういうことか分かっているのよ！　さあ、友人として話をさせてちょうだい。度を越してはいけないわ。さあ、全部考え直したらどうかしら？　六か月先には手遅れになっているかもしれないわ。その男性をあまりに長く悲しみに暮れさせたまま放っておくと、その方は最初に出会った美しい娘と結婚してしまうでしょう。いつだってそうなの——拒絶された男は男やもめ同然なのです。未亡人ほど貞節ではないの！　でもそのような機会に恵まれる娘ばかりではありません。私ならそのような機会には飛びついたことでしょう。その男性はあなたのことを一層愛するでしょう。あなたが少しばかり引きずりまわして踊らせてあげたからですよ。でもあまり長く踊り続けることはまずありません！　勝手なことを言ってごめんなさい。でも、フェントンさんと私は大親友なの。ですから彼のいとこは自分のいとこのように思えるの。この手紙は撤回して、私には伝えるべきたった一言をくださいな――『さあ、どうぞ！』という一言をね。気の毒な男性！あなたは男というものに高い期待を抱いているに違いありません。今回のような方とひと勝負しているのですから！」

もしロジャーが、ノラが今も自分のことを大切に思っている証拠が欲しいと思ったなら、ポール夫人が彼の件を語るのを聞いた時に彼女が抱いた嫌悪感がその証拠となったことだろう。娘は神聖なものを汚されたように感じて顔を赤らめた。確かにジョージは少なくとも一時間は彼女の話を漏らさなかったのだろう。「すみませんが、奥様」彼女は答えた。「この件を話題にすることはできません。あなたには大変感謝しています」しかし、ポール夫人はそれほど簡単にくじかれるつもりはなかった。哀れなロジャーは、無力に、絶望してさまよっていたが、これほど温かく、彼の主張が擁護されていることを知れば驚嘆したことだろう。もちろんノラはこの件を議論しようとはしなかった。夫人の言葉が尽きるまで待ち、それから、「私はとても頑固な人間なのです」と言った。「あなたは無駄に言葉を費やしておられます。これ以上続けられますと、私は腹を立てることになるでしょう」そう言うと彼女は立ち上がった。ポール夫人も同じく立ち上がるよう促すためだった。ポール夫人はそれと感づいたが、たちまち美しい顔を翻し、険しい裏側をくるりと向けた。そこには利己的な計画が頓挫したことによる恐ろしい作り笑いが浮かんでいた。「ふん！　愚かな娘だ！」彼女は叫んだ。そしてさっと部屋から出て行った。ノラはこの後、ジョージと二回目の面談をするのは避けようと決意した。ひどい頭痛がしていたので、免れるに足る口実になった。三十分後、彼がドアを叩いた。かなり大きな音だった。彼女の印象では、品がよい人間のノック音ではなかった。ドアを開けると彼がそこに立っていた。興奮し、怒り、悪意に満ちているようだった。「具合が悪いんだね」彼は言った。「でも一晩休めばよくなるだろう。ロジャーに会ったよ」

「ロジャー！　ここに来ているの？」

「そうだ、ここに来ている。でも君の居場所は知らない。ありがたいことに君はあいつのところを出た！　あいつはろくでなしだ！」ノラはもっと知りたかったことだろう――怒っていたか、苦しんでいたか、彼女に会わせてくれるように頼んだか。しかしこの言葉を聞いて、彼女はいとこの面前でドアを閉めた。彼女には、フェントンのこのように無礼な発言が、何に対する反動なのか分からなかった。一晩休んでもほとんど安らぎは得られなかった。ロジャーは彼女がジョージに仲介役を任せたものと思っただろうかと考えた。そして、彼にもう一度会い、直接、敬意を表して別れを告げることが自分の義務ではないだろうかと自問した。彼女が部屋を出る気になったのは、起き上がった後、かなり時間が経ってからだった。遅らせれば、付き添いの者たちが外出するかもしれないと漠然と期待していたのである。しかし食堂では、遅い時間になっていたにもかかわらず、ジョージが雄々しく彼女を待ち受けていた。どうやら彼にも、ポール夫人を舞台裏に退出させる分別はあったようだ。彼女がいないことを詫び、彼女はかなり前に朝食をとって外出したと説明した。彼は眠って怒りを解消したようで、兄弟のような「気さくさ」（100）であふれていた。「君がロジャーについて知りたいだろうと思ってね」二人が朝食の席に着くと彼が言った。「彼はすぐに君を探しに来た。そうしないでほしいという君の希望を無視してね。しかし君に戻るように頼むためではなかった。君が悔い改めるものと当て込み、君が泣き崩れ、彼のもとにひざまずき、許しを請い、二度としないと約束することを期待しているんだ。気概のある女性が男と結婚するための条件としては大変結構な条件だ！　でも彼は自分の恋の相手のことを分かっていないよね、ノラ？　彼が何をほのめかしたか分かるかい？　全く、彼はぶしつけだった。君とぼくとが結婚したがっていると言うんだ！　君がぼくに恋をしていて、ぼくと結婚するために家出をしたとか、彼がぼくたちを許して大金を授けてくれることを期待しているとか言うんだよ。でもぼくたちを許すつもりはない――彼には無理だ！　彼が目を向ける頃には、ぼくたち、いや、ぼくたちとぼくたちの子どもは飢え死にしていることだろう。ありがたい話だ！　ぼくたちは何年も何十年も、兄妹として仲良くやっていこうよ、ノラ。彼のお金も許しも必要ないだろう？」

この発言に応えて、ノラは青ざめ、愕然として目を見張った。「ロジャーが」やがて彼女は言葉を見つけて言った。「私が彼を拒絶したのは、『あなたと』結婚するためだったと思っている、ですって？

――『あなたと』結婚するためにニューヨークに来た、ですって？」

フェントンは、二十七年を厚かましく生きてきた。もっと若い頃には多種多様な冷遇や衝撃に見舞われた。しかしノラのこの冷ややかな嫌悪感ほどに、背筋を凍らせるような拒絶の突風をまともに受けたことはなかった。我々は、美しい女性の軽蔑が臆病者を勇敢にすることを知っている。同様に、悪党を真人間にする何らかの力があるのかもしれない。「これは驚いた」彼は叫んだ。「君の気持ちを傷つけてすまない。不快かもしれないが本当なんだ」

ノラは何年も後に、この告白を笑い飛ばすことができればよかったのにと思った。少なくとも面白がっているふりができればよかったのだが、全くそのようには感じられなかった。むしろ彼女はいかめしいばかりの沈黙に陥り、目を料理が載った皿に向け、紅茶をかき混ぜていた。ロジャーはその間、この忌まわしい欺瞞が暗躍する中を歩き回っていた。彼にそのようなことを考えさせてはいけない！「あなたは何と答えたのかしら」彼女は尋ねた。「こんな――こんな――」

「こんな素敵な賛辞についてかい？　本当であることを願うばかりだが、そんな幸運には恵まれていないだろう、と答えたよ！　すると、くたばってしまえ、と言ってきた。君がぼくと一緒になっても構うものか、といった口ぶりだった」

ノラはこの言葉を凍りつくような沈黙でもって聞いていた。「ロジャーはどこにいるの？」やがて彼女は尋ねた。

フェントンは疑念も露わに一瞥した。「やつはどこか？　なぜ知りたい？」

「彼がどこにいるのか教えて！」彼女はただ繰り返した。その時突然、どこでどのように二人の男が偶然に出会ったのか不思議になった。「どこで彼を見つけたの？」彼女は続けた。「どうやって出会ったの？」

フェントンはカップの紅茶を一気に飲み干してから答えた。「ねえ、ノラ」彼は言った。「謙虚なのは大いに結構。自尊心を持つのも大いに結構だ。しかし、恩知らずにならないように気をつけるんだな！　ぼくはわざわざ彼を探しに出かけた。彼なら君を追ってきて、おそらく、戻るようにと頼み、懇願するだろうと確信していた。彼に言いたかったんだ。『彼女は無事で、幸せで、最高の人にゆだねられている。自分の時間、言葉、期待を無駄遣いするな。彼女の好きなようにさせてやれ。黙って家に戻り、あとはぼくに任せろ。彼女がホームシックになったら知らせてやろう』このとおり、ぼくは率直なんだよ、ノラ。ぼくが言いたかったのはそれだ。でも、ぼくは痛烈な非難を浴びせられた。虚栄心が傷つけられて、猛烈に荒れ狂うところに出くわしたわけだ。『お前は彼女の恋人で、彼女はお前の恋人だ。二人とも勝手にしろ！』ってね」

ジョージが故意に嘘をついたということは、ノラにははっきりとは分からなかった。この種のことで人を罪に問うた経験がなかったのだ。しかしこれが真実であると自分に言い聞かせることもできなかった。「私は恩知らずではありません」彼女はきっぱりと答えた。「だけど、その話をしたのはどこなの？」

この言葉を聞いて、ジョージは自分の椅子を後ろに押しのけた。「どこ――どこか？　ぼくを信じないのか？　ぼくが言ったことが本当か、あいつのところに行って尋ねたいのか？　それにしても君はどうかしたのか？　何がしたいんだ？　自分をぼくにゆだねたのか、それともそうではないのか？」今、ある種、男らしい憤りに火がついた。彼は、ロジャーに、ノラに、そして自分自身に対して等しく腹を立てていた。運命が彼に侮辱的な扱いを過剰に投与したために、彼は無謀で凶暴な衝動を感じていた。自分の心遣いに対してはあまりにも無礼なやり方で与えられなかったあの敬意を、この機会に乗じて自分の力に対しては搾り取りたいという衝動だった。「君はぼくを単なる卑しい道具として利用しているだけなのか？　ぼくのことがほんのわずかでも好きではないのか？　ぼくに言わせれば、君の——君のような不確かな立場にある娘にしては、君はいろんな意味で自尊心が高すぎる。慌ててロジャーのところに戻るのはやめるんだ！　今の君は、ほんの二日前の汚れのなかった若い娘ではない。君が意見を重んじる人たちにとって、ぼくは誰で何者だろうか？　ひどく卑しいやつだよね。だがそれでも世間から見れば、君は間違いなくぼくに夢中になっていることになる。もっと先に進む覚悟がないなら、こんなに進んでくるべきではなかったんだ。ノラ、ノラ」彼は続けた。さらに情熱的になって、一層胸が悪くなるような方向へと踏み込んでいった。「正直に言って、ぼくは君を理解できない！　しかし、ぼくを当惑させればさせるほど、君は一層ぼくを惹き付ける。そして、ぼくを好きでなくなればなくなるほど、一層ぼくは君を愛する。とにかく、君とローレン人の間には何があるのか？　理解など絶対にできるものか！　君は純潔の天使か、それとも大胆不敵な浮気女か？」

彼女は彼がさらに言い募る前に立ち上がった。「これ以上は」彼女は言った。「あなたの意見を聞いたり、質問に答えたりするのはご遠慮します。紳士らしく振る舞ってください！　もう一度尋ねます。どこに行けばロジャーに会えるのですか？」

「紳士らしく振る舞え、だって！」いらだち気味に発せられた。彼はドアの前に陣取った。「情報は与えない」彼は言った。「こちらではロジャーに、あちらでは君にと、操られ、もてあそばれるつもりはない！　この件から何か利益を得るつもりだ。君にはこの部屋に静かにとどまっていてもらう。ポール夫人が君のそばにいてくれるだろう。君は昨日、彼女を適切に扱わなかった。しかし彼女は彼女なりに、君と同じくらい手強いんだ。その間、ぼくは我らが友人のところに行ってくる。『彼女はしっかりと閉じ込められています』ぼくは言うつもりだ。『監獄にいるも同然です。五千ドルくれれば彼女を出してあげましょう』当然彼は法的手段の話を持ち出すだろう。するとぼくは、この件が公になっても構わないのなら、どうぞ法的手段に訴えてください、と言うんだ。公になることは君にとって愉快なことではないだろうね、ノラ。だって世間はすべてを一緒くたにしてしまうのだから。ぼくの評判が傷つくことはない！」

「あなたにお許しがありますように！」ノラはつぶやいた。この放言に対する応答はそれだけだった。彼の言葉は彼女の周りに忌まわしい渦を生じさせた。しかし、その渦に真正面から立ち向かうことが自分にとって一番の安全策であるように思われた。おびえよりも不快感を催したのだ。彼女はドアに向かっていった。「通して！」彼女は言った。

フェントンはじっと立ちつくし、ドアに頭をもたせかけて目を閉じていた。彼女はしばらく彼に向き合い、一心に見つめた。彼の様子に、言葉では言い表せないほどの嫌悪を催した。「卑怯者！」彼女は叫んだ。これを聞いて彼は目を開けた。一瞬、二人の目がぶつかった。すると、彼の血の気が失せた顔が、奇妙にも強烈な赤色に燃え上がった。彼女のそばを大股で通り過ぎると、椅子に座り込み、両手に顔をうずめた。「ああ！」彼は叫んだ。「ぼくは最低だ！」

ノラは一瞬で自室に移動し、ボンネットと肩掛けを素早く身に付けると、次の一瞬で正面玄関に下り立つという早業を成し遂げた。一旦通りに出ると一度も足を止めることなく走り続け、角を曲がり、夫人の家が見えなくなるところまでたどり着いた。脱出と安堵による興奮に急き立てられるまま道を進み、遠くまで来たため、しばらく経ってやっと、自分が問題を一部しか解決していないということ、自分には頼れる場所がないも同然であることに思い至った。片手をポケットに入れて財布を探ったところ、部屋に置き忘れてきたことに気づいた。すでに動転していて気分も悪かったので、財布がないことに気づいたところで、彼女の悲嘆はほとんど変わらなかった。大きな決断に向けて真っ逆さまに突き落とされつつあった。時間の問題だった。ヒューバート・ローレンスに会うという考えに、今やとらわれていた。慎み、分別、疑念は消え失せていた。心にあったのは、ただ、自分の苦境、彼が近くにいるということ、そしてかつて彼が見せた彼女に対する話し方だった。彼の住所はよく覚えていたので、先延ばしすることもためらうこともしなかった。彼女がよく考えたと言うことさえ正しい言い方ではないだろう。というのも、彼女の切なる思いと性急な行動とは一体だったのだ。この両者の狭間で、彼の住居のドアのところに到着した時には彼女の胸は高鳴っていた。使用人が驚いた様子を見せることなく（というのもノラは、自分で想像したことだが、何か貧しい教区民の雰囲気を漂わせていた）、彼女を中に通し、独身の下宿人の居間へと案内した。敷居を越えた時、彼が一人ではないことに気づいて、失望と安堵の両方を感じた。彼は幾分堅苦しい様子で座り、腕を組み、顔を窓の方に向けていた。窓の近くにはイーゼルを前にして異国的で芸術家風の長髪の男性が立っていて、クレヨンによる肖像画を仕上げているところだった。ヒューバートはその魅力的な顔の似姿を描いてもらうための位置についていたのだ。ノラが現れると、彼の魅力的な顔は一瞬無表情なままだった。しかし次の瞬間、実に雄弁なことに、青ざめた。「ランバート嬢！」彼は叫んだ。

彼の声は震えていた。ノラに、まずは自分たち二人のために自分は冷静でいなければならないと感じさせるような震えだった。「少しよろしいでしょうか」彼女は極めて丁寧に言った。

「ちょうど終わるところです！」ヒューバートが答えた。「ぼくの肖像画なのです。ぜひ見てください」画家はイーゼルの前を彼女に譲ると、用具一式を置いて帽子と手袋を手に取った。彼女は機械的に絵を見た。一方、ヒューバートはドアまで画家に付き添い、肖像画を仕上げるための次の予定と、返品する予定の額縁についてしばらく話をした。肖像画は巧みに描かれていたが表面的だった。実際のヒューバートより、よいようにも悪いようにも見えた――優美で柔弱で不自然だった。驚きの感情が彼女の心をよぎった。彼がこの奇妙な自己複製に従事しているところにちょうど出くわしたことに対する驚きだった。画家が立ち去った後でドアが閉められた時、彼女に向き直ったのは別のヒューバートだった。本物の、よく知っているヒューバートだった。彼は時間を稼いだのだ。しかし、驚き、賞賛、憶測、強烈な動揺の気配が彼の魅力的な双眸に輝いていた。ノラは画家が立ち退いた後の椅子に座り込んでいた。そして、両手を握りしめてそこに座っている間、若者が、自分のみすぼらしい衣服と興奮した面持ちの謎を解こうとしているのを感じた。彼にとっても彼女は本物のノラだった。動揺が他を押しのけてヒューバートの表情の前面に出てきた。彼は進み出て、先ほどまで自分がポーズをとって座っていた椅子を彼女の方に押し出した。そして腰かけると、半ば片手を差し出した。しかし、彼女がその手を取る前に、自分の懐中時計の鎖をもてあそび始めた。

「ノラ」彼は尋ねた。「何の用だい？」

確かに、何の用があるのだろうか？　用事は何か、そしてどのような言葉で説明したらよいのか？　彼女は言い表しがたい無力感に襲われていた。旅の目的地に達し、彼女の強さにも限界がきたという感覚であった。みすぼらしいスカートに視線を落として片手で撫でつけた。その素朴な仕草が彼女の状況を雄弁に物語っていた。「ロジャーのところを出てきたの」彼女は言った。

ヒューバートは何も言わなかったが、彼の沈黙が部屋を満たすように思われた。彼は椅子に深々と座り、驚いたようになおも彼女のことを見続けていた。目の前の事実が彼をおびえさせた。驚き、困惑していた。それでも何か言わなければならないと感じたので、混乱のままに、甚だ滑稽な言葉を口にした。「ああ」彼は言った。「彼も承知の上で？」

彼の声を聞いてあまりにもうれしかったので、初め彼女はこの言葉をほとんど気に留めなかった。「私は一人ぼっちです」彼女は付け加えた。「私は自由です」こう言って彼を見ると、彼は我に返り、彼女の自信にあふれた凝視を前に無限に小さくなりながら、いわば優柔不断の苦悶の中で立ち上がり、彼女の前に立ってぼんやりと見つめているところだった。この時彼女はようやく、彼が自分の手を取ったわけでも、足元にひざまずいたわけでも、神々しく彼女の苦境を解き当てたわけでもないことに気がついた。実に彼の沈黙こそが、彼女が自分の境遇を語り、自分の行動を正当化することを要求していた。彼女がそこにいることは歓喜でも恥辱でもなかったのだ。ノラにはまるで、跳躍したものの、距離が想像の十倍であることに空中で気がついたかのように感じられた。強い感情をつなぎ止めるちょうつがいが、ごく短い時間によって支えられていることがあるのは不思議議である。しかしそのような瞬間は、内から眺めると長大な時間のように思われる。そのような残響の瞬間に、ノラは情熱だと信じてきた何かが、足元から溶け出し、崩壊し、自分がその縁に立っている深淵の底へと音を立てて落ちていくのを感じた。しかし自分の恥辱はせめて長引かせまい。彼女は立ち上がり、痛ましい作り笑いによって、このめまいがするような深淵に橋をかけた。「私が来たのは――私がここに来たのは――」彼女は話し始めたが口ごもった。残念なことに、その場にはいずれの大女優も居合わせなかった。もし居合わせていれば、彼女の演技のメモ帳に、軽やかでこの上なく感動的な震えを伴った口調についての覚え書きが書き留めてあることに気づいたことだろう。彼女はそのような口調で、きまりの悪さを嘆願へと変換した。「少しお金を貸していただけませんか?」

ヒューバートはただただ彼女を恐れていた。自分の虚偽、軽率さ、利己主義、そして詭弁が一斉に押しかけてきて、耳をつんざくばかりに合唱し、責め立てているようだった。攻撃にさらされ、名誉を傷つけられたように思った。彼女がこの簡単な頼み事をするのを聞いて、彼は限りなく安堵した。金だって？　金がぼくを解放してくれるのか？　彼は財布を取り出して札束をつかんだ。それから突然、自分の残酷さに打ちのめされた。財布を床に投げつけ、両手で顔を覆った。「ノラ、ノラ」彼は言った。「はっきり言ってくれ。ぼくを軽蔑しているってね！」

　彼はつかの間、彼女がかつて愛した男になった。しかし、彼がもはや薔薇そのものではなかったとしても、薔薇にあまりにも近いところにいたので、無闇に傷つけることはできなかった。男女は等しく、ある程度は、自分を不当に扱うことに甘んじた相手を、敬意をもって遠ざけることが必要である。彼女は身をかがめて財布を取り上げた。バラッドに登場する乞食娘(101)のようだった。「ほんの少しで十分です」彼女は言った。「一両日中には独り立ちしたいと思っています」

「せめて何があったか教えてくれ！」彼は叫んだ。

　彼女は一瞬ためらった。「ロジャーが私に妻になるように頼んだのです」ヒューバートの頭は、この簡単な言葉が表現し、暗示するものの幻想に浸った。「私は断わりました」ノラは言い添えた。「そして断った後、もう生きる気がしなかったのです、彼の――彼の――」彼女の言葉は最後のところで沈黙に溶け込み、彼女は物思いに沈んだように思われた。しかしすぐに立ち直った。「あなたはいつか、私が貧しくて家もないところを見たいとおっしゃったでしょう。このとおりです！　あなたは少なくとも」彼女は笑い声を上げて付け加えた。「この見世物の代金を支払わなければなりません！」

　ヒューバートは不意に時計を取り出した。「今すぐにもここに」彼は言った。「若い女性が来ることになっている。君も彼女の話は聞いたかもしれない。ここに来てぼくの肖像画を見ることになっている。ぼくは彼女と婚約している。五か月前に婚約したのだ。彼女は裕福で、美しく、魅力的だ。ただ一言、ぼくを軽蔑しない、ぼくを許すと言ってほしい。そうすればぼくは彼女を諦める。今、ここで、永遠に。そして、何であれ君がぼくに求めるものになるつもりだ――君の夫、友人、奴隷、何にでも！」こう発言できたことでヒューバートは大いに救われた。自分自身を取り戻すことができたように感じた。

ノラは彼の顔を、ある種、底知れない穏やかさでじっと見つめていた。「あなたが婚約している、いえ、あなたが婚約して『いた』ですって？　その女性を諦めることについてなんて不思議な話し方をするのでしょう！　その方に私からの賛辞をお伝えください！」しかし、ノラは直々に賛辞を伝える機会を持つことになったようだ。ドアがさっと開かれて二人の女性が入ってきた。ノラはおぼろげにその二人に会ったことがあるのを思い出した。すぐに、その二人が、ヒューバートが説教をするのを聞きに行った夜、説教の後で、彼が彼女を置いて馬車へと案内した人たちであることを思い出した。若い方の女性は間違いなく美しかった。わずかにかぎ鼻気味ではあったが。尊大な印象の黒い両目は、両耳できらめくダイヤモンド同様に輝いていた。そして、神経質で気まぐれな素早い動きや仕草は、少女っぽい「無愛想」[102]な雰囲気を醸し出していたが、それも魅力的であった。しかし母親の容貌が、この魅力は冷静に味わうべきものであることも示していた。彼女は太って粗野な顔つきの愛想のよい女性だったが、疲れ切って服従的な顔つきをしていた。娘のすぐ後を追いながら、ある種のどっしりとした従順さのようなものによって、精神に対する物質の追従を示しているようだった。女性は二人ともこの機会にかなう上限いっぱいまで華やかに着飾っていた。二人は部屋に入ってきて無遠慮にノラを凝視し、ヒューバートを見下ろしていた。その様子からは、恵み深くも彼がこの家族の一員とみなされていることが伺い知れた。厄介な状況であったが、とにかく彼は向き合った。

「こちらはランバート嬢です」彼は厳かに言った。次に、きまりの悪さを冗談によって霧散させようと、片手を自分の肖像画の方に振り動かして言った。「こちらがヒューバート・ローレンス師です！」

年配の女性は絵の方に移動したが、もう一方はまっすぐノラの方にやって来た。「前に会ったことがあるわ！」彼女は挑戦するように大声で言った。美しい両目も挑戦的に輝いていた。「それにあなたの話も聞いたことがある！　そうね、あなたは確かにとても魅力的だわ。だけど、ねえ、ここで何をしているの？」「ねえ、君！」ヒューバートがすがるように、そして横目でノラを激しく見ながら言った。この世が彼には間違いなく非常に冷酷なものに思われた。

「ねえ、ヒューバート」若い女性が言った。「彼女はここで何をしているの？　私には知る権利があるわ。あなたは彼の後を追ってここまで駆けつけたの？　悪い人。あなたは私に不当な仕打ちをしてきたわ。彼が私に背を向けるようにしようとしてきた。何週間も彼をボストンに引き留めたわ。ここにいるはずだったのに。私は毎日、毎日、来てくれるように彼に手紙を書いた。全部聞いたのよ！　あなたに何があったかは分からない。とても裕福な方だと思っていたもの！　今のあなたはとても貧しくて不幸に見えるけれど、私は自分の考えを言わせてもらうわ！」

「ねえ、冷静になって！」母親がささやいた。「こちらに来て、この美しい肖像画をごらんなさい。あの高潔なお顔に偽りなどありません！」

ノラは慈悲深い微笑みを浮かべた。「私を非難するのはやめてください」彼女は言った。「あなたに迷惑をかけたとしたら、全く気づかずにしたことです。ここでお詫びします」

「ノラ」ヒューバートが哀れみを乞うようにささやいた。「許してくれ！」

「あら、彼はあなたのことをノラと呼ぶの？」若い女性が叫んだ。「取り返しがつかないわ！　彼は決して以前の彼には戻らないでしょう。あなたは変わったわ、ヒューバート！」こう言うと、興奮した様子で婚約者の方を向いた。「自分でも分かっているはずよ！　私に話しかけていても、あなたは彼女のことを考えている。それにこの訪問はどういうこと？　あなたたちは二人とも変に興奮している。何を話していたの？」

「ローレンスさんはあなたのことを話していたのです」ノラは言った。「あなたがどれほど美しく、魅力的で、優しいか！」

「私は優しくないわ！」もう一方が叫んだ。「私をあざ笑っているのね！　私の美しさについて話すためにここに来たの？　あなたはこんな風に一人で動き回るの？　そんな話、聞いたことがない。あなたは恥知らずよ！　そうでしょう？　でもそれが私にはとてもうれしいわ。だって彼のためにこんなことをしてしまった途端に、彼はあなたのことを気にしなくなるでしょうから。それが男性というものよ。それに私は美しくはない、あなたほどには！　あなたは青ざめて疲れている。ひどい服と肩掛けを身に付けている。それでもあなたは美しいわ！　あなたに気に入ってもらうためには、私はこんな風に見えないといけない？」

彼女はヒューバートの方に向き直って問いただした。

ヒューバートは、この憎しみに満ちた長い熱弁の間、雷鳴のように陰気に立ちつくしていたが、ここに至って激しく言い放った。「なんてことだ、エイミー！　口を慎みなさい――これは命令だよ」

ノラは肩掛けをかき寄せながらヒューバートを一瞥した。「彼女はあなたを愛しているわ」彼女は静かに言った。

エイミーはこの強烈な厳命を受けて一瞬目を見張った。それから次第に笑顔になり、有頂天になって母親の方を向いた。「まあ、お聞きになりました？」彼女は叫んだ。「だから彼のことが好きなの。どうかもう一度言って！」

ノラは部屋を出た。そして、懸命にそうしないように身ぶりで訴えたにもかかわらず、ヒューバートが彼女を追って通りに向かう階段を下りてきた。「どこに行くつもり？」彼は小声で尋ねた。「誰のところに身を寄せるの？」

「私は一人ぼっちよ」ノラは言った。

「この大都市で一人ぼっちだって？　ノラ、このぼくが君のために何とかしよう」

「ヒューバート」彼女は言った。「私は人生で、今この時ほど助けを必要としなかったことはありません。さようなら」彼は一瞬、彼女が片手を彼の方に差し出そうとしているような気がしたが、彼女はただ、彼にドアを開けてくれるように合図しただけだった。彼はそのようにし、彼女は出て行った。

彼女は舗道の上で立ちつくした。不思議なことに、おかしなほど、心は自由で軽やかだった。どこに向かい何をすればよいのか、全く分からなかったが、それでも、一昼夜彼女を苦しめ続けた恐れは消えていた。空は頭上で青く輝いていた。通りの向こう側は隅々まで日を浴びていた。彼女は喜びにあふれたその日の輝きを、その輝きにふさわしい喜びをもって迎え入れた。宇宙の神秘の中にいるようだった。子守女中が、赤ん坊を乗せた乳母車を押して通りをやって来た。彼女はかがんで子どもに挨拶をし、その子にひどく無意味なことを熱に浮かされたように語りかけたので、若い女中は目を見張っていた。子守と子どもは行ってしまい、ノラは人気のない通りのあちらこちらに目をやりながらとどまっていた。突然、一人の紳士が前方の交差点からその通りに入ってきた。男は足早に歩いていた。片手に帽子を持ち、もう片方の手にはハンカチを握って額をぬぐっていた。立ち止まって、その男が眩しい通りを近づいてくるのを見守っているうちに、奇妙で全く名状しがたい感覚がわき起こった。不思議にも、数年前に医者が彼女にエーテルを一服処方した時の感覚に似ていた。その紳士がロジャーだということに気がついた。しかし、二人を隔てる短い距離と時間は、激しい動悸とともに無限の空間と時間に膨張したように思われた。彼女は長い間彼を見ているように思ったが、そのうちに自分が、あらゆる感情を巡り、自分の存在を完全に実現しながら漂っているように感じられてきた。そう、彼女は宇宙の神秘の中にいた。そしてその宇宙の神秘とは、ロジャーがその中で唯一、心ある人間だということだった。突然彼女は、つかまれたことをはっきりと感じた。ロジャーが目の前に立って彼女の片手をつかんでいた。一瞬、彼は何も言わなかった。しかし、彼の手の感触が多くを語っていた。二人はつかの間、立ち止まって目を走らせ、互いに面差しが変わっていることに気づいた。「どこに行くところなの？」ロジャーはやがて哀願するように言った。

ノラは無言で、彼のやつれた両目の中に苦悩の跡をすべて読み取った。不思議なことに、これは彼女がこれまでに目にしたものの中で最も美しいもののように思われた。その眺めは甘美だった。ロジャーの心の秘密を一層高らかにささやくように思われた。

ノラは自分の心を落ち着かせた。死の床にある者が遺書を作成する時のように厳粛だった。しかしロジャーは、なおもみじめな疑念と不安の中にあった。「ぼくは君を探しに来た」彼は言った。「君が手紙に書いた頼みに反しているね」

「私の手紙を受け取ったの？」ノラは尋ねた。

「それだけが君がぼくに残してくれたものだった」彼はそう言うと、手紙を引っぱり出した。折り目がついてしわだらけになっていた。

彼女はそれを彼から取り上げ、自分の服のポケットに押し込んだ。その間も目は彼の目から一切逸らさなかった。「私がこれを書いたということを忘れようとしないで」彼女は言った。「私がこれを燃やすところを見て、それを覚えていてほしいの」

「それはどういう意味なの、ノラ？」彼はほとんど聞き取れないような声で尋ねた。

「私が今日は、『あの時』よりも賢い娘であるという意味です。自分のことをもっとよく理解し、あなたのこともっとよく理解しています。ああ、ロジャー！」彼女は叫んだ。「あらゆることを意味するのよ！」彼は彼女の片手を自分の腕に通すと、自分の胸に押し当てた。その間、じっと舗道を見つめたまま立っていた。事態がこのように激動している只中で、自分を落ち着かせるためであるかのようだった。それから頭を上げると、「おいで」彼は言った。「さあ！」

しかし彼女はもう一方の手を彼の腕の上に置いて引き留めた。「いいえ。あなたにはまず理解してほしいのです。もし私が以前より賢くなっているとすれば、私は英知を自分を犠牲にして身に付けたのです。今の私はあなたが日曜日に求婚した時と同じ娘ではありません。私は――私は『名誉を傷つけられた』ように感じています！」彼女は言った。この言葉は彼の魂を奥底まで揺さぶるほどに激しく発せられた。

「かわいそうに！」彼はじっと見つめながらささやいた。

「あの家には年若い女性がいるの」ノラは続けた。「彼女があなたに、私が恥知らずだと教えてくれるでしょう！」

「どの家のこと？　その若い女性は何者なの？」

「名前は知りません。ヒューバートが婚約しているの」

ロジャーは背後の家を一瞥した。その家が示し、封じ込めていることすべてに軽蔑と忘却とを投げつけるかのようだった。それから、この上なく優しい微笑みを浮かべてノラの方を向いた。「ねえ、ノラ、ぼくたちがヒューバートの若い娘たちとどんな関係があるというの？」

読者もお許しになると思うが、ロジャーはこの状況にふさわしい行動をした――その後に生じた状況すべてについても同様だった。

キース夫人とローレンス夫人はとてもよい友人である。ローレンス夫人のように魅力的な女性に信頼されていることを賞賛されると、キース夫人は扇を開けたり閉じたりしながらこう言うのだった。「実のところ、ノラは私に格別の恩義があるのです！」

訳注

(1) 原書に付された注。雑誌掲載作品に大幅な変更が加えられたことが明記されている。詳細は解説を参照。
(2) 男性が首に巻くスカーフ状の布。
(3) 新約聖書に、「施しをするときは、右の手のすることを左の手に知らせてはならない。あなたの施しを人目につかせないためである」という箇所がある。(「マタイによる福音書」六章)以下、訳注内の新約聖書口語訳の直接引用は『新約聖書Ⅰ』(文藝春秋、二〇一〇年)に依拠した。
(4) 新約聖書に、「父は悪人にも善人にも太陽を昇らせ、正しい者にも正しくない者にも雨を降らせてくださる」という一節がある。(「マタイによる福音書」五章四十五節)
(5) 新約聖書に、「幼子や乳飲み子の口に、あなたは賛美を歌わせた」という一節がある。(「マタイによる福音書」二十一章十六節)
(6) 原文では"sotto voce"である。イタリア語で、音楽の発想標語の一つである。
(7) 使用人を置く邸宅等において使用人の部屋は地階にあった。
(8) イタリアの作曲家、ジュゼッペ・ヴェルディ(Giuseppe Verdi, 1813-1901)のオペラ作品。
(9) ビクトリア時代を代表する英国詩人の一人、アルフレッド・テニスン(Alfred Tennyson, 1809-92)の詩「マリアナ」（“Mariana,” 1830）からの一節。この詩は、ウィリアム・シェイクスピア（William Shakespeare, 1564-1616）の戯曲『尺には尺を』（*Measure for Measure*）において元婚約者を「堀を巡らせた田舎屋敷」で待ちわびる女性登場人物に題材を得ている。テニスンは一八五〇年にウィリアム・ワーズワス（William Wordsworth, 1770-1850）の後の桂冠詩人に任命された詩人である。

(10) おとぎ話集で版を重ねて出版された。版によって挿絵の有無や掲載されている作品は異なるが、一八七〇年前後の版には、後出の「思慮深いプリンセス」（“The Discreet Princess”）と合わせて、「アラジンと魔法のランプ」（“Aladdin, or the Wonderful Lamp”）、「美女と野獣」（“Beauty and the Beast”）、「シンデレラ」（“Cinderella, or the Little Glass Slipper”）などの掲載が確認できる。確認できた次の三版において「思慮深いプリンセス」は「シンデレラ」の次の作品である。ノラが「シンデレラ」を読んだところであることが示唆されていると考えられる。なお、掲載作品の確認は、HathiTrust Digital Library を参照するとともに、ペンシルベニア大学図書館の協力を得た。［*The Child's Own Book of Standard Fairy Tales, Containing Aladdin, Cinderella, etc. Illustrated by Doré & Cruikshank.* Philadelphia, Ashmead, 1868. *HathiTrust Digital Library*, www.hathitrust.org/digital_library.］［*The Child's Own Book, and Treasury of Fairy Stories: Illustrated by Two Hundred and Fifty Engravings by Eminent Artists.* New York, James Miller, [1868?]. *HathiTrust Digital Library*, www.hathitrust.org/digital_library.］［*The Child's Own Book, and Treasury of Fairy Stories Illustrated by Two Hundred and Fifty Engravings by Eminent Artists.* New York, Allen Brothers, 1870. Credit to Atha Tehon Thiras Art and Design Collection, Kislak Center for Special Collections, Rare Books and Manuscripts, University of Pennsylvania.］

(11) 結婚適齢期の三人の王女のうち、思慮深い三女フィネッタ（Finetta）が、度重なる危機を機知によって回避し、幸せな結婚と王妃の座を手に入れる物語。フランス貴族のマリー＝ジャンヌ・レリティエ・ド・ヴィランドン（Marie-Jeanne L'Héritier de Villandon, 1664-1734）によるおとぎ話が原典。

(12) ヒューバートの発話はフランス語であるが、「フランス語で」という説明は付されていない。「フランス語で」は訳出に際して訳者が挿入した。なお、足の大きさは、前後のおとぎ話との関係からも、シンデレラのイメージと重ねられていると考えられる。後にノラは自分の社交界デビューの様子をシンデレラのイメージを交えて伝える。

(13) 原語では“Prince Avenant”（フランス語）。おとぎ話の男性主人公で、理想化された若い恋人役がこのように呼ばれる。英語では“Prince Charming”（チャーミング王子）に相当する。[“Prince Charming, n.” *OED Online*, Oxford UP, March 2019, www.oed.com/view/Entry/151408.]

(14) 原語はドイツ語。

(15) ローマ・カトリック教会の主聖堂。ローマ市内に位置するバチカン市国にある。

(16) 南アメリカ大陸の最南端の岬。

(17) 南北アメリカ大陸を結ぶ中南米の地峡。太平洋側のパナマ湾と、大西洋側のカリブ海に挟まれる位置にあり、一八五五年には地峡を横断するパナマ地峡鉄道が開通した。二十世紀に入って、太平洋と大西洋を結ぶパナマ運河が竣工した。

(18) イギリスの作家、ローレンス・スターン（Laurence Sterne, 1713-68）が『センチメンタル・ジャーニー』（*A Sentimental Journey Through France and Italy*, 1768）と題する、自身の大陸旅行に基づく紀行文を出版している。作家の個人的な心情の記録に重点が置かれている点が特徴である。

(19) 南米の国、ペルー共和国の首都。

(20) 西インド諸島の国、キューバ共和国の首都。

(21) 南米の国、ブラジル連邦共和国の都市の一つ。

(22) イギリスの民間伝承の物語詩。

(23) 平屋根の家屋の屋上に作られた広場のこと。

(24) 南米南西部の国、チリ共和国の都市の一つ。

(25) ヘブライ語で、「まさに」や「確かに」の意味を持つ。

(26) 英国国教会の流れを汲むキリスト教の一派。

(27) ひじ掛けや背もたれのない腰掛け。

(28) ロチェスターとジェイン・エアは、イギリスの作家、シャーロット・ブロンテ（Charlotte Brontë, 1816-55）の代表作『ジェイン・エア』（*Jane Eyre*, 1847）の主要登場人物。容姿に恵まれない、二十歳近くの年の差がある男女の恋愛を描いた長編である。

(29) このくだりは、初出の『後見人と被後見人』（『アトランティック・マンスリー』誌、一八七一年九月号掲載分）から変更が加えられた箇所の一つである。雑誌版においてはロジャーが好む作家として、イギリスの作家、ウィリアム・メイクピース・サッカレー（William Makepeace Thackeray, 1811-63）の名前が挙げられ、読書の趣味においてノラの共感がまだ得られていない作品の一つとして、サッカレーの小説『ニューカム家の人々』（*The Newcomes*, 1854-55）が言及されている。

(30) 『レッドクリフの相続人』（*The Heir of Redclyffe*, 1853）は、イギリスの作家シャーロット・メアリー・ヤング（Charlotte Mary Yonge, 1823-1901）の作品の一つ。当時大変な人気を博した。その人気は、オックスフォード大学出版局から発刊の本作品の編者、バーバラ・デニスによれば、同時代のチャールズ・ディケンズ（Charles Dickens, 1812-70）の『デイビッド・カパフィールド』（*David Copperfield*, 1850）や『ジェイン・エア』と肩を並べるほどであった。一八七五年までには、十七版を重ねるベストセラーになっていた。また、第一次世界大戦期まで、「六ペンス古典叢書」（6d. Classics）やその他の形で、毎年再版され続けたという。[Barbara Dennis. Introduction. *The Heir of Redclyffe*. Edited by Dennis, Oxford UP, 1997, pp. vii-xxv.] ただし、初出の『後見人と被後見人』においては、ノラが再読を重ねる小説は『レッドクリフの相続人』ではなく、アイルランド出身で長年バイエルンに居住した作家、ジェマイマ・モントゴメリー・トートフィアス男爵夫人（Jemima Montgomery Tautphoeus, 1807-93）の小説『イニシャル』（*The Initials*, 1850）であった。また、『レッドクリフの相続人』の登場人物「フィリップ」の名前が後出する部分は、初出作品では『イニシャル』の登場人物、「ハミルトン氏」であった。

(31) 『レッドクリフの相続人』の主要登場人物の一人。

(32) 「自分の顔に対する恨みを晴らすために鼻を切り落とすな」という諺に言及している。腹立ち紛れに自分の損になることをするな、という戒め。

(33) 原語はフランス語。

(34) スペインの作家、ミゲル・デ・セルバンテス（Miguel de Cervantes Saavedra, 1547-1616）の長編小説『ドン・キホーテ』（*Don Quijote de la Mancha*）に言及している。主人公ドン・キホーテはラ・マンチャ出身の郷士であるが、騎士道物語を読んで騎士になりきり、やせ馬ロシナンテスにまたがって旅に出る。

(35) 新約聖書に、兄弟の目の中にあるおが屑を取るようにと兄弟を批判する前に、自分の目の中から丸太を取り除くように諭す場面がある。他人を裁くことの偽善を諫めている。（「マタイによる福音書」七章）

(36) 米国中西部の州。セントルイスはこの州東部の都市。

(37) カスタネットを持って踊られる軽快なダンス。スペイン由来のものとして知られる。

(38) 「飼い葉桶の中の犬」はイソップ物語に由来する言葉。飼い葉桶に入り込んで牛の邪魔をし、自分は食べないにもかかわらず干し草を牛にも食べさせようとしない犬の話で、自分に不要なものを他人にも使わせようとしない人間の例え話になっている。

(39) 『ヘンリー・エズモンド』（*The History of Henry Esmond*, 1852）はサッカレーの歴史小説。カースルウッド令夫人はヘンリー・エズモンドが敬愛する人物である。憤ったカースルウッド令夫人の様子を夫の子爵がこのように表現する場面がある。

(40) ヨシュアは聖書にイスラエル民族の指導者として登場する人物。「ヨシュア記」十章によれば、ヨシュアが太陽と月に呼びかけて祈ると、祈りに応じて太陽と月が静止し、太陽はおよそ一日、中天にとどまった。

(41) 原語はフランス語。

(42) ボストン中心街を通る商業の中心地で、今でもマサチューセッツ州で最長の通りの一つ。埋め立て事業以前、ボストンは半島であった。ワシントン通りは、ボストンがあるショーマット半島と本土とを結ぶ「ボストン・ネック」と呼ばれる地峡を通っており、入植者にとって、半島と本土を移動する主要な幹線道路であった。なお、ワシントン通りに関しては、セイラム州立大学のピエール・ウォーカー教授より、教授の編著に掲載予定の貴重な情報をご提供いただいた。教授の編著は、ケンブリッジ大学出版局より刊行予定である。[Henry James. *Watch and Ward.* Edited by Pierre A. Walker, Cambridge UP, forthcoming.]

(43) ピンチョの丘のふもとにあるトリニタ・デイ・モンティ教会から南東に下り、サンタ・マリア・マッジョーレ大聖堂に至る長い通りがフェリーチェ通りと呼ばれていた。現在は三つの通りに分けてそれぞれに名前が付されている。システィーナ通り、クアットロ・フォンターネ通り、およびアゴスティーノ・デプレティス通りである。

(44) 現在のローマ市内に位置する丘。丘の上からはローマ市内を眺望できる。

(45) 紀元前三三〇－三二〇年頃に作られた古代ギリシャの彫刻。二世紀頃の複製が、バチカン美術館に所蔵されている。[“Belvedere Apollo.” *Musei Vaticani*, www.museivaticani.va/content/museivaticani/en/collezioni/musei/museo-pio-clementino/Cortile-Ottagono/apollo-del-belvedere.html.]

(46) ローマ市郊外の平原や丘陵からなる地帯。カンパーニャ・ディ・ローマ。

(47) 悪魔の名前。ドイツの伝説において、ファウストが魂を売る相手である。[“Mephistopheles, n.” *OED Online*, Oxford UP, March 2019, www.oed.com/view/Entry/116590.]

(48) 「くだらない話」の原語はフランス語。

(49) 新約聖書の内容に言及している。イエスが、弟子たちが持っていた「パン五つと魚二匹」を群衆に与えると、五千人以上の群衆の空腹が満たされた。(「マタイによる福音書」十四章)

(50) ロジャーの田舎の家は、ボストン近郊の、頭文字が「C」の町にあるという設定である。

(51) 前出のフェリーチェ通りと呼ばれていた通り沿いのトリニタ・デイ・モンティ教会から大階段を下ると、スペイン広場と呼ばれる広場に至る。

(52) 新約聖書の内容に言及している。イエスは収税所に座っていたマタイに声をかけ、マタイはその言葉に従う。その後、取税人や罪人と食事を共にし、イエスはパリサイ人にその理由を問われる。(「マタイによる福音書」九章)

(53) 原語はフランス語。

(54) 「生き埋め」という意味のイタリア語。

(55) “protégée”(フランス語)が使われている。

(56) 教会内の地下墓地。

(57) 教会内の小礼拝堂、納骨所。

(58) 「あなたもご存知のローマの光」以降は、雑誌掲載時には次のように表現されていた。「溶けた黄金と流動化した紫水晶とが入り混じったように見える、鍛えられた鋼鉄のようなあのローマの輝きです」。
(59) 原語はイタリア語。
(60) 原語はイタリア語。
(61) イングランドで知られた道化師、ウィリアム・ケンプ（William Kemp）の記録に言及していると考えられる。ケンプは九日間でロンドンからノリッジ（イングランド東部の町）までモリス＝ダンス（英国の民俗舞踊で、伝説上の人物などに扮して踊る）を続けた。この時の百マイル程度の旅の記録をケンプ自身が『ケンプの九日間の奇跡』（*Kemp's Nine Days Wonder*）と題した小冊子にまとめて一六〇〇年に発行している。["Will Kemp's Nine Days Wonder, 1600." *British Library*, www.bl.uk/collection-items/will-kemps-nine-days-wonder-1600.]
(62) 前出のフェリーチェ通りの一端に位置するカトリック教会の大聖堂。
(63) アレクシス・フランソワ・リオ（Alexis-François Rio, 1797-1874）。芸術批評家として知られた。
(64) アラコエリのサンタ・マリア聖堂（Basilica of Santa Maria in Ara Coeli）はカンピドーリオの丘に立つバシリカ聖堂。
(65) ローマ・カトリック教会の総本山。
(66) 古代ローマ七丘の一つ。頂上にはカンピドーリオ広場があり、ローマ市庁舎が立っている。前出のアラコエリのサンタ・マリア聖堂はこの広場に隣接している。
(67) 古代ローマの政治家。ガイウス・ユリウス・カエサルの暗殺に関わったことでも知られる。
(68) ローマ帝国の初代皇帝。
(69) 新約聖書の内容に言及している。「なぜ、衣服のことで思い悩むのか。野の花がどのように育つのか、注意して見なさい。働きもせず、紡ぎもしない」（「マタイによる福音書」六章二十八節）なお、訳文中の文語訳

(70)「労せず、紡がざるなり」は『文語訳新約聖書――詩篇付』(岩波書店、二〇一四年)に依拠した。
(71) アテーナーはギリシャ神話の知恵や戦術の女神。ヨヴェはギリシャ神話のゼウスに当たるローマ神話の主神。
(72) フランス語による発話。
(73) イギリスの文筆家、サミュエル・ジョンソン(Samuel Johnson, 1709-84)のこと。辞書編集で知られる。
(74)「サープリス」と呼ばれる、聖職者や聖歌隊が儀式の際に着る白衣。
(75) ギリシャ神話で善人が死後に住む楽土。
(76)「曲がり角のない道はない」という諺を踏まえている。
(77) 子牛や子羊などの膵臓や胸腺を食材とした料理。
(78) ドイツの作曲家、カール・マリア・フォン・ウェーバー(Carl Maria von Weber, 1786-1826)のオペラ作品。
(79) ヒューバートはドイツ語で「お嬢さん」と呼びかけている。
(80) ドイツ語による発話。
(81)「山がムハンマドの方に来ないならば、ムハンマドの方が山に向かわなければならない」という教訓に言及している。山に自分の方に来るように呼びかけても山が動かないことを示して、ムハンマドがこのように言ったという逸話を踏まえている。
(82) ギャロップ(gallop)は乗馬において最も早い走り方である。後出の「速足(jog)」とともに、読書の有様が馬の足並みに例えられている。
(83)「創世記」三十二章の一場面。天使はヤコブと格闘し、ヤコブには勝てないと悟る。
(84) トルコの長いタバコパイプ。
(85) 新約聖書の「使徒言行録」の一節に言及していると考えられる。(「使徒言行録」二十一章十四節)
二人乗りの馬車。

(86) 原文では「ダニエル」(Daniel)。「ダニエル」は聡明で公正な人物として聖書に登場する。

(87) 原文では「P. P. C.」で、"pour prendre congé"(フランス語)の略語である。転居や旅行で不在となる際、別れの挨拶のために名刺や手紙に記した。

(88) デルポイはギリシャの古都。デルポイのアポロン神殿において告げられた神託は、権威はあったが謎めいて難解であったという。

(89) 『千夜一夜物語』(*The Thousand and One Nights*)のこと。英語版の題名から、『アラビアン・ナイト』(*Arabian Nights' Entertainments*)としても知られる。

(90) シェヘラザードとバドゥーラ姫は、『千夜一夜物語』の登場人物。バドゥーラ姫はシェヘラザードが語る物語の登場人物の一人。

(91) 「理由を教えて!」はフランス語による発話。

(92) シェイクスピアの戯曲『ハムレット』(*Hamlet*)において、王子ハムレットが父王の幽霊と言葉を交わす第一幕第五場の終盤で登場するハムレットの台詞の一部である。

(93) 原語は"God bless you, my dear."で、単に別れの挨拶としても口にされる表現であるが、直後に語り手が独特の語り口で「神学的な挨拶」という形で言及する。

(94) 第七章の終わりのフェントンからの手紙における語は、"friendlessness"(孤独)であったが、この場面では、"friendliness"(友情)に変わっている。

(95) 十九世紀には、女性が男性の同伴なく外食をすることは例外的であった。その中で、「レディーズ・カフェ」のような名で呼ばれる、女性が女性だけで飲食できる場所が設けられるようになった。ポール・フリードマンによれば、一八一五年には早くも、ニューヨークのブロードウェイの一角の菓子店内に、女性だけで食事をすることができる別個の部屋が設けられたという。また、一八三三年には、"Ladies' Ordinary"と呼ばれる、女性専用のレストランの一店が開店したとのことである。[Paul Freedman. "Women and Restaurants in the Nineteenth-Century United States." *Journal of Social History*, vol. 48, no. 1, Sept. 2014, pp. 1-19.] ただし、本書内のこの店は、類似の名前を掲げつつも別種のいかがわしい店として登場している。

(96) フランクスは文法的にもおぼつかない言葉遣いをする人物として描かれている。

(97) テニスンの詩、「涙よ、空しい涙よ」("Tears, Idle Tears," 1847) からの一節。過ぎ去った日々を思い、悼む詩である。

(98) ニューヨーク市マンハッタン島の中心部にある広大な敷地を持つ公園。

(99) 薄手の網状の布地。

(100) 原語はフランス語。第四章(訳注三十三)で使われた語と同じ語である。

(101) 乞食娘と結婚するアフリカの王、コフェチュア王の伝承に関わるバラッドと考えられる。テニスンはこの伝承に基づく詩、「乞食の娘」("The Beggar Maid," 1842) を発表している。

(102) 原語はフランス語。

解説

一．作品の位置付け

『後見人と被後見人』（*Watch and Ward*）は、アメリカ出身で、後にイギリスに帰化した作家、ヘンリー・ジェイムズ（Henry James, 1843-1916）による長編第一作となる作品である。初出は月刊誌『アトランティック・マンスリー』（*The Atlantic Monthly*）においてであった。一八七一年八月号から十二月号にかけて五部立てで連載された。第一部から第四部までは二章ずつ、第五部のみ三章分の掲載である（一、二章が第一部、三、四章が第二部、五、六章が第三部、七、八章が第四部、九、十、十一章が第五部）。その後改訂が施され、一八七八年に単行本として出版された。この単行本の初版[(1)]を本邦訳の底本として使用した。

ジェイムズは、自身初の長編となる本作品に大きな期待を抱いて臨んだ。一八七一年八月九日のチャールズ・エリオット・ノートン（Charles Eliot Norton, 1827-1908）宛の書簡においては、本作品によって「芸術作品」を生み出そうとしたとの意気込みを記している（*CL[1855-1872]* 415）。しかし、後のジェイムズは、『ロデリック・ハドソン』（*Roderick Hudson*, 1875）を自身の作品選集の第一作に選んだ。この作品選集シリーズは、一般に「ニューヨーク版」と呼ばれ[(2)]、この時点までのジェイムズの作家活動の集大成と位置付けられるが[(3)]、この選集に『後見人と被後見人』は選ばれなかったのである。

ジェイムズは、ニューヨーク版『ロデリック・ハドソン』の序文において、『ロデリック・ハドソン』が「『複雑な』主題を持った長編小説を書こうとした最初の試み」であると記している。そして、それまでは「技術を身に付けようとして『短編』という浅瀬や砂だらけの入江であちこちに体をぶつけていた」と書く（vi）。『後見人と被後見人』もこの模索の時期に書かれた作品ということになる。作家自身によるこの判断の影響もあってか、本作品に対する批評家の注目度はいまだに低い。確かに本作品は、欧州や米国の先行する作家や作品を強く意識する若いジェイムズが見え隠れする作品であって、手習い的な印象がぬぐえない。(4) しかし、生き生きとした筆致は比類ない上に、以降の作品で扱われる主題や表現の萌芽が驚くほどに集結している作品である。

二．作品名

作品名（*Watch and Ward*）には多重に意味が込められている。実際に、作品名の邦訳には『後見人と被後見人』をはじめとして複数ある。(5) 本邦訳に際して、原題の *Watch and Ward* という頭韻を生かしつつ、含蓄されている多重の意味を反映できる題名を検討した。最終的に、比較

ピンチョの丘を背にローマ市内を望む（右手奥がサン・ピエトロ大聖堂）※訳者撮影（2017 年 3 月）

的定着している『後見人と被後見人』とした。

ジェイムズは、途中で挫折したとはいえ、一時期米国マサチューセッツ州のハーバード大学（Harvard University）で法律を学んだ。本作品の語りは、「情状酌量」「心裡留保」「起訴」「証人」などを含めて数々の法律用語を交えながら展開されており、ジェイムズの法学の学生としての片鱗を見ることができる。[6] "Ward" もまた保護監督を受ける者を指す法律用語である。「後見人」と「被後見人」は物語の中心人物、ロジャー・ローレンス（Roger Lawrence）とノラ・ランバート（Nora Lambert）の関係に当てはまる。偶然にノラの父親の自殺に遭遇したロジャーは、一人残された十二歳のノラを引き取り、慈しみ、育てる。不思議なことに、ノラだけでなくロジャーも近親者から切り離された孤児のような境遇にある。この二人の関係は、法的な手続きをとってはいないものの、保護する者と保護される者、後見する者と後見を受ける者の関係にある。ただし、二人の関係に関わる箇所で "wardship" という言葉が作品内に登場するのは一度である。それも "ward"（第八章）という形で登場するのみである。

この縁もゆかりもない少女を育てる行為が、早晩、ロジャーにとっては「理想の妻」を育てる行為となる。J・A・ウォード（J. A. Ward）はこの状況を、「あり得ないだけでなく、多少常軌を逸している」と指摘している[7]（613）。この点に関して、ジェイムズ研究者として知られるレオン・エデル（Leon Edel）は、自身が編集した『後見人と被後見人』の序文において、本作品がウラジーミル・ナボコフ（Vladimir Vladimirovich Nabokov, 1899-1977）の『ロリータ』（*Lolita*, 1955）に通底していると述べている（Introduction 6-9）。本作品は『ロリータ』のように扇情的ではない。また、孤児やその保護者というテーマは当時流行した文学作品のテーマでもあったという。[8] しかし道徳的に厳しい社会にあって、読み方によっては検閲の対象になりかねない微妙な男女関係を扱っていると言えるであろう。中年にさしかかった独身男が、十七歳もの年の差がある少女を引き取り、やがては自分の結婚相手として明確に意識しながら理想の女性にするべく育て上げるのである。エデルも、本作品の設定や作中の表現が、書籍の検閲に専心していたボストンで見咎められなかったことを不思議な事実として話題にしている（Introduction 6）。

ただ、ボストンの読者の受容という側面からは、ジェイムズも、ロジャーのノラに対する道義的責任を暗示することでバランスはとっているように思われる。何といっても、ノラの父親はロジャーが金銭的援助を断った日の夜に自殺している。父親自身も脅しめいた言葉を残すのだが、実際にロジャーは自責の念にかられる。ノラが孤児となった原因の一端がロジャーにあるとすれば、そのノラを育てるという決断にも一理あることになるであろう。また第二章は、幼い少女を引き取るという行為に伴う周囲の様々な反応にロジャーが向き合った段階があったことを暗示して始まる。読者は、ロジャーが時間の経過とともにその難しい状況を克服していったと知らされるのである。後見人と被後見人の不自然な関係を読者が受け入れるだけの説得力ある説明が加えられていると言える。またノラはロジャーにとって、まずは教育の対象である。ロバート・ロング（Robert Emmet Long）はロジャーに、ノラを形作るピグマリオンとしての性格を見出しているが、ロジャーの主眼は、ノラに教育を施して善良な人間を作ることにある。ロジャーにとってノラとの日々は、自分の教育がどのような結果を生むのかを固唾を飲んで見守る過程である。

とはいえ、やはりロジャーの行為は道徳的葛藤を多くの読者に引き起こすものと言えるであろう。一方では、唯一の保護者だった父親を失って数日先もおぼつかない孤児を引き取り立派に育て上げるという、慈愛に満ちた高潔な行為である。しかし他方では、失恋した男の利己的な行為とみなされ得る。引き取った時点では結婚相手を育てるという意図は明確には意識されていないが、その意図は徐々に形成され、第二章の終わりには明確になっている。ジェイムズは作中で、ロジャーがノラを引き取った行為を、"bargain"

や"account"をはじめ、経済用語を用いて表現している。ロジャーが少女を引き取った行為は、経済力を用いて他人の人生を買収する取引として描かれている側面があるのだ。実にロジャーは、ノラを結婚相手として欲するあまりに、ノラとの結婚を投資の対価とみなす思考回路に陥る。一方ノラも、ロジャーに多くを負うているという自意識の重圧のもとで育ち、ロジャーの思惑を知った時には、むしろ当初から契約の条件を示してくれた方がよかったのにと嘆く。そもそもノラの父親の死も借金苦によるものである。また、キース夫人（Mrs. Keith）の結婚相手を選ぶ基準は裕福か否かであり、実益が優先される。本作品は冒頭から、経済が生を支配する殺伐とした世界を見え隠れさせているのだ。作中でジョージ・フェントン（George Fenton）が、ノラを理想の妻に育て上げようとするロジャーの行為を「傲慢な余暇の使い方」と捉えて憤りを覚える場面がある（第四章）。総じて悪役のフェントンであるが、この指摘は妥当なものであろう。この意味では、ロジャーの道徳的善良性は脆弱である。ロジャーがノラの父親の懇願を拒絶して百ドルを渡さなかったのは道徳的理由からであった。結果としてノラの父親は命を落とす。しかし後にフェントンとの諍いの中で、ロジャーは一九〇ドルを無為に炉に投げ込む。ノラの父親の命を長らえたであろう額の約二倍の額である。ロジャーの善良性が実際には不安定なものであることが露見する場面である。ただし語り手は概してロジャーに好意的な語りを展開していく。この語り手の有様に、ジェイムズの信頼できない一人称の語り手の片鱗を見ることも可能である。(9)

ロジャーが早くから自分を結婚相手とみなしていたことを知ったノラは愕然とし、ニューヨークへ出奔することでロジャーとの経済的な依存関係を解消しようとする。しかし結局、フェントンやヒューバート・ローレンス（Hubert Lawrence）への当てが外れ、ニューヨークまでノラを探しに来たロジャーと結ばれることになる。ノラとロジャーがニューヨークの路上で再会する場面を描く作家の筆致は、ロマンティックな要素を盛り込みつつも、人間の選択の背後に存在する経済の不気味な影を感じさせるものとなっている。他の選択肢を絶たれた無一文のノラにとっては、ロジャーとの結婚は負債を返済する手段であると同時に、生きるための手段である。ノラの決断はロジャーの愛情に対する開眼のみによる結論ではないように思われる。積極的な選択というより、消去法による選択という側面があることは否めない。路上でロジャーの腕を取るノラの振る舞いには、その決断に踏み切る成熟した覚悟が書き込まれているように思われる。

しかし、両手を挙げて称賛できない一方で、ロジャーの行為を一刀両断に批判することもできない。ロジャーの行為は、金銭と生の取引を超えた美しさを持って描き上げられている。父親の拳銃自殺を目の当りにして心に傷を負った少女が、次第にロジャーに心を開き、のびのびと成長する姿と、その成長を愛情に満ちた目で見守るロジャーの姿は感動的でさえある。本作品は、ロジャーの行為に関わる道徳的正当性の中間領域を問題化し、読者に問いを発する作品でもあると言えよう。富と生の取引、そしてその道徳的妥当性を巡る問題は、ジェイムズの作品の多くに通底するテーマの一つである。

実に、*Watch and Ward* は、保守的であったボストンを拠点に芸術の表現活動に圧力をかけた組織の名称を連想させる。十九世紀末から二十世紀中葉にかけて、マサチューセッツ州ボストンでは、"Watch and Ward Society" と呼ばれる組織が、書籍や舞台芸術の検閲を含めた活動を行っていた。(10) この組織がウォルト・ホイットマン (Walt Whitman, 1819-92) の『草の葉』(*Leaves of Grass*) の禁書化に関わったことはよく知られている。「ボストンでは禁止」("Banned in Boston") という言葉が知られるようになったのも、ボストンにおいて活発に行われた検閲活動による。ジェイムズの本作品は、このようなボストンとボストン近郊の町を拠点に展開しているのである。

さらに、"Watch and Ward" の "Watch" と "Ward" という二語がそれぞれに多様な意味を包含している。また“keep watch and ward”という熟語は「不断の警戒をする」という意味を持つ。ロジャーはノラを保護監督することで「見守る」。しかしノラも一方的に「監督」されるだけではない。保護者であるロジャーや自分が置かれた境遇を見つめ、成長とともにやがて自分の「囚われ人」としての立場も悟る。少女が観察を通じて認識力の成長を遂げるという意味では、ノラは、『メイジーの知ったこと』(*What Maisie Knew*, 1897) のメイジーの素描と捉えることができる。“Watch”はノラのことでもあるのだ。“Ward”の方は、「被後見人」という法律用語であることに加えて、行政区や病棟、刑務所の監房、監視、管理人も意味する。(11) 作品名は、ロジャーとノラが互いに“Watch”と“Ward”として不断に警戒しながら観察する関係にあることをよく表している。

さらに“Watch”は時計も意味する。少女の成長という、時間の経過が不可欠な要素となる小説において時計は重要な道具である。“Ward”の方は鍵の突起部分の刻み目である。鍵の刻み目と鍵穴とが合致すれば解錠できる。第五章の、時計の巻きねじを紛失したノラを巡るロジャーとヒューバートのやり取りは性的な含蓄も暗示されるくだりである。(12) ロジャーとノラの関係が時計と鍵に例えられており、時計とその時計を進めさせる巻きねじという補完関係が示唆される箇所である。しかし第一章においてすでに鍵のイメージは登場している。結婚前のキース夫人、すなわちイザベル・モートン (Isabel Morton) に求婚を断られて自暴自棄になり「心に鍵をかけてしまう」つもりであったロジャーだったが、天涯孤独のノラに共感してその決意は薄れていく。この際に語り手はノラを、鍵を握る者、つまりロジャーの心の鍵を開ける存在として語っている。

三、作品の改訂――雑誌掲載作品と単行本作品

雑誌掲載から七年後の一八七八年に単行本が発刊されたが、単行本の刊行に向けて初出のテクストには多くの変更が加えられた。一八七八年四月十九日に父ヘンリー・ジェイムズに宛てた書簡によれば、前年の夏に出版社から単行本としての再出版の提案を受けた際には一旦断ったが、再読した後に、「何らかを稼ぐための誠実な方法」と考えるようになったという。そして、「修正し、かなり書き直し」、「苦労して繕った」結果、「とても貧弱で氷柱と同じくらい『冷たい』」けれども、十分に「整えられた」ものとして世に出ることになるだろうと書いている（*CL[1876-1878]* 104-05）。一八七八年の単行本の冒頭には注が付せられており、本作品の初出が一八七一年の『アトランティック・マンスリー』誌上であったことと合わせて、元の作品が「細部にわたって改訂され」、「数多くの語句が変更された」ことを伝えている。

単行本テクストには雑誌掲載版に対する加筆・修正が随所に見られる。[13] B・R・マケルダリー（B. R. McElderry, Jr.）は本作品の改訂に関して、「八百以上の言葉の変更」を数えるとともに「句読に関わる徹底的な修正」を認めている（457）。しかしこうした変更は、プロットに関わるものというより文体や表現に関わる変更であると指摘されることが多い。エデルやマケルダリーは、加筆・修正に際して、正確性と簡素化が重視されたと述べている（Edel, Introduction 2）（McElderry 458）。確かに雑誌掲載分の文体の方が難解な部分も多いため、一八七一年の作品の方にむしろ「後期の難渋な文体の萌芽」が見られるという栃原知雄の指摘は理解できる（一七七）。しかし、プロットに大きな影響を与える変更ではないとしても、初出作品と改訂作品との間には作品の意味づけに影響を与える程度には差異があると言える。[14] 特に作品のエンディングに向かう場面の変更は重要である。一八七一年の雑誌掲載分の最終場面では、ノラは再会したロジャーの目

の前で自分の置き手紙を破り捨てる。一方、単行本では一旦ポケットにしまって持ち帰ることにする。ノラによれば、後にロジャーの目の前で燃やす予定だという。手紙の焼却はジェイムズ作品において、『アスパン文書』（*The Aspern Papers*, 1888）にも登場するとおり、手記の価値を無限に高める効果を持つ。手記は紛失や焼却を伴いながら、ジェイムズの以降の作品に繰り返し登場するモチーフの一つであり、ノラの改訂前後における行動の変化は、ジェイムズの執筆物に対する捉え方の変化を示唆するものとみなすことができるであろう。また雑誌版では、ヒューバートやヒューバート夫人のその後が作品の最終場面を飾っている。しかし単行本では彼らに言及する部分は削除され、キース夫人の満足そうな発話が最終文である。

ジェイムズによる自身の作品の改訂としては、ニューヨーク版の構築過程での作業が知られる。ジェイムズは、ニューヨーク版作品選集の発刊に際して、主に初期の作品に大幅な改訂を施した。初期の作品の一つ、『アメリカ人』（*The American*, 1877）に関してエデルは、ニューヨーク版の『アメリカ人』は改訂前の作品とは「ほとんど別個の作品」と評しているほどである（*Conquest* 257）。改訂という執筆活動の実践が、初の小説においても大規模に行われていることは、改訂作業がジェイムズの執筆活動全体にわたって重要な意味を持っていることを裏付けるものである。この点において、アルバート・ゲーゲンハイマー（Albert Frank Gegenheimer）の「執筆活動の最初期からジェイムズは改訂者だった」（233）という言葉は、マケルダリーも賛同するように適切な指摘であると思われる（457-58）。

ミリセント・ベル（Millicent Bell）は、ジェイムズの改訂活動とジェイムズの人生とが重なるものであったことを指摘している。幼い頃から幾度も新旧大陸間を往復し、中年期からは在欧のアメリカ人作家として活動したジェイムズは、実際に生きられた人生と、仮に終生アメリカで生きた場合の反実仮想上の人生とを並置する思考の中にいたと考えられる。「見られたものから見られていないものを推測する」（"Art" 32）という想像力の威力を重視するジェイムズにとって、反実仮想上の人生も実際に生きられた人生同様に生きられた感覚に満ちたものだったのかもしれない。紙面に残されなかった文字もまた、印刷されて紙面に残された文字に幽霊のように取り憑き、同様の真正性を持って作家に迫ってきたものと思われる。改訂後の言葉が紙面の余白にびっしりと書き込まれたジェイムズの改訂原稿はよく知られる。ジェイムズが、様々な執筆段階において、同一の作品内容を表象させるために異なる言葉や文字を必要としたことは、「終始同一性を保った自己」という自己概念にも揺さぶりをかける。

四．以降の作品との関係

本作品はジェイムズの作品全体に繰り返し現れる主題や表現に満ちている。ウォードの言葉を借りれば、本作品は「後の作品の先駆者」(616) ということになる。ここではそうした主題や表現のいくつかに言及したい。

(1) 国際テーマ

ジェイムズ作品で最も知られる作品の多くは「国際テーマ」を扱う作品であろう。『後見人と被後見人』も新旧大陸間の往来を扱っており、「国際テーマ」の小説の一つとみなすことができる。基本的には、本作品の舞台はアメリカのニューイングランドである。二十九歳の主人公ロジャー・ローレンスは、ボストンの裕福な家の出である。エデルも注目を促しているが (Introduction 11)、ラベンダー色の手袋をもてあそびながら時間をつぶしているロジャーは、相続した財産に支えられて、経済的な不安とは無縁の人物として描かれている。親から譲り受けた土地はボストン近郊の、頭文字が「C」の田舎にある。彼は、引き取った少女ノラと、その田舎の家において牧歌的で穏やかな生活を営む。しかし列車に乗れば二時間でボストン市街に移動できる位置にあり、冬期には家を借りて市街に住む。列車での移動や、路面馬車鉄道が登場する場面がある一方、日常の移動手段として個人用の馬車が多用されるなど、公共交通網が発展する過渡期にあるニューイングランドの姿が切り取られている。

その生活に慣れていたノラが、キース夫人とともに訪れるのがイタリアのローマである。ロジャーの惜しみない援助により、ノラは何不自由なくローマ滞在を満喫する。歴史の蓄積を象徴する「奇跡の都市」ローマにおいて、ノラは教養を身に付けながら美しく洗練された女性へと変貌を遂げる。ジェイムズはノラに、「ローマでの一か月は故郷での一年よりも人を成長させる」と言わせている。世俗的な聖職者ヒューバートもローマに留学したことがあるという設定である。憧れを抱くヒューバートから思い出話を聞いたノラは、ピンチョの丘にあって、カンパーニャ平原を見渡せる、ヒューバートの下宿先だった場所を訪れる。その居室には現在は画家が住んでいる。またヒューバートが滞在していた時には、同じ建物内にアメリカ人の女性彫刻家が居たことになっている。この下宿の周辺には、芸術を志す者が集ったマルグッタ通りも位置している。ローマには実際に、アメリカからも男女の画家や彫刻家が芸術を学ぶために渡った。このローマの姿は、ジェイムズの先行的アメリカ人作家ナサニエル・ホーソーン（Nathaniel Hawthorne, 1804-64）が『大理石の牧神』（*The Marble Faun, Or, The Romance of Monte Beni*, 1860）で描き出した、芸術の都ローマの残光を捉えるものである。本作品では、ヒューバートと知り合いだった女性彫刻家はすでに亡くなったとされ、アメリカ人にとっての芸術のメッカとしてのローマがこれ以上掘り下げられることはない。

また、プロテスタントとカトリックの宗教上の葛藤の片鱗も捉えられている。『ロデリック・ハドソン』

に続く初期の長編『アメリカ人』において、フランスの貴族に「不当に扱われた」主人公クリストファー・ニューマン（Christopher Newman）は、疲れ果て、パリのノートルダム大聖堂に入っていく。会衆席に座り、長い間とどまった後、アメリカへの帰国を決意する。この長編の最終章において、ニューマンの気持ちを整理させたのはカトリックの教会だったのである。しかし語り手は言う。「彼は祈らなかった。祈り求めるものはなかった」（542）。ニューマンがカトリックの教会に求めたのは、大聖堂の持つ「包容力（hospitality）」（542）だったようである。告解により赦しを得ることができるカトリックの教会の「恵み（blessings）」（Hawthorne 355）に惹き付けられる登場人物は、『大理石の牧神』にも描かれている。ここには、信者として属することはなくとも、心の安らぎを与えてくれる空間として、異なる宗教的教義の場を受け入れる登場人物の姿がある。ただし、『後見人と被後見人』における宗教的な葛藤のトーンは深刻ではない。教会に漂う香や宗教道具、聖職者との屈託のないやり取り、あるいは、カトリックに転向したキース夫人のノラに対する影響を心配するロジャーやヒューバートへの言及といったものにとどまっている。

ジェイムズが初めてローマを訪れたのは二十六歳の時であった。『後見人と被後見人』を雑誌に発表する約二年前のことである。ローマでの生活を報告するノラの手紙は、ボストン近郊に関わる部分とは趣が異なり、色彩に満ちた描写となっている。その恍惚とした筆致は、ジェイムズ自身のローマ体験を報告する書簡の語り口と重なる。ジェイムズは体調不良を理由に、ローマを目前にイギリスへと引き返すことも考えたが、結局、夜行列車でローマ入りを果たす。彼は、到着当日の正午から夕暮れまでローマを歩き回ったと報告する書簡を一八六九年十月三十日付で兄のウィリアム・ジェイムズ（William James）に書き送っている。ジェイムズは、「私は生きている！（At last —for the 1st time— I live!）」と感嘆符付きでその感動を表現した（*CL[1855-1872]* 166）。ジェイムズが愛したベネチアやフィレンチェ以上に、ジェイムズに衝撃を与えたのがローマであった。

同時に特筆すべきは、南アメリカ大陸やアメリカ南部にわたるロジャーの一人旅であろう。(15) ノラが不在の期間に行ったこの一人旅を、彼は女性との付き合い方を学ぶ研修旅行とみなしている感がある。ロジャーはテレサというペルーの女性と知り合い、その関係は婚約寸前にまで進展する。英語によって十分にコミュニケーションを図ることはできないものの、彼はテレサに惹かれる。ここでノラの手紙が到着しなければ、ロジャーはこの女性と結婚していたであろうことが示唆される。

さらに、国境を越えないまでも、米国内の都市間の移動も鮮明に描かれている。ボストンで一旦顔を合わせた主要登場人物たちが向かう先が大都会ニューヨークである。ノラの親類と称する許欺師まがいのフェントンが起業するのもニューヨークであるし、ロジャーのいとこで世俗的な聖職者、ヒューバートが婚約しているのもニューヨークにおいてである。その二人に空虚な期待を抱いてノラもニューヨークへと出奔し、さらにそのノラを追ってロジャーもニューヨークを訪れる。ノラとロジャーの結婚が確定するのもこの大都市においてである。二人の結婚は、二人で長らく生活したボストン近郊ではなく、様々な人間が行き交うニューヨークにおいて成立する。

『後見人と被後見人』はこのように、国内的、国際的な場所の移動を伴いながら展開するが、そこには登場人物の変化が絡められている。その変化は、ビルドゥングスロマン的な意味での内面の成長という側面を持ちつつも、同時に、現代的な意味でのアイデンティティの変容という側面も呈している。アメリカ西部での牧師職において、ヒューバートは理想の自己と現実の自己との間で葛藤を経験する。またノラがニューヨークでの経験を通じて身に付けた「より賢い自分」は単なる成長ではなく、以前の自分を犠牲にして得た変化である。場所の移動と登場人物の成長やアイデンティティの変容の問題は、「国際テーマ」の作品をはじめ、以降のジェイムズの作品において一層中心的なテーマとなって展開していくことになる。

（2）幽霊

ジェイムズ作品の中で「国際テーマ」と同様によく知られるのが幽霊ものである。中編『ねじの回転』（*The Turn of the Screw*, 1898）がその中でも特に知られている。しかし、ジェイムズの大半の作品において、幽霊は客観的な実体を持たない。『ねじの回転』の場合も、幽霊は結局のところ女性家庭教師の幻想にすぎないという可能性を終始残して展開する。むしろ幽霊は「ありえなかった別の人生」の幻影であり、それが登場人物に取り憑いていると考える方が適当だと思われる。『後見人と被後見人』においても幽霊は、イザベル・モートンとの潰えた未来やノラの不透明な過去、あるいはヒューバートとの関係に満たされなかった女性たちの未練のようなものを示唆している。外部から遺恨を持って取り憑く類の幽霊ではなく、「ありえなかった別の人生」の幻影として個人の内部から生じる幽霊像の萌芽が、本作品にも見られると言ってよいであろう。

（3）結婚

ジェイムズは男女の恋愛と駆け引きを様々な作品に取り上げている。しかしジェイムズ作品において結婚は、概して自他の人生への関与の問題と捉えられているように思われる。そして、結婚に踏み切る行為は、傍観者という特権的な立場を捨てて他者の人生に巻き込まれる行為とみなされているようである。ここには富の力も関係する。経済力ゆえに結婚に伴う関係性に巻き込まれる可能性がある一方で、経済力ゆえに結婚による関係性に絡めとられるのを回避することも可能である。語り手が、皮肉な調子にではあっても、未婚女性がうらやむ形としてキース夫人の未亡人生活を語るくだりは辛辣である。不在中の貸部屋業など、貪欲な経済感覚をもって家計を切り盛りしている様子は垣間見られるが、キース夫人の生活は一貫して有閑階級のもので、寡婦産に支えられたその裕福な生活は多少のことでは脅かされないことが前提となっている。凡庸だったらしい夫の不在を憂える様子はなく、キース夫人にとって結婚は専ら経済的な保証を意味する。夫人はその後、資産運用に成功して財を増やしたロジャーを見て、彼の求婚を拒絶した過去の判断は正しかったのかと自問する。ジェイムズ作品において、結婚が打算の上に成り立ち、傍観者としての立場を維持するために必要な経済力を支える手段として位置付けられている場合は多い。本作品にはその傾向が率直な形で現れているように思われる。

ヒューバートとフェントンはともに、美しく成長したノラに惹かれるが、作品後半で鮮明になるように、ロジャーの経済力がノラの価値を高めているにすぎない。ボストンを後にしたノラが単独で目の前に現れた時、両者ともに狼狽する。ノラがニューヨークでの数日を通じて突きつけられるのは否応のない富の力である。そのノラが最終場面でロジャーとの結婚を承諾する。この判断は、語り手が述べるように、ロジャーが唯一、心ある人間だということを証明したことによるのであろうか。むしろその理由は、手近にいた三人の中で最も恋愛の対象としては遠かったロジャーが唯一、手を引かずに残り、しかも裕福であることによるのではないかと思われるのだ。

本作品が登場人物の結婚という喜劇的な大団円を迎える点では、『ヨーロッパの人々』（*The Europeans*, 1878）のエンディングが思い起こされる。『ヨーロッパの人々』では最終場面において、ニューイングランドのガートルード・ウェントワース（Gertrude Wentworth）とヨーロッパ生まれのフィリックス・ヤング（Felix Young）、そしてガートルードの姉のシャーロット（Charlotte Wentworth）とユニテリアン派のブランド牧師（Mr. Brand）の結婚が成立する。しかし『ヨーロッパの人々』も同様に、ニューヨーク版作品選集に場所を与えられなかった作品である。

（4）執筆行為

中年のジェイムズがしばしば取り上げた、自己再帰的な、執筆行為に関わる問題はすでに本作品において意識されている。第七章には、ヒューバートとノラが大衆小説について語る場面がある。ヒューバートは自称想像力に富む読者である。彼は短絡的な筋書きの小説が氾濫していると嘆きつつ、小説に関する持論を展開する。その際、できの悪い小説を、不鮮明な模様が入り乱れる「絨毯の裏面」に例えている。一方、ジェイムズの短編「絨毯の下絵」（"The Figure in the Carpet," 1896）は、作中作家が、自分の作品の中に存在する「絨毯の下絵」を見出すよう、読者であり批評家でもある登場人物に挑戦する作品である。後者において、「絨毯の下絵」は作家の意図の比喩であるが、結局「絨毯の下絵」の正体が明かされることはない。本作品における、できの悪い小説の比喩としての「絨毯の裏面」は、「絨毯の下絵」を理解するための重要な視座を与えてくれるモチーフである。

執筆行為とその読者との関係は他の形でも考察されている。ロジャーは一人旅の間に膨大な量の日記をしたためる。後日、その日記からノラに朗読して聞かせるが、その退屈さに気づいたロジャーは、こんな日記は燃やしてしまった方がよい、と言う。対してノラは、本棚に並べるからとっておいてほしいと答える。その言葉にロジャーは、それは礼儀正しく燃やすのと同じだと答えるのである（第三章）。ジェイムズの作中作家が危惧するのが、作者の意図からためらいもなく離反する信頼できない読者である。その危惧ゆえに、すでに出版された自分の作品に対して改訂を続ける作中作家さえ描かれている。しかしそれほどの危惧と引き換えにしても、作品を読む読者の存在は、作品が存在するためには必要なのである。書かれたものを巡る、書く行為と読む行為の関係性に対するジェイムズの洞察が早くもこの作品に示されている。

この観点からは、ロジャーとノラの関係も作者と読者の関係として捉えることができる。ロジャーのことをピグマリオン的な創造者とみなすことは可能であるが、より正確には、前述のように、彼は未熟ではあっても書く行為の実践者である。ロジャーはノラを理想の女性に形作るべく、書き続ける。しかし、理想の女性に育て上げることには成功しても、自分を選ぶ女性にすることには失敗する。その読者ノラは読書好きであるが、おとぎ話は卒業したものの、作品の半ばまで語り手が大衆小説とみなしている節がある作品を繰り返し読む未熟な読者である。その結果、ロジャーばかりでなくフェントンやヒューバートをも誤読してしまう。しかし同時にノラも書く行為の実践者である。ノラによる初々しい手紙はロジャーやヒューバートの感動を呼ぶ。しかし、ロジャーの誤読を促進してプロポーズへと駆り立てる上に、ロジャーが他の女性との関係に落ち着くことを図らずも阻止するのはノラの手紙である。二人の関係は執筆行為のアナロジーになっており、以降のジェイムズ作品における作者と読者の原風景を示していると言える。

(5) 登場人物像

本作品の登場人物は、以降の作品に登場する人物の原型としての性格を持っている。エデルは本作品が、大抵の作家による初の小説にありがちなように「将来の作品で行っていくことのすべてを一つの作品に詰め込もうとした」作品であるとし、『ワシントン・スクエア』(*Washington Square*, 1880)、『厄介な年頃』(*The Awkward Age*, 1899)、『鳩の翼』(*The Wings of the Dove*, 1902) が描く状況や、『ある婦人の肖像』(*The Portrait of a Lady*, 1881) におけるラルフ・タチェット (Ralph Touchett) とイザベル・アーチャー (Isabel Archer) の関係、イザベルに求婚する男性群の人物像との共通点を指摘している[16](Introduction 17-18)。マケルダリーも、ロジャーとクリストファー・ニューマン、ノラとイザベル・アーチャーに共通点を見出している。さらに、後見人と被後見人の関係がロデリック・ハドソンとローランド・マレット(Rowland Mallet)の関係と重なる面があると指摘している(457)。ロングもノラにイザベルの姿を見出すが、『ボストンの人々』(*The Bostonians*, 1886)のヴェリーナ・タラント(Verena Tarrant)にもノラに連なる人物として言及している[17](26)。前述のように、成長とともに視野を広げていくメイジーもノラに連なる人物であろう。また、造形が複数の登場人物に重なっている面もある。例えば、ロジャーは実業家ニューマンの性格を持っている一方、ロングが指摘するように、ラルフ・タチェットの原型という側面も有している。また、中西部出身の実業家フェントンは、ロジャーとともに、ニューマンをはじめ、ジェイムズ作品に登場するアメリカ人実業家の原型と考えてよいであろう。他方で、『ワシントン・スクエア』の打算的なモリス・タウンゼンド(Morris Townsend)は、フェントンと合わせてヒューバートの造形も引き継いでいると言える[18]。

最後に、ロジャーの結婚相手として有力な候補者であるサンズ嬢にも触れておきたい。彼女と彼女のおばがニューヨークのセントラル・パークに現れる様子は、エデルが指摘するように、『アスパン文書』のジュリアナ・ボルドロー(Juliana Bordereau)とティータ[19](Tita Bordereau)の姿を連想させる。しかもおばの方は、ジュリアナのトレードマークである「緑色の日よけ」を顔にかけている。サンズ嬢は「若さと美の最上期」にあるので、ティータのような絶望感はないはずである。しかし知的で勘も冴えていながら、ロジャーのような、いわばもてない男に二度までも恋愛対象から除外されてしまうところには、どこかティータと共通する悲壮感が漂っている。

ヘンリー・ジェイムズは両手で作品を書いたのではないかと言われるほどに多作な作家である。そのジェイムズの長編第一作となる本作品は、以上に触れてきたように、ジェイムズの執筆活動全体を通じて扱われる主題や問題意識、表現手法の萌芽に満ちている。しかし同時に、後期の作品とはまた違った、生命力にあふれる筆運びが特徴的である。まさにその只中にいた作家による、十九世紀のニューイングランドの自然や暮らしの風景、生活習慣や社交儀礼の有様が細やかに、生き生きと書き込まれている。アルフレッド・テニスン（Alfred Tennyson, 1809-92）をはじめ、ビクトリア時代の文学作品への数々の言及からも、若いジェイムズの姿が垣間見える。さらに、機知に富む絶妙な会話は、以降の作品に引けを取らない。この点では栃原の、本作品が「十一幕の劇作だと考えてもよいと思われる」とし、本作品に、劇作に多大な関心を向けて、後には戯曲を執筆してもいるジェイムズの「劇作方法と劇的要素が含入されている」（一七五－七六）とする指摘は妥当であるように思われる。劇作家としてのジェイムズの素地を読み取ることも可能なのである。作家自身のその後の評価がどのようなものであっても、*Watch and Ward* がその作家の執筆活動の基盤となる作品であったことは間違いない。

注

(1) Henry James. *Watch and Ward*. Boston, Houghton, Osgood, 1878.

(2) シリーズの正式名称は“The Novels and Tales of Henry James”である。

(3) ジェイムズはアメリカの小説家ロバート・ヘリック（Robert Herrick, 1868-1938）に宛てた一九〇七年八月七日付の手紙において、「決定版（an édition définitive）」という言葉を使っている（*Selected Letters* 190）。自身の作品集の編纂にあたって、フランスの作家、オノレ・ド・バルザック（Honoré de Balzac, 1799-1850）の作品集を意識していたと言われる。ニューヨーク版は、作家生前の一九〇七年から一九〇九年にかけて二十四巻が、米国とイギリスの出版社からそれぞれ異なる装丁で出版された。米国はチャールズ・スクリブナーズ・サンズ社（Charles Scribner's Sons）、イギリスはマクミラン社（Macmillan & Co.）である。スクリブナーズ社はジェイムズの没後に、未完の小説『象牙の塔』（*The Ivory Tower*）と『過去の感覚』（*The Sense of the Past*）を第二十五巻、第二十六巻として出版している。ニューヨーク版の出版事情についてはマイケル・アネスコ（Michael Anesko）の研究に詳しい。

(4) レオン・エデル（Leon Edel）は、作中で言及されている『ジェイン・エア』（*Jane Eyre*, 1847）をはじめ、欧州のイギリス作家やフランス作家の作品の影響を指摘している（Introduction 10-11）。またアデライン・R・ティントナー（Adeline R. Tintner）も『後見人と被後見人』が、バルザックの複数の小説の強い影響下にあることを指摘している（123）。

(5) 例えば『ヘンリー・ジェイムズ事典』は『後見人と被後見人』（九〇二－〇三）、沖田一は『監視』（一一）、栃原知雄は『保護者と被護者』（一六九）と訳している。

(6) ヘイゼル・ハッチソン（Hazel Hutchison）は、ジェイムズの一八六二年九月から一八六三年七月までの法学の学生としての経験に着目し、主に人間関係の構築面における重要性を指摘している。

(7) ウォードは本作品を「一流の作家による最も奇妙な作品の一つ」と評している（613）。本作品の奇妙さは、“strange”(Edel, Introduction 6)や、“bizarre”(Long 11)といった言葉によって、他の研究者によっても共有されている見解である。

(8) アルフレッド・ハベガー（Alfred Habegger）は、年若い女性と中年男性の恋愛というテーマは十九世紀の女性作家による作品に広く見られたテーマであったと指摘し（234-35）、本作品については、特にルイーザ・メイ・オルコット（Louisa May Alcott, 1832-88）による作品との関係性に着目している。リンジー・トローブ（Lindsey Traub）は主にセクシュアリティの側面から、当時の米国雑誌における同種のテーマを扱う作品と本作品とを比較している。また、ロバート・ロング（Robert Emmet Long）は特に影響力が認められる作品として、オリバー・ウェンデル・ホームズ（Oliver Wendell Holmes, 1809-94）の『守護天使』（*The Guardian Angel*, 1867）を挙げている。

(9) マーガレット・ジェシー（Margaret Jay Jessee）は本作品のあいまい性の要因として語り手の役割に着目し、本作品の語りに後期の作品に通底する要素を見出している。名本達也はロジャーの性格付けに一貫性が欠けていることを指摘し、本作品の弱点の一つとみなしている（二一五）。しかしロジャーに見られる一貫性の欠如は、むしろ本作品で「私」として時に登場して私見を挟んでいるように思われる語り手の信頼性の問題と捉える方がより妥当であるように思われる。

(10) P・C・ケメニー（P. C. Kemeny）は、プロテスタント的価値観の促進を図る実践例としての当該組織の活動に着目している。この組織の設立は一八七八年とされる。“The New England Society for the Suppression of Vice”として設立され、一八九一年に“The New England Watch and Ward Society”と名前を変えた。組織自体は名称や焦点を変えながら変遷し、ケメニーによれば、現在は“The Community Resources for Justice”がその流れを汲む組織として活動している（Kemeny 297-98）。

(11) “ward”が持つ二重の意味については、ジェシーも『オックスフォード英語辞典』（*OED*）の定義を援用して指摘している（Jessee 144）。

(12) 現代の批評家の多くが一致して性的な暗示を読み取る場面であるが、トローブの言葉を借りれば、「『アトランティック・マンスリー』誌の厳格な編集者のふるい」にはかからなかったようである(367)。ジェイムズの改訂によってもほとんど影響を受けていない(376)。

(13) 登場人物の名前にも変更が加えられている。ロジャーの有力な結婚相手として登場するサンズ嬢(Miss Sands)は、雑誌版ではサンディーズ嬢(Miss Sandys)である。

(14) 登場人物の造形に関わる変化を指摘する研究もある。改訂前後の作品を比較したチャールズ・フィッシュ(Charles Fish)は、初出作品を芸術作品に近づけることにある程度成功したとして改訂後の作品を評価している。その際、特にロジャーやフェントンの変化に着目している(173-90)。

(15) フィッシュはロジャーの南アメリカ大陸旅行と旅行中の恋愛について「ありそうにない挿話(improbable episode)」と述べている(186)。

(16) 名本はエデルの見解に賛同し、ノラと、イザベル・アーチャーや『鳩の翼』のミリー・シール(Milly Theale)との共通点を指摘している。

(17) ロングはまた、キース夫人に、以後の作品に登場する様々な「未亡人タイプ(dowager types)」の原型を見出している(25)。

(18) エデルは、本作品が、ジェイムズ家が位置するマサチューセッツ州ケンブリッジ(ケンブリッジもまた「C」を頭文字とする町である)のクインシー通りを取り巻く風習を扱っているとし、作家自身の家庭状況が反映されている側面があることを指摘している。そして名字を同じくするロジャーのいとこ、ヒューバートの人物像に、ジェイムズの父や兄ウィリアムの姿を見ている(Introduction 14)。

(19) ニューヨーク版ではティーナ(Tina Bordereau)である。

引用文献

Anesko, Michael. *"Friction with the Market": Henry James and the Profession of Authorship*. Oxford UP, 1986.

Bell, Millicent. *Meaning in Henry James*. Harvard UP, 1991.

Edel, Leon. *Henry James: The Conquest of London, 1870-1881*. Lippincott, 1962.

____. Introduction. *Watch and Ward*, by Henry James. Edited by Edel, Rupert Hart-Davis, 1960. pp. 5-18.

Fish, Charles. "Form and Revision: The Example of *Watch and Ward*." *Nineteenth-Century Fiction*, vol. 22, no. 2, Sep. 1967, pp. 173-90.

Gegenheimer, Albert Frank. "Early and Late Revisions in Henry James's 'A Passionate Pilgrim.'" *American Literature*, vol. 23, no. 2, May 1951, pp. 233-42.

Habegger, Alfred. "Precocious Incest: First Novels by Louisa May Alcott and Henry James." *Massachusetts Review*, vol. 26, nos. 2-3, Summer-Autumn 1985, pp. 233-62.

Hawthorne, Nathaniel. *The Marble Faun: Or, The Romance of Monte Beni*. Edited by Richard H. Brodhead, Penguin, 1990.

Hutchison, Hazel. "Just Literary: Henry James and 'the Law School Experiment.'" *Literary Imagination*, vol. 15, no. 1, March 2013, pp. 36-47.

James, Henry. "The American, XXVI." *Atlantic Monthly*, vol. 39, May 1877, pp. 538-44. *Cornell University Library Making of America Collection*, collections.library.cornell.edu/moa_new/index.html.

____."The Art of Fiction." *The House of Fiction: Essays on the Novel by Henry James*. Edited by Leon Edel, Rupert Hart-Davis, 1957, pp. 23-45.

____. *The Complete Letters of Henry James: 1855-1872*. Edited by Pierre A. Walker and Greg W. Zacharias, vol. 2, U of Nebraska P, 2006.

____. *The Complete Letters of Henry James: 1876-1878*. Edited by Pierre A. Walker and Greg W. Zacharias, vol. 2, U of Nebraska P,

2013.

_____. *Roderick Hudson.* 1907. Scribner's, 1935.

_____. *Selected Letters of Henry James.* Edited by Leon Edel, Rupert Hart-Davis, 1956.

_____. *Watch and Ward.* Boston, Houghton, Osgood, 1878.

Jessee, Margaret Jay. " 'Fumbling with the Key' to Narrative and Feminine Duality in Henry James's *Watch and Ward.*" *South Atlantic Review*, vol. 79, nos. 1-2, 2014, pp. 142-57.

Kemeny, P. C. *The New England Watch and Ward Society*, Oxford UP, 2018.

Long, Robert Emmet. *Henry James: The Early Novels.* Twayne Publishers, 1983.

McElderry, B. R., Jr. "Henry James's Revision of *Watch and Ward.*" *Modern Language Notes*, vol. 67, no. 7, Nov. 1952, pp. 457-61.

Tintner, Adeline R. "A Portrait of the Novelist as a Young Man: The Letters of Henry James." *Studies in the Novel*, vol. 8, no. 1, Spring 1976, pp. 121-28.

Traub, Lindsey. " 'I Trust You Will Detect My Intention': The Strange Case of 'Watch and Ward.' " *Journal of American Studies*, vol. 29, no. 3, Dec. 1995, pp. 365-78.

Ward, J. A. "The Double Structure of *Watch and Ward.*" *Texas Studies in Literature and Language*, vol. 4, no. 4, Winter 1963, pp. 613-24.

沖田一「ヘンリー・ジェイムズの『螺旋のひねり』について」『西京大学学術報告　人文』第五号、一九五四年、一－一四頁。

ゲイル、ロバート・L『ヘンリー・ジェイムズ事典』別府惠子・里見繁美訳、雄松堂出版、二〇〇七年。

栃原知雄「Henry James 作 "Watch and Ward" 論――この作品の性格と sexuality の問題」『論攷――関西学院大学一般教育諸学研究』第九号、一九六二年、一六九－八四頁。

名本達也「*Watch and Ward*：ジェイムズ文学におけるヒロイン像の原型を求めて」『佐賀大学文化教育学部研究論文集』第一四巻、第一号、二〇〇九年、二一一－一七頁。

あとがき

ヘンリー・ジェイムズの長編第一作を訳す試みに、わくわくした気持ちで取り組みました。しかし、大それた試みではなかったかと幾度も思いながら今に至っています。英語自体は晩年の作品ほど難解ではありませんが、暗示に富む言い回しと、言葉が持つ多重の意味を踏まえて言葉が選ばれ、それらを共存させながら文章が編まれていることに変わりはありません。しかし、志に満ちた若いジェイムズの文章は活力に満ちています。その活力に後押しされてきました。原書の持つその力が少しでも表現できていることを願います。また

なお第一章のみ『北九州市立大学外国語学部紀要』第一四三号（二〇一六年十月）に訳出しています。

本書は、日本学術振興会科学研究費助成事業基盤研究（C）（一六K〇二五〇二）による成果の一部です。

本邦訳の試みは、二〇一五年度に、京都大学大学院人間・環境学研究科教授の水野尚之先生のもとで半年間の国内研修を行う機会をいただいた時に始まりました。研修中は、豊富な文献に囲まれ、先生のもとで研究を進めていらっしゃる志の高い大学院生の方々と交流させていただきながら、充実した時間を過ごしました。水野先生にはご多忙の中、拙訳にご助言をくださるなど、寛大なご配慮をいただき、感謝の念に堪

えません。未熟な私がここまでたどり着けましたのは、先生がご経験と深い学識、そして激励とで導いてくださったことによります。また、私の研修を受け入れ、豊富な文献を利用させてくださった京都大学に深く感謝申し上げます。

セイラム州立大学教授のピエール・ウォーカー先生、北九州市立大学名誉教授のデニス・ジョーンズ先生にも感謝申し上げます。ウォーカー先生はヘンリー・ジェイムズ書簡全集の刊行に尽力されている研究者のお一人ですが、折に触れて快く貴重なご助言をくださいました。また、ジョーンズ先生は、暗示に富むジェイムズの文章について意見を交わす楽しい時間を快く持ってくださいました。

ハーバード大学のホートン図書館とワイドナー図書館にも感謝申し上げます。特にホートン図書館は、ジェイムズ直筆の文書、当時の雑誌や単行本の初版といった貴重な文献を、訪問者の一人にすぎない私にも等しく閲覧させてくださいました。合わせて、在館の司書の方は快く専門的なご助言をくださり、学術研究を支える懐の大きさに深く感銘を受けてきました。本書の表紙の色も、ホートン図書館所蔵の初版本を参照しています。手のひらにのる大きさや暖かい色、表紙の文字には特別な雰囲気があります。初版本としては緑色の装丁のものも発刊されていますが、ホートン図書館で出会ったテラコッタ色がとても印象的でした。さらに、ローマのアメリカ研究センター（Centro Studi Americani, Rome）にもお世話になりました。本書内のローマに関わる箇所について有用な情報を提供していただきました。

また本書の出版に関わり、北九州市立大学より国内研修の機会、並びに学長選考型研究費（出版助成）を受けました。北九州市立大学、そして松尾太加志学長に深く感謝申し上げます。

ここでお名前をすべて記すことはかないませんが、本書はたくさんの方々の影響のもとにあります。ジェイムズはニューヨーク版の序文において、『アメリカ人』を雑誌に連載中だった当時、何事もなく連載を終えることができるのか、常に不安を抱いていたと述べています。その心境を多少なりとも理解した過程を経て、今、あとがきを書くことができるのは、たくさんの方々の影響と支えがあってのことです。この場を借りて感謝申し上げます。

最後になりましたが、出版作業を力強く支えてくださった、大阪教育図書の横山哲彌氏、横山陽子氏と、編集に惜しみない力を注いでくださった田中晴巳氏に心より感謝申し上げます。

二〇一九年秋

齊藤園子

④ピンチョの丘からバチカン市国方面を望む（手前がポポロ広場）

⑤ポポロ広場からピンチョの丘を望む

⑥トリニタ・デイ・モンティ教会とスペイン広場を結ぶ大階段

①システィーナ通り → クアットロ・フォンターネ通り → アゴスティーノ・デプレティス通り（作品中のフェリーチェ通り）

②四つの噴水（クアットロ・フォンターネ）がある十字路

③サンタ・マリア・マッジョーレ大聖堂

※写真：訳者撮影（2017 年 3 月）

サン・ピエトロ大聖堂

カンピドーリオの丘を望む（アラコエリのサンタ・マリア聖堂は中央奥）

後見人と被後見人

令和元年　十二月　二十五日　初版第一刷

著　者　ヘンリー・ジェイムズ
翻訳・解説者　齊藤　園子
発行者　横山　哲彌
印刷所　岩岡印刷株式会社

発行所　大阪教育図書株式会社
〒五三〇-〇〇五五　大阪市北区野崎町一丁目二五
電話：〇六-六三六一-五九三六
ファックス：〇六-六三六一-五八一九
振替：00940-1-115500

ISBN978-4-271-31035-8 C0097